NANCY WARREN

ZAUBERER UND ZIERDRAHT

DER STRICKCLUB DER VAMPIRE
BUCH FÜNFZEHN

ISBN: ebook 978-1-998239-41-2

ISBN: print 978-1-998239-40-5

Übersetzung: Sarah Goldmarleen – Language+ Literary Translations, LLC.

Cover Design von Lou Harper von Cover Affair und May Dawney von May Dawney Designs

Ambleside Publishing

VORWORT

Geheimnis gelöst: ein übersinnliches Rätsel

Lucy Swift, Hexe und Inhaberin eines Strickladens, ist davon ausgegangen, dass die Herausforderung ihres Marketing-kurses in Oxford vor allem darin besteht, die Rätsel des Verbraucherverhaltens aufzuklären – und keinen Mord. Doch inmitten der ehrwürdigen Säle spinnt jemand ein täuschendes Netz, das Lucy dazu bringt, an ihren Sinnen zu zweifeln. Alles verspricht großen Spaß, bis eine Leiche in ihrem Zimmer auftaucht, stumm und regungslos – ganz gewiss keine optische Täuschung.

Begleitet von ihrer besten Freundin Jennifer und ihrer schwarzen Katze Nyx sucht Lucy nun Hilfe bei der Strick-runde der Vampire, um gemeinsam mit ihren nachtaktiven Bekannten, die besser im Stricken als im Blutsaugen sind, alle Indizien zusammenzutragen. Können Lucy und ihre Freunde dieses Verbrechen aufklären oder wird der Mörder erneut zuschlagen und nur eine tödliche Stille und ein unge-lüftetes Geheimnis hinterlassen?

Holen Sie sich Rafes Geschichte kostenlos und entdecken Sie die Ursprünge des sexy Vampirs aus der Buchreihe *der Strickclub der Vampire,* indem Sie sich auf NancyWarrenAuthor.com zu Nancys Newsletter ohne Spam anmelden.

Treten Sie Nancys privater Gruppe auf Facebook bei, in der wir uns über Bücher, Stricken, Haustiere und das Leben austauschen.
www.facebook.com/groups/NancyWarrenKnitwits

LOB FÜR DIE REIHE „DER STRICKCLUB DER VAMPIRE"

„Der Strickclub der Vampire" ist eine unterhaltsame Reihe paranormaler Krimis, die in einem Strickladen in Oxford, England, spielt. Dank der unerschrockenen Amateurdetektivin Lucy Swift und einer Reihe wirklich unvergesslicher Charaktere bietet dieser Krimi alles, was das Herz begehrt. Ein cleverer und witziger Roman mit jeder Menge unerwarteter Wendungen und einer äußerst schlauen Katze! Er ist eine erstklassige Ergänzung zum Genre der Cosy-Krimis und ich kann ihn nur wärmstens empfehlen."

— JENN MCKINLAY, NYT-
BESTSELLERAUTORIN

„Ich bin total süchtig nach dieser Serie." *****

„Erfrischend, klug und witzig" *****

KAPITEL 1

Meine Stiefel klapperten auf dem Kopfsteinpflaster, als ich in der kalten Märzluft durch die Straßen Oxfords ging. Ich liebte Oxford, und inzwischen sah ich es als meine Heimat an. Zwar war ich in Boston geboren und hatte die meiste Zeit meines Lebens in den USA verbracht, aber diese Stadt war meine zweite Heimat. Meine Großmutter besaß hier ein Strickwarengeschäft, das sie an mich weitergegeben hatte. Ich arbeitete nicht jeden Tag im Cardinal Woolsey's; das übernahm meine Cousine. Ich war frisch verheiratet, und das sorgte für jede Menge Beschäftigung. Es ist schon komisch: Als ich jünger war, hatte ich mich oft gefragt, ob ich mal einen älteren Mann heiraten würde, aber nicht einmal in meinen kühnsten Träumen hätte ich mir ausgemalt, dass er fast fünfhundert Jahre älter sein könnte. Die Wahrheit ist, dass ich einen Vampir geheiratet habe. Und wie zu erwarten, gab es so einige Komplikationen, aber wie meine Großmutter zu sagen pflegte, noch bevor sie selbst untot war: Gegen die Liebe kann man nicht ankämpfen. Ich habe es versucht. Ich glaube, Rafe hat es auch versucht. Wir wehrten uns gegen die Gefühle, die wir füreinander hegten, aber zu guter Letzt war es einfach sinnlos, getrennt und unglücklich zu sein, ganz gleich, ob wir beide ein kurzes oder ein langes Leben hatten. Also wohnte ich nun im Crosyer Manor, einem Herrenhaus in der Nähe eines kleinen Dorfes, das etwa eine halbe Stunde außerhalb von Oxford lag, und ich schaute weiterhin im Laden nach dem Rechten.

Wir hatten in Cornwall einen zweiten Laden eröffnet, der von meiner besten Freundin Jennifer geführt wurde, die genauso wie ich Amerikanerin und ebenfalls eine Hexe war. Ich war ganz aus dem Häuschen, weil ich Jennifer schon sehr bald wiedersehen würde. Sie würde mich in Oxford besuchen kommen, und wir wollten gemeinsam an einem Kurs über neue Methoden zur Umsatzsteigerung im Einzelhandel teilnehmen. Dank meines Online-Newsletters und des Versandes von Bestellungen und Sets in die ganze Welt konnte sich mein Erfolg zwar sehen lassen, aber trotzdem hatte ich das Gefühl, dass wir mit zwei Geschäften mehr erreichen könnten. Und um ehrlich zu sein, war ich außerdem hellauf begeistert von der Vorstellung, in einem echten Studentenwohnheim im Saint Benedict's College zu wohnen. In Oxford drehte sich alles um Colleges. Auch wenn ich mir einige schon ein paar Mal von innen angeschaut hatte, hatte ich noch nie in einem übernachtet, und ich freute mich schon darauf, mich wie eine echte Oxford-Studentin zu fühlen. Frühstücken würden wir in der Großen Halle, in die ich nicht einmal einen Blick werfen konnte, ohne an Harry Potter zu denken, und dann würden wir in einer Universität, die fast tausend Jahre alt war, Vorlesungen und Workshops besuchen und später dort zu Bett gehen. Mehr Oxford ging nicht.

Rafe hatte sich über mich lustig gemacht, weil ich unbedingt im Saint Benedict's übernachten wollte. Er hatte mich darauf hingewiesen, dass mich nur eine halbe Stunde Autofahrt von dem sehr komfortablen Herrenhaus trennte, aber als ich ihm erklärte, wie sehr ich mich darauf freute, mich wie eine Studentin zu fühlen, schien er Verständnis zu haben.

Nicht, dass ich mein opulentes, historisches und äußerst komfortables Haus nicht geliebt hätte. Ich würde mich problemlos daran gewöhnen, nichts weiter als eine Gutsherrin zu sein. Ich meine, im Crosyer Manor gab es schließlich einen Butler, und ich wollte so oft wie möglich mit Rafe auf Reisen gehen. Er war Experte für antiquarische Bücher und Manuskripte und wurde in die ganze Welt bestellt, um sich die Sammlungen anderer Leute anzusehen und neue Funde zu beglaubigen. Fälschung und Betrug waren bei alten Manuskripten Gang und Gäbe, daher war es wichtig, sie von einem echten Experten untersuchen zu lassen, und Rafe war der beste. Auch weil er schon auf der Welt gewesen war, als die meisten dieser Bücher zum ersten Mal gedruckt, illustriert oder erstellt wurden, hatte er ein besseres Gespür für authentische Stücke als die meisten anderen. Ich hatte diesen Einzelhandelskurs im Internet gefunden und schon mit dem Gedanken gespielt, mich einzuschreiben, als Rafe verkündete, dass er für ein paar Tage nach Antwerpen müsse, und damit war die Entscheidung getroffen. Während er in Antwerpen war, würde ich mit Jen drei Tage lang ans Saint Benedict's College gehen und mich mit Marketing für unabhängige Einzelhändler befassen.

„Denk doch nur einmal daran, was ich alles lernen könnte", hatte ich zu ihm gesagt. „Ständig gibt es neue Techniken für soziale Netzwerke, die uns helfen können, den Umsatz zu steigern."

Er schaute mich an. „Das Cardinal Woolsey's läuft doch ohnehin gut. Es scheint Gewinne abzuwerfen. Und du solltest darauf achten, dass der Laden nicht zu viel Aufmerksamkeit auf sich zieht, vergiss das nicht!"

Natürlich bezog er sich damit auf den nächtlichen Strickclub, der im Hinterzimmer des Strickladens betrieben wurde. Oft tauchten zwischen acht und zwanzig Vampire zu später Stunde auf, um die unglaublichsten Kreationen zu stricken. Ich meine, es war schon erstaunlich, wie meisterhaft man ein Handwerk beherrschen konnte, wenn man es nicht erst seit Jahren, sondern schon seit Jahrhunderten ausübte. Und sie strickten mit einer Geschwindigkeit, mit der nicht einmal eine Maschine mithalten konnte. Aus verständlichen Gründen mieden die Vampire jedoch jede Aufmerksamkeit und waren froh, wenn das Cardinal Woolsey's auf der Weltbühne im Dunkeln blieb. Ich musste meinen angeborenen Enthusiasmus und meinen Wunsch nach einem erfolgreichen Unternehmen mit der Notwendigkeit in Einklang bringen, die Bedürfnisse dieser Wesen zu respektieren, die nicht nur zu Freunden geworden waren, sondern mir auch bei der Aufklärung einiger bedauerlicher Morde geholfen hatten. Nicht immer waren Vampire unkomplizierte Zeitgenossen, aber oft konnte man dasselbe von mir behaupten. Ich versicherte ihm, dass ich nicht vorhatte, das Cardinal Woolsey's in ein weltweites Franchise-Unternehmen zu verwandeln – ich wollte einfach, dass wir unser Bestes gaben.

Damit musste er sich zufriedengeben, und als er sich mit

einem Kuss von mir verabschiedete, sagte er: „Pass nur auf, dass du nicht in Schwierigkeiten gerätst."

Sein Ratschlag schockierte mich. „Was meinst du damit? Ich gerate nie in Schwierigkeiten."

Er schaute mich kopfschüttelnd an, und seine eisblauen Augen leuchteten auf. „Lucy, auch wenn du nie nach Schwierigkeiten suchst, scheinen sie dich zu finden."

„Nun, ich weiß beim besten Willen nicht, wie sie mich finden könnten, wenn ich mich in ein beschauliches Oxford-College zurückziehe und lerne, wie man ein paar Stränge Garn mehr verkauft." Ich stellte mich auf die Zehenspitzen und küsste ihn noch einmal. „Und du pass auf, dass du in Antwerpen nicht in Schwierigkeiten gerätst."

Nach diesen Abschiedsworten winkte ich ihm noch einmal zu, als er in seinen eleganten, schnittigen Elektrowagen stieg und ganz vorsichtig zurücksetzte, um Henri, den Pfau, nicht zu erwischen, der eher ein Haustier als ein Wildvogel war.

Niemals hätte ich damit gerechnet, einmal in einem Herrenhaus mit Personal zu leben, aber ich konnte nicht abstreiten, dass es eine angenehme Erfahrung war. William Thresher, Rafes Butler – jetzt wohl unser Butler, nahm ich an –, war eher so etwas wie der Geschäftsführer des Anwesens. Er kochte liebend gern, und ich war die dankbare Empfängerin seiner Talente. Nebenbei führte er auch noch ein erfolgreiches Catering-Unternehmen, aber seine Hauptaufgabe war es, sich um das Crosyer Manor und um uns zu kümmern, wenn wir zu Hause waren.

Kaum war Rafe nach Antwerpen abgereist, bestand William darauf, mir einen Brunch zuzubereiten. „Sie müssen etwas Anständiges essen", redete er auf mich ein. „Ihr Gehirn braucht Nahrung, wenn Sie all diese neuen Marketingtechniken lernen wollen. " Ihm musste bewusst sein, dass es in Oxford jede Menge ausgezeichnete Restaurants gab, und dass unser Pauschalpaket das Frühstück im Großen Saal beinhaltete. Dennoch widersprach ich nicht, als er mir Eier Benedict mit frischem Obstsalat und einen Cappuccino servierte, den er mit der schicken Barista-Maschine in der Küche genau nach meinem Geschmack zubereitet hatte. William war Rafe treu ergeben, aber er hatte mir mehr als einmal erzählt, dass es ihm große Freude bereitete, für jemanden zu kochen, der eine abwechslungsreichere Ernährung hatte.

„Vielleicht verraten Sie mir ein paar gute Marketing-Tipps", sagte er.

Ich hatte die Gabel gerade in ein perfektes Stück Melone gestochen, als ich aufblickte. „Aber schon jetzt lehnen Sie doch Arbeit ab", erinnerte ich ihn.

„Stimmt, ich bin sehr wählerisch, aber ich möchte genug zu tun haben, damit Violet immer eine Beschäftigung hat." Violet Weeks war meine Cousine, eine Hexenschwester, die gelegentlich für William arbeitete und an den Tischen servierte, während er in der Küche das Essen zubereitete.

Mir wurde klar, dass William mir irgendetwas verheimlichte. Ich dachte noch einmal über das nach, was er gerade gesagt hatte. „Violet hat doch schon tagsüber eine Arbeitsstelle", erinnerte ich ihn. Sie leitete das Cardinal Woolsey's, wenn ich nicht da war. Auch wenn Violet zur Familie gehörte, war es nicht immer ganz leicht, mit ihr auszukommen. Doch mit William schien sie gut zusammenzuarbeiten. Vielleicht besser als mit mir.

William rückte einen georgianischen Silberleuchter auf der glänzenden Anrichte so zurecht, dass dieser mit dem anderen dazu passenden Kerzenhalter genau in einer Linie stand. Er sah mich nicht an, aber ich spürte, dass ihn irgendetwas in Verlegenheit brachte.

Ich war schon immer gern in Williams Gesellschaft gewesen, und wir verstanden uns gut. Sein ganzes Erwachsenenleben lang hatte er sich um Rafe gekümmert, und ich war ihm dankbar dafür, dass er dem Vampir, der nun mein Ehemann war, so treue Dienste leistete. Es war gar nicht seine Art, sich so merkwürdig zu benehmen. „Gibt es etwas, das Sie mir sagen wollen?"

Jetzt drehte er sich zu mir um und schaute mir endlich in die Augen. „Würde es Sie sehr stören, wenn ich Ihre Cousine bitten würde, mit mir auszugehen?", platzte er schließlich heraus.

„Sind Sie sicher?", fragte ich, bevor ich es mir verkneifen konnte. Hätte ich auch nur für den Bruchteil einer Sekunde nachgedacht, hätte ich etwas Diplomatischeres gesagt, aber seine Frage hatte mich vollkommen verblüfft, und in solchen Fällen hatte ich die Angewohnheit, das Erstbeste zu sagen, was mir in den Sinn kam. Nicht unbedingt meine beste Eigenschaft.

William verkniff sich ein Lächeln. Er war nicht beleidigt – wahrscheinlich, weil er an mich gewöhnt war. „Ehrlich gesagt, Lucy, sicher bin ich keineswegs. Aber irgendetwas an Violet zieht mich an. Wie Sie wissen, muss ich in meinem Privatleben gut achtgeben. Wenn ich meine Zukunft jemals mit einer Frau teilen sollte, dann müsste sie verstehen, dass ich Rafe niemals verlassen kann. Und sollte ich jemals Kinder haben, werden sie die Nachfolge von mir und meiner Schwester antreten und Rafe dienen."

Als Rafe das Leben von Williams x-fachem Urgroßvater

gerettet hatte, hatte jener William Thresher versprochen, dass seine Nachkommen Rafe für immer und ewig dienen würden. Bislang war dieses Versprechen nie gebrochen worden. Bis zum heutigen Tag war dieser Treueeid von Generation zu Generation übergeben worden. William führte das Haus, und seine Schwester war die leitende Gärtnerin des Anwesens. Diese Art von Loyalität erstaunte mich immer noch.

Aber was wollte er damit sagen? „Denken Sie ernsthaft daran, Violet zu Ihrer Frau und zur Mutter Ihrer Kinder zu machen?" Ich meine, auch wenn meine nervtötende Cousine lästig und besserwisserisch sein konnte, war ich sie los, sobald ich abends den Laden verließ. Wenn sie William heiratete, würde sie hier einziehen. Zugegeben, es war ja nicht so, dass wir zusammen eingepfercht in einer kleinen Wohnung leben würden. William hatte seinen eigenen Wohnbereich, aber trotzdem. Sie würde in der Nähe sein.

„Vom ersten Date bis zur Hochzeit ist es ein langer Weg", sagte er in beruhigendem Ton, „aber heiraten muss ich." Er berichtigte sich. „Ich möchte heiraten und Kinder haben. Ich bin mir zwar nicht sicher, ob sie die Richtige für mich ist, aber ich würde die Möglichkeit gerne ausloten." Eine leichte Röte war ihm ins Gesicht gestiegen, wie mir auffiel. „Wenn Sie es erlauben."

„Haben Sie mit Rafe darüber gesprochen?" Ich versuchte, Zeit zu gewinnen, um nicht mit etwas herauszuplatzen, was ich später bereuen würde.

„Nein. Sie ist schließlich Ihre Cousine. Ich wollte erst mit Ihnen reden. " Jetzt richtete er eine rosa Rose in dem ohnehin schon perfekten Strauß aus frischen Blumen auf dem Esstisch neu aus. „Ich habe keine Ahnung, ob sie überhaupt

Ja sagen würde oder ob es Zukunft hätte, aber bevor ich sie um ein Date bitte, wollte ich Ihre Erlaubnis einholen."

Das Wort „Erlaubnis" ging mir unter die Haut. Ich begriff, dass er im Falle eines Neins alle Hoffnungen auf eine Romanze mit meiner Cousine aufgeben würde. So verlockend es auch war, diese Beziehung im Keim zu ersticken – ich konnte es nicht. Auch wenn ich Violet vielleicht nicht immer mochte, wollte ich ihr deshalb noch lange nicht die Chance nehmen, ihre Liebe zu finden. Um ihr Liebesleben war es bisher ziemlich übel bestellt, und William war ein guter Mann. Auch William wollte ich nicht um eine romantische Beziehung bringen. Also setzte ich ein entschlossenes Lächeln auf und sagte: „William, versuchen Sie es!"

Vielleicht würden sie zu guter Letzt feststellen, dass sie doch nicht füreinander geschaffen waren. Ich konnte es nur hoffen.

Nachdem ich mein Frühstück beendet hatte, vergewisserte ich mich, dass meine Eintrittskarte für die Konferenz als Download auf meinem Handy gespeichert war, packte genügend Kleidung für eine dreitägige Konferenz ein und machte mich auf den Weg. Eigentlich wollte ich selbst fahren, aber William bestand darauf, mich hinzubringen. „Das Parken wird ein Albtraum sein", erinnerte er mich. Da hatte er recht. Ich hatte Violet sowohl den Parkplatz hinter dem Cardinal Woolsey's als auch die Wohnung über dem Laden zur Verfügung gestellt, da sie das Geschäft viel häufiger leitete als ich.

In dem Wissen, dass Henri auf mich zuwatscheln würde, sobald ich das Haus verließ, hatte ich ein Stück Melone für ihn aufgehoben. Er sah mich als verlässliche Nahrungsquelle an, obwohl er ohnehin sehr wohlgenährt war. Bei unserer ersten Begegnung hatte er mit seinem verwahrlosten

Aussehen und dem spärlich befiederten Schwanz einen jämmerlichen Pfau abgegeben, aber er hatte sich deutlich gebessert. Nun fächerte er bei meinem Erscheinen vor der Haustür einen deutlich volleren Schwanz auf und begann, um mich herumzutänzeln. „Ach, was für ein hübscher Junge", gurrte ich, als er auf mich zukam und mir das Leckerli aus der Hand fraß. „So ein hübscher Junge."

William hätte mich gerne auf dem Rücksitz des luxuriösen Elektrowagens platziert, den Rafe extra für ihn angeschafft hatte, aber ich sträubte mich dagegen, mich wie ein Mitglied der Königsfamilie aufzuführen, also hielt er mir mit einem Seufzer die Beifahrertür auf. Während der Fahrt unterhielten wir uns über seinen bevorstehenden Catering-Auftrag. Da Rafe und ich gemeinsam ein paar Tage lang fort sein würden, hatte er die Chance genutzt, um für einen Filmproduzenten zu kochen, der während seiner Dreharbeiten in Oxford ein Anwesen gemietet hatte. „Falls Sie irgendwelche Filmstars sehen, müssen Sie es mir unbedingt erzählen", drängte ich.

„Lucy, ich werde genauso wegen meiner Diskretion wie wegen meiner ausgezeichneten Küche angeheuert."

„Ich würde es doch niemals irgendjemandem erzählen", beharrte ich, aber der Seitenblick, den er mir zuwarf, verriet, dass er es nicht auf einen Versuch ankommen lassen wollte. Am liebsten hätte ich mich auf eine Diskussion mit ihm eingelassen, aber da Violet gewiss für ihn kellnern würde, konnte ich ja jederzeit sie ausquetschen.

Er setzte mich vor dem Eingang des Saint Benedict's College im Herzen Oxfords ab, und zu meiner Freude sah ich Jennifer mit einem Rollkoffer auf mich zukommen. William machte mir die Tür auf, und während er mein Gepäck aus dem Kofferraum holte, stürzte ich schon auf Jen zu und schloss sie in die Arme. Wir quietschten vor Freude, was wir eigentlich immer machten, wenn wir uns ein paar Wochen lang nicht gesehen hatten. „Es ist so schön, dich zu sehen", sagte sie.

„Du hast dir die Haare schneiden lassen", bemerkte ich. „Sieht toll aus!" Zwar hatte Jen sich vermutlich nur knapp zehn Zentimeter von ihrem wunderschönen, langen dunklen Haar abschneiden lassen, aber einer besten Freundin fiel so etwas eben auf.

Ich bedankte mich bei William, der Jen höflich grüßte, bevor er mir meinen Rollkoffer übergab, wieder in den Wagen stieg und losfuhr.

„Das ist so aufregend", sagte ich, „dass wir in einem richtigen College wohnen." Wie schon gesagt, ich liebte Oxford, aber Fakt war: Wenn man nicht an einer der Universitäten hier studiert hatte, fühlte man sich immer ein bisschen wie ein Außenseiter. Und als Amerikanerin war ich ohnehin schon eine Außenseiterin. Eine viertägige Konferenz war zwar bei weitem nicht mit einem Studium vergleichbar, aber ich glaubte, dass es schon reichen würde, diese Erfahrung ein paar Tage lang zu machen, um einen Einblick in die exklusive Welt Oxfords zu erhalten und sich ausmalen zu können, wie man sich hier als Studentin fühlen musste.

„Ich kann es kaum erwarten", stimmte Jen zu. „Und vielleicht lernen wir ja etwas über Marketing."

„Wenn nicht, sind wir wenigstens zusammen und können ein bisschen quatschen." Eigentlich hörten wir uns mehrmals in der Woche, aber Cornwall war nicht gerade um die Ecke. „Wie war deine Reise?", fragte ich sie.

„Die Zugfahrt war hinreißend. Und vom Bahnhof bin ich zu Fuß hergelaufen."

Wir gingen durch den alten verzierten Torbogen des Saint Benedict's College und wurden sofort von einem Schild mit der Aufschrift „Zutritt verboten" begrüßt. Schon fühlte ich mich wie eine Insiderin, weil das Schild nicht für uns bestimmt war. Wir gingen zum Pförtnerhaus, das so modern renoviert war, dass sich vor mir eine gläserne Automatiktür öffnete. Dahinter folgten das alte Portal und ein paar Steinstufen, die in einen höher gelegenen Raum führten, der moderne Effizienz mit mittelalterlicher Architektur verband.

Eine fröhliche Frau in einem geblümten Kleid stand hinter einem hölzernen Tresen und sagte: „Wie kann ich Ihnen helfen?"

„Ich möchte einchecken", sagte ich und klang dabei sehr stolz. Dann erklärte ich ihr, dass ich wegen der Einzelhandelskonferenz hier sei, und sie suchte nach meinem Namen und reichte mir dann ein Schlüsselband.

Dasselbe tat sie auch für Jennifer. Wir hatten darum gebeten, nah beieinander untergebracht zu werden, und die Frau versicherte uns, dass unsere Zimmer direkt gegenüber im selben Flur lagen. Perfekt.

Als wir das Pförtnerhaus durch eine andere Tür verließen, die zum zentralen Hof führte, gingen wir wieder unter einem Steinbogen hindurch. Dabei lief mir ein kalter Schauer über den Rücken. Das Gefühl hielt nur kurz an, aber ich blieb stehen und schaute mich um, weil ich den Eindruck hatte, dass irgendetwas oder irgendjemand mich nicht hierhaben wollte.

Aber das war doch verrückt. Jen hatte offensichtlich

nichts gespürt, denn sie plauderte eifrig weiter. Meine
Fantasie ging wohl mit mir durch.

KAPITEL 2

ennifer und ich folgten der Wegbeschreibung zu unseren Zimmern. Als wir in den Hof traten, vergaß ich meinen kurzen Anflug von Entsetzen und wurde von der Aufregung gepackt. Ja, ich war schon andere Male in Universitäten gewesen, allen voran im Cardinal College, das in nächster Nähe zum Cardinal Woolsey's lag, aber diese hier war anders. Mit dem Saint Benedict's College verband mich nichts Persönliches. Das Gebäude war um einen Innenhof herum angelegt, dessen Zentrum eine Rasenfläche mit ein paar Bäumen bildete. Genau in der Mitte plätscherte ein Springbrunnen. Es war alles so schön und historisch. Auf vier Seiten umfassten die Steinmauern und Bogenfenster Bibliotheken, Büros, Säle und Galerien, die im Laufe der Jahrhunderte Zeugen zahlreicher Geschichten geworden waren. Wir gingen durch einen weiteren Torbogen, folgten einem mit Steinplatten ausgelegten Flur, stiegen noch eine Treppe hinab und überquerten wieder eine Wiese, bis wir unseren Schlafbereich erreichten.

Als wir vor der verschlossenen Tür angelangten, drehte

sich Jennifer stirnrunzelnd zu mir um, dann beschlossen wir, uns einfach mit Hilfe des Schlüsselbandes Zutritt zu verschaffen, anstatt uns gegenseitig mit unseren Zaubersprüchen zu beeindrucken. Unsere Zimmer befanden sich direkt im Flur im Erdgeschoss, ihres auf der einen Seite und meines auf der anderen. Im Gegensatz zum prachtvollen Äußeren war das Innere des Gebäudes leider wenig aufregend. Vor uns erstreckte sich ein langer Korridor mit Türen auf beiden Seiten. Eine zweckmäßige Treppe führte direkt in den ersten Stock. Weder ein Buntglasfenster noch ein Wasserspeier waren zu sehen.

Noch nicht. „Ich kann es kaum erwarten, in meinem Zimmer zu stehen", rief ich und war ganz aus dem Häuschen.

Jen schien von dieser Aussicht weniger begeistert zu sein. „Erinnerst du dich noch an unsere Zimmer auf dem College? Die hier sind wahrscheinlich genauso, nur viel älter."

„Ist mir egal. Das hier ist Oxford", sagte ich und benutzte dann meine Schlüsselkarte, um in mein Zimmer zu gelangen. Kaum war ich drinnen, wurde mir klar, dass Jennifer recht hatte. Wenn man einmal vom gotischen Bogenfenster und der hohen Decke absah, hätte sich dieses Zimmer in jedem beliebigen Teil der Welt befinden können. Vor mir stand ein Einzelbett mit einem billigen Nachttisch aus hellem Holz und eine Lampe. Am Fußende des Bettes befanden sich ein sehr zweckmäßiger und nicht sehr schöner Schreibtisch mit einer Leselampe, eine große Pinnwand und ein Stuhl.

Doch hinter dem Schreibtisch gab es ein Fenster, das Jen und ich niemals in unserem früheren College gefunden hätten. Es war hoch und gotisch gewölbt, und als ich zum Fenster eilte und hinausschaute, blickte ich auf eine Rasenfläche und eine Steinmauer, die das College umschloss. Ich sah einen Baum und eine Straßenlaterne, die mindestens hundert Jahre alt sein musste. Zweifellos war sie einst mit Gas betrieben worden. Ich entriegelte das Schiebefenster, schob es nach oben und beugte meinen Kopf weit hinaus.

Entlang der Mauer erstreckten sich weitere Fenster, und verwittert wirkende Treppen führten in unterirdische Keller. Am Ende der Rasenfläche traf die steinerne Außenmauer auf eine ebenso alte Innenmauer, in die eine gotische Holztür mit Rundbogen eingelassen war. Ich konnte die Worte auf dem Schild gerade noch erkennen: *Master's Garden*. Es war unfassbar, dass man hier sogar Gärten hinter geheimen Türen versteckte.

Es war zu kühl, um den Kopf noch länger aus dem Fenster zu halten, also zog ich mich zurück, schloss das Fenster und begutachtete den Rest des Raumes. In der Mitte stand ein runder Couchtisch auf einem Teppich, der seine besten Tage bereits hinter sich hatte. Neben dem Fenster hinter dem Schreibtisch befanden sich ein Einbauregal für Bücher und darunter eine Reihe tiefer Schränke. Das war alles, nur noch ein Badezimmer gab es.

Als ich hineinging, fielen mir Jens Worte wieder ein. Es war rein zweckmäßig eingerichtet, und über der Toilette prangte wieder eines dieser wunderschönen, hohen Fenster im gotischen Stil. Über der Toilette hing eine Kette, an der man ziehen musste, um zu spülen, und auf der anderen Seite befand sich eine Duschwanne, die etwas schmuddelig aussah. Ich würde bei der Benutzung immer darauf achten, Flipflops zu tragen. Trotzdem verfügte das Zimmer über alles, was man brauchte, und auch wenn mein Zuhause, das Crosyer Manor, viel luxuriöser war, so hatte es doch seinen ganz besonderen Reiz zu wissen, dass ich, wenn auch nur für wenige Tage, in einem Zimmer schlafen würde, in dem vielleicht früher jemand gewohnt hatte, der ein mit dem Nobelpreis ausgezeichneter Wissenschaftler, ein berühmter Schriftsteller oder oder ein Forscher war, der sich mit aller Kraft darum bemühte, Krebs heilbar zu machen.

Ich hoffte, dass ich allein durch meinen Aufenthalt an einer Hochschule in Oxford ein bisschen klüger werden würde. Das war doch möglich, oder?

Auf dem Schreibtisch standen ein Wasserkocher und ein Tablett mit einigen Päckchen Keksen und allem, was man zum Teemachen brauchte. Ich war kein bisschen überrascht, als es an meiner Tür klopfte und Jen davorstand. Ich ließ sie herein, und sie sah sich um. „Dein Zimmer sieht meinem ziemlich ähnlich, aber bei mir kann man am Fenster sitzen. Außerdem glaube ich, ich habe eine bessere Aussicht. Ich sehe die Felder hinter dem College."

Ich wusste, dass ich ihr Zimmer noch früh genug sehen würde, also fragte ich: „Tee gefällig?"

Sie lachte und schüttelte den Kopf. „Lass uns lieber nachsehen gehen, wo die Konferenz stattfindet! Wir könnten unsere Kursmaterialien abholen und uns dann ein wenig umsehen."

Das hielt ich für eine ausgezeichnete Idee. Wir hatten fast zwei Stunden Zeit, bis unsere erste Sitzung begann. Wir gingen zurück durch den Gang, der zum Hauptteil der Universität führte, und nahmen dann noch einen Korridor mit hallenden Steinmauern bis zur Großen Halle. Hier würden wir unser Frühstück einnehmen. Durch die Glasscheiben in der Tür erhaschten wir einen Blick auf die langen Tischreihen – eine Kulisse, die mich so stark an unzählige

Filme und Serien erinnerte, die in Oxford spielten, dass sie mir sofort vertraut vorkam.

Dann streiften wir einfach ein bisschen herum. Wir mussten schon in der Nähe des Konferenzbereiches gewesen sein, als ich ein paar Leute bemerkte, die sich vor einer Tür versammelt hatten. Ein hölzernes Schild kündigte einen Vortrag von Dr. Raymond English an, einem offenbar sehr bekannten und renommierten Psychologen für paranormale Phänomene. Zu meiner Überraschung entdeckte ich Dr. Christopher Weaver, der das Schild gerade mit großem Interesse las. Christopher Weaver war ein Vampir, der hier in Oxford eine private Blutbank betrieb und ein hinreißender Stricker war. Er trug eine seiner Eigenkreationen, eine kunstvolle Weste, die durch ihr komplexes Muster und ihre beeindruckende Eleganz auffiel.

Ich begrüßte ihn, und er sagte: „Hallo Lucy, hallo Jennifer. „Seid ihr hier, um den Vortrag zu hören?"

Erst da fiel mir auf, dass die Anwesenden in einen gut gefüllten Hörsaal gingen. Es war kein Hörsaal, wie ich ihn von zu Hause kannte, sondern ein Raum mit etwa hundert einzeln aufgereihten Stühlen und einem Podium an der Stirnseite. Auf einer großen Leinwand würde der Laptop-Bildschirm des Wissenschaftlers projiziert werden. Der Saal war schon gut halb voll. Ich erkannte noch ein paar andere Vampire aus der spätabendlichen Strickrunde der Vampire. Hester und der spanische Carlos, der so etwas wie ihr Freund war, saßen schweigend beisammen und strickten. Carlos war zumindest an einer Universität in Oxford eingeschrieben, aber was die anderen hier verloren hatten, war mir ein Rätsel. Ich warf noch einmal einen Blick auf die fachlichen Informationen über den Redner.

„Oh, ein Parapsychologe." Ich senkte meine Stimme. „Macht er Therapiesitzungen mit euch?"

Christopher lachte mit einem tiefen Glucksen, das von den alten Steinmauern widerhallte. „Es wäre eine ziemlich lange Therapie nötig, um solchen wie uns zu helfen", sagte er. „Nein, er behauptet, das Übersinnliche widerlegen zu können. Er will beweisen, dass nichts davon wahr ist. Sehr lustig. Ihr solltet unbedingt reinkommen und euch einen Platz suchen."

Ich schaute zu Jennifer, die mit den Schultern zuckte. Warum nicht? „Aber wir haben keine Tickets."

„Die braucht ihr auch nicht. Der Eintritt ist frei. Kommt doch herein!"

Ich musste zugeben, dass ich nicht widerstehen konnte.

Dr. Raymond English hatte das Erscheinungsbild eines typischen Gelehrten – volles silbernes Haar und eine markante, schwarz umrandete Brille, wie sie Akademiker oft tragen, um zu zeigen, dass sie immer noch eng mit ihren Studenten verbunden sind. In der Nähe der Tür stand eine junge Frau hinter einem Tisch, auf dem ein Stapel Bücher zum Verkauf und für die Autogrammstunde bereitlag. Das Buch trug den Titel *Sinnestäuschungen*. Raymond English stand mit aufgeklapptem Laptop hinter dem Rednerpult und unterhielt sich mit einem Mann, der ihn in wenigen Minuten vermutlich vorstellen würde.

Jennifer und ich suchten uns Plätze auf halbem Weg zwischen Redner und Ausgang, direkt am Gang, falls wir eher gehen mussten. Wir wollten frühzeitig bei der Marketingkonferenz eintreffen, um unser Kursmaterial abzuholen, bevor die Auftaktsitzung losging.

Ich nickte Hester und Carlos zu und nahm Platz, um

mehr über den Bereich der paranormalen Psychologie zu erfahren.

Als ich mich niederließ, spürte ich ein Kribbeln in meinem Nacken. Ich hatte das Gefühl, beobachtet zu werden, und als ich mich umsah, bemerkte ich einen schlanken Mann mit Halbglatze und hellbraunem Haarkranz, einer spitzen Nase und tiefliegenden Augen. Als sich unsere Blicke trafen, schaute er nicht weg, sondern starrte weiter in meine Richtung. Ich war mir sicher, dass wir uns noch nie begegnet waren, aber er schien fasziniert von mir zu sein, oder vielleicht galt sein aufmerksamer Blick Jennifer. Ich beugte mich vor und fragte Jennifer, ob sie den Mann dort drüben kenne. Sie folgte meinem Blick, und dann richteten sich seine Augen auch auf sie. Sie beugte sich zu mir und sagte, sie kenne ihn nicht.

„Warum starrt der uns bloß die ganze Zeit an?"

„Wir sind etwa dreihundert Jahre jünger als die meisten Leute hier. Vielleicht gefällt ihm der Anblick ganz einfach."

Ich war jetzt eine verheiratete Frau, aber dennoch war es nicht unmöglich, dass dieser merkwürdige Mann uns attraktiv fand – allerdings warf er uns nicht nur flüchtige Blicke zu wie jemand, der einen in einer Bar anmachen will. Es war, als hätten wir etwas gemeinsam, aber ich wusste nicht, was es war. Ich war mir ziemlich sicher, dass er kein Vampir war, und wie ein Stricker sah er auch nicht aus. Wenn er ein Hexer war, war er nicht von hier, und damit hatte ich im Grunde genommen alle Gruppen abgedeckt, mit denen ich zu tun hatte.

Ich war versucht, zu ihm hinüberzugehen und zu fragen, ob wir uns von irgendwoher kannten, als die Veranstaltung begann.

Der Mann, der sich mit dem grauhaarigen Herren unterhalten hatte, erhob sich, um die Auftaktworte zu sprechen. Er erklärte, dass Dr. Raymond English ein renommierter Psychologe sei, der seine ganze berufliche Laufbahn damit verbracht habe zu beweisen, dass das, was wir für übersinnlich hielten, in Wirklichkeit nur ein Streich unseres Verstandes sei.

Ich wusste zwar nicht, was ich erwartet hatte, aber ich war etwas verblüfft. Nicht jeder hatte einen Sinn für das Paranormale, doch für jene von uns, die diese Gabe besaßen, war es schwer zu ertragen, dass deren Existenz infrage gestellt wurde. Das war so, als würde ein Blinder behaupten, dass es keine Farben gab. Nur weil man etwas nicht selbst wahrnehmen kann, heißt das noch lange nicht, dass es nicht existiert.

Als erstes zeigte er einen Film über Wünschelrutengänger, die mit Ruten aller Art nach Wasser suchten. Dann erklärte er, dass er ein Experiment durchgeführt habe, welches zeige, dass Menschen, die glaubten, über besondere Fähigkeiten zu verfügen, genauso oft Wasser fänden wie jene, die keinerlei Fähigkeiten dieser Art für sich beanspruchten. Mit anderen Worten: Alles war nur Zufall.

Und dann sprach er über seine vielfältigen Interessengebiete. Er hatte zwar nicht gesagt, dass keine Fragen gestellt werden durften, aber ich war trotzdem überrascht, als jemand rief: „Was ist mit dem Monster von Loch Ness? Das wurde schon ziemlich oft gesichtet."

Durch seine eckige Brille blickte er auf den Gast im Publikum hinunter, der die Frage gestellt hatte, und sagte: „Mit Monstern beschäftige ich mich nicht. Das ist nicht mein Bereich." Mit einem Funkeln in den Augen fuhr er fort. „Ich befasse mich nicht mit Bigfoot, dem Monster von Loch Ness, Vampiren oder ..."

Als er in seiner Liste der Monster zu den Vampiren kam, ertönte ein leises Murren, das ungefähr aus der Richtung von Christopher Weaver kam, der neben Alfred saß. Offensichtlich gefiel es ihnen nicht, als Monster eingestuft zu werden.

Und dann ging der Vortrag weiter. Vermutlich fanden es die Vampire lustig, sich einen Vortrag darüber anzuhören, dass sie nicht existierten. Ich musste zugeben, dass er unterhaltsam war, und ich ertappte mich dabei, wie ich das eine oder andere Mal mitlachte, als es darum ging, welche absurden Behauptungen manche Menschen über ihre angeblichen Fähigkeiten aufstellten und wie leicht sich diese als Täuschungen entlarven ließen.

Vielleicht hätte ich ihm geglaubt, wenn ich nicht selbst recht handfeste Beweise dafür gehabt hätte, dass Hexen, Vampire, Geister und paranormale Aktivitäten überall um uns herum existieren. Zwar war es ihm gelungen, Menschen zu finden, die tatsächlich keine übersinnlichen Fähigkeiten besaßen, und dafür hatte er auch Beweise liefern können, doch meine Vermutung war, dass diejenigen unter uns, die über echte Kräfte verfügten, sich lieber vom guten Doktor und seinen Experimenten fernhielten.

Meine Gedanken begannen abzuschweifen, doch plötzlich bemerkte ich, dass direkt hinter Dr. Englishs Kopf irgendetwas im Gange war. Ich kehrte in die Realität zurück und sah, wie Affen in der Luft Purzelbäume schlugen. Sie sprangen hin und her, turnten übereinander, wälzten sich ausgelassen und schienen sich prächtig zu amüsieren, während Dr. English ganz normal weitersprach, als wäre nichts Ungewöhnliches geschehen.

Ich schaute mich um. War dies eines seiner Experimente? Hatte er vor zu fragen, wer von uns die Affen bei ihrer Akrobatik gesehen hatte, um uns anschließend zu erklären, wie der Trick funktionierte?

Doch alle anderen schauten den Dozenten an, als ob nichts Außergewöhnliches geschehen wäre. Irgendwie war mir heiß. Ich beugte mich zu Jennifer hinüber und fragte sie, ob sie Affen gesehen habe, die Purzelbäume schlugen.

Sie wandte sich zu mir um, ihre Augen weiteten sich verständnislos. Ich deutete mit einem Kopfnicken nach vorn, und sie schaute zur Bühne, ließ ihren Blick dann mit einem verwirrten Stirnrunzeln über den Boden bis zur Eingangstür wandern, als suchte sie nach herumstreunenden Affen. Schließlich drehte sie sich zu mir um und schüttelte den Kopf.

Bildete ich mir alles ein? Nun, offensichtlich schon, aber warum? Ich versuchte, meine Aufmerksamkeit zurückzugewinnen. Es war unmöglich, dem Arzt zu folgen, während die Affen herumalberten. Schließlich stellten sich die drei nebeneinander auf und imitierten die Gesten zu dem Spruch „nichts sehen, nichts hören, nichts sagen". Und dann hätte ich schwören können, dass der Affe, der vorgab, nichts sehen zu können, die Hand von seinen Augen nahm und mir zuzwinkerte, dass derjenige, der sich die Ohren zuhielt, mich mit einem zahnlosen Grinsen anlächelte, und dass derjenige, der den Mund bedeckte, mir einen Kuss zuwarf – und im nächsten Moment waren sie verschwunden.

Während alle nach vorne blickten, starrte mich der Mann von vorher schon wieder an. Er hatte sich auf seinem Stuhl umgedreht und anstatt sich dem Redner zuzuwenden, schaute er mich an, als ob wir ein Geheimnis teilen würden.

Ich richtete meine Aufmerksamkeit wieder auf Dr. English und würdigte den Mann keines Blickes mehr.

Gegen Ende der Sitzung wurde mir bewusst, dass ich mehr Zeit damit verbracht hatte, ein paranormales Phänomen über dem Kopf des Mannes zu beobachten, anstatt ihm zuzuhören, während er die Existenz des Paranormalen zu widerlegen versuchte. Alles in allem war es eine sehr merkwürdige Stunde. Ich konnte sehen, wie sich die Vampire gegenseitig anstupsten und leise Witze rissen, zweifellos auf Kosten des guten Doktors, während die normalen Menschen im Publikum nickend und lachend der Präsentation folgten. Zweifellos war diese unterhaltsam und er ein sehr humorvoller Mensch, doch mir drängte sich schon die Frage auf, ob er überhaupt in Erwägung zog, dass es Dinge gab, die über seinen Verstand hinausgingen. Dinge, die nicht durch wissenschaftliche Messungen und Gehirnscans bewiesen werden können? Ich dachte noch darüber nach, als die Sitzung mit begeistertem Applaus zu Ende ging.

Ich nahm mir einen Moment Zeit, um Alfred zu begrüßen, der etwas verspätet eingetroffen war und laut gelacht hatte, als der Moderator behauptete, Geister würden nicht existieren. Mit leiser Stimme gestand er mir: „Vielleicht ist es unhöflich, hierherzukommen und diesen Mann samt seinen Forschungen auszulachen, aber ich habe nun mal viel Zeit – und ich lache genauso gerne wie andere auch."

Ich konnte seinen Standpunkt voll und ganz verstehen. Ich hatte Alfred schon eine Weile nicht mehr gesehen, und wir sprachen darüber, was sich es Neues in der Vampirgemeinschaft gab, die in einem unterirdischen Wohnkomplex lebte, der über quer durch Oxford verlaufende Tunnel erreichbar war. Er gab zu, dass sie meine Großmutter und ihre enge Freundin Sylvia vermissten, die nach Cornwall gezogen waren und nun mit Jen und den kornischen Vampiren strickten. Auch ich vermisste sie.

„Aber was machst du eigentlich hier, Lucy? Ich hätte gedacht, du hättest zu viel um die Ohren, um zu einem Vortrag zu kommen, in dem erklärt wird, warum weder du noch ich existieren."

Sein offensichtlicher Scherz brachte mich zum Lächeln. „Ich besuche hier eine Konferenz über neue Marketingmethoden für unabhängige Einzelhändler."

Er runzelte die Stirn. „Wie viele Methoden gibt es denn, um einen Laden zu vermarkten? Gestaltet man nicht einfach ein ansprechendes Schaufenster und hofft, dass Passanten, die vielleicht Wolle benötigen oder mit dem Stricken anfangen möchten, hereinkommen und etwas kaufen?"

„Das ist wohl ein bisschen altmodisch, Alfred. Heutzutage dreht sich alles um Instagram und TikTok und was weiß ich sonst noch. Mein Newsletter trägt ganz bestimmt zum Umsatz des Ladens bei, und über unsere Website kann man Pullover und Stricksets bestellen. Das alles ist digitales Marketing."

Er schüttelte den Kopf. „Je älter ich werde, desto weniger verstehe ich die Welt." Ich sagte ihm, dass ich das völlig in Ordnung sei, und dass er sich nicht mit Online-Marketing-Methoden herumplagen müsse, wenn er sich nicht dafür interessiere. Aber zu meiner Überraschung sagte er: „Nein, Lucy, ich möchte, dass du Erfolg hast und dein Geschäft gut läuft. Ich weiß, dass es dir nicht um das Finanzielle geht – der Laden hat immer solide Gewinne erzielt –, aber ich sehe eine junge Frau, die Herausforderungen liebt, und dafür hast du meinen Respekt."

Es war wirklich lieb von ihm, das zu sagen, und vermutlich hatte er recht. Ich liebte Herausforderungen.

Schließlich war Dr. Christopher Weaver bereit zum Aufbruch, und mit einem Nicken in meine Richtung verschwanden die beiden in den Fluren – wer weiß, wohin.

Jennifer wartete auf mich, und während ich mich in Richtung Ausgang bewegte, fiel mein Blick auf Dr. Raymond English, der jetzt an einem Tisch saß, an dem seine Bücher zum Verkauf angeboten wurden. Als der letzte Besucher sich bei ihm für den ausgezeichneten Vortrag bedankt hatte, sah er auf und bemerkte meinen Blick.

Hätte er ihn nicht erwidert, wäre ich vielleicht einfach aus dem Raum gegangen, doch da ich seine Aufmerksamkeit gewonnen hatte, ging ich auf ihn zu. „Ich frage mich, ob Sie jemals in Betracht ziehen, dass es mehr auf der Welt geben könnte, als sich wissenschaftlich beweisen lässt?"

Seine Augen funkelten mich an. „Das ist wahrscheinlich die Frage, die mir am häufigsten gestellt wird. Meistens in Kombination mit einer langen Geschichte – von jemandem, der mir erzählt, dass er einen Geist gesehen hat, dass ein knurrender Tiger auf seiner Brust saß, als er aufgewacht ist oder dass manchmal eine alte Frau in einem Schaukelstuhl in seiner Zimmerecke sitzt. Aber für all diese Erfahrungen gibt es völlig logische Erklärungen. Also lautet die Antwort Nein."

„Ich könnte schwören, dass ich während Ihrer Vorlesung drei Affen gesehen habe, die über Ihrem Kopf akrobatische Kunststücke vollführt haben."

Sein Blick fokussierte sich kurz auf mich, dann brach er in Gelächter aus. „Sie haben sich wohl gelangweilt."

Ich lachte ebenfalls, wie er es von mir erwartete. „Keine Erklärung?"

„Ich vermute, Sie haben mit offenen Augen geträumt." Dann sagte er: „In meinem Buch finden Sie ein Kapitel über lebhafte Tagträume."

Angesichts dieses eindeutigen Hinweises blieb mir wohl kaum etwas anderes übrig, als meine Brieftasche zu zücken. „Super, ich würde gerne eins kaufen." Und als er fragte: „Für wen soll ich es signieren?", sagte ich ihm, dass mein Name Lucy sei.

Schwungvoll unterschrieb er mit seinem Namen und sagte dann: „Nun, Lucy, ich würde sagen, Sie haben eine sehr lebhafte Fantasie. In dieser Welt ist das keine schlechte Eigenschaft."

„Sie glauben also, dass alles, was unerklärlich erscheint, eine logische Erklärung hat?"

„Absolut. Und wenn Sie mir das Gegenteil beweisen können, werde ich meine Meinung ändern."

Oh, gekonnt hätte ich schon, aber zum Wohle aller, die wie ich in dieser Welt lebten und ihre geheimen Talente verborgen hielten, tat ich es natürlich nicht.

Ich ließ Dr. Raymond English in dem Glauben, dass das Paranormale nicht existierte.

KAPITEL 3

*I*ch verstaute das Buch in der Tasche, die ich mitgebracht hatte, und dann gingen Jennifer und ich hinaus auf den Flur.

Ich gönnte mir einen kurzen Moment, um den Anblick zu genießen.

Durch diese steinernen Gänge schritten Studenten und Professoren schon seit Jahrhunderten.

Ich war begeistert von den Steinbögen, hinter denen ein Garten lag, den hohen Gewölbedecken und den alten Holztüren, die in die Steinwände eingelassen waren.

Jennifer studierte den Campusplan.

„Unser Hörsaal ist hier entlang."

Ich ließ mich von ihr führen, während meine Gedanken immer noch darum kreisten, wie leicht man sich vor Dingen drücken konnte, die einem nicht geheuer waren, indem man eine logische Erklärung für sie fand.

Ich selbst hatte jahrelang meine eigenen Fähigkeiten verleugnet, bis ich schließlich herausfand, dass ich eine Hexe war – und plötzlich hatte alles einen Sinn ergeben.

Aber das, was mir mit den Affen im Hörsaal passiert war, ergab keinen Sinn.

Als sich die Menge zerstreut hatte und wir allein waren, wandte ich mich an Jennifer.

„Hast du die Affen wirklich nicht gesehen?"

„Nein, wirklich nicht."

„Aber das ergibt doch keinen Sinn. Wie kann ich etwas sehen, das du nicht gesehen hast?"

„Das habe ich mich auch schon gefragt. Meinst du, du könntest während der Vorlesung eingeschlafen sein und von ihnen geträumt haben?"

„Mehr oder weniger ist das dasselbe, was der Redner gesagt hat, als ich ihm die Frage gestellt habe. Er dachte, ich hätte geträumt."

„Unmöglich ist es nicht."

„Aber sie wirkten so echt. Sie standen sogar über seinem Kopf in einer Reihe und machten die Mimik zu ‚Nichts sehen, nichts hören, nichts sagen', und dann hat mich der Affe, der ‚nichts sagen' darstellte, direkt angesehen und mir einen Kuss zugeworfen."

„Ich weiß nicht, Lucy. Vielleicht brauchst du etwas zu essen."

Ich sah sie schockiert an.

„Du bist genauso schlimm wie Dr. Raymond English: Du glaubst nicht an paranormale Erfahrungen, obwohl gerade du genau weißt, dass sie durchaus möglich sind."

„Mag schon sein, aber selbst Hexen können träumen und dann glauben, dass das, was sie gesehen haben, echt war."

Ihre Erklärung stellte mich nicht ganz zufrieden, aber ich hatte auch keine bessere.

„Vielleicht hast du recht."

Wir gingen eine Treppe hinauf und durch eine Tür, die in einen modern umgebauten Teil der Hochschule führte.

Zum Glück wiesen uns gut sichtbare Schilder den Weg zu unserem Workshop „Moderne Marketingmethoden für den unabhängigen Einzelhändler".

Ich freute mich darauf, neue Wege zu entdecken, um den Verkauf in unserem Laden zu steigern.

Ich liebte das Cardinal Woolsey's, und auch wenn ich kein Talent fürs Stricken bei mir feststellen konnte, so hatte ich zumindest eines für den Einzelhandel entdeckt.

Der Laden lief so gut, dass ich nicht mehr so oft dort arbeiten musste und mittlerweile Personal zur Leitung des Geschäftes eingestellt hatte, das inzwischen sogar einen kleinen Gewinn abwarf.

Diesen hatte ich allerdings voll und ganz in den zweiten Laden in Cornwall investiert, den Jennifer leitete.

Um ehrlich zu sein, hatte ich nie geplant, ein Franchise-unternehmen zu gründen, aber meine Großmutter Agnes Bartlett – die jetzt eine Vampirin war – hatte Oxford unbedingt verlassen müssen.

Sie und ihre beste Freundin Sylvia Strand, eine ehemalige Bühnen- und Filmdiva aus den 1920er Jahren, waren nach Cornwall gezogen, wo Rafe ein traumhaftes Haus auf den Klippen über dem Meer besaß.

Allerdings hatte er das Haus nicht nur als Ferienresidenz gekauft.

Zu dem Grundstück gehörte eine alte Zinnmine, die von außen wenig reizvoll aussah und vor der deutliche Schilder standen, die vor Einsturzgefahr warnten.

Aber sobald man die Mine betrat, befand man sich in

einem unterirdischen Labyrinth aus hochmodernen, geschmackvoll eingerichteten Wohnräumen für Vampire.

Jennifer kümmerte sich also um den Laden in Cornwall und das kornische Vampirkontingent, während ich für den Laden in Oxford verantwortlich war.

Jennifer war meine beste Freundin und Hexenschwester, aber nun hatte uns unsere Zusammenarbeit noch enger zusammengeschweißt.

Ich glaube, wir hatten beide irgendwie befürchtet, dass meine Ehe unsere Verbundenheit schwächen könnte, doch das hatte sich ganz und gar nicht bewahrheitet.

Rafe war mein Ehemann und die Liebe meines Lebens, aber Jennifer war meine beste Freundin – daran würde sich nie etwas ändern.

Da ich in Oxford lebte und sie in Cornwall, freuten wir uns, ein paar Tage zusammen zu verbringen, um den Verkauf in unseren Läden anzukurbeln und dabei gleichzeitig eine schöne Zeit mit unserer besten Freundin zu haben.

Das nenne ich eine Win-Win-Situation.

Wir waren etwas früher zur ersten Sitzung gekommen, um unsere Kursmaterialien abzuholen.

Es war keine besonders große Konferenz. Wie sich herausstellte, waren nur zehn Teilnehmer angemeldet.

Ein Teil der Anmeldegebühr diente für ein Buch über die Psychologie des Marketings, geschrieben von Brynsley Clarke, Oxford-Professor und einer der beiden Dozenten dieses Kurses.

Es war eine schwere gebundene Ausgabe, die mehr an ein Lehrbuch als an ein Handbuch für den Einzelhandel erinnerte.

Die zweite Lehrkraft, Fiona Barnham, war Expertin für digitales Marketing – von ihr erhoffte ich mir besonders viel.

Jennifer und ich blieben an der Tür des Unterrichtsraums stehen, in der Hand hielten wir unsere Taschen, in denen unser Schlüsselband für den Kurs, der Stundenplan und das Buch verstaut waren.

Wie immer, wenn ich einen Raum mit fremden Menschen betrat, war ich von Natur aus neugierig, wer sie waren.

Schließlich waren wir alle hier, um neue Marketingmethoden zu lernen, und ich hoffte auf einen regen Austausch unter den Teilnehmern.

Es war natürlich nützlich, wenn Professoren über Käuferpsychologie und digitale Medien sprachen, aber diejenigen von uns, die tatsächlich einen eigenen Laden führten, hatten sicher auch viele Erfahrungen, die sie mit den anderen teilen konnten.

IM RAUM STANDEN einige Leute mit Taschen in der Hand – offensichtlich unsere Kommilitonen.

Einer von ihnen bemerkte uns, winkte und kam auf uns zu.

Er machte den Anschein einer Führungspersönlichkeit.

„Ich bin Geoffrey Turner", sagte er und streckte mir die Hand entgegen.

„Aber die meisten nennen mich Geoff."

Ich stellte mich vor, und dann schüttelte er auch Jennifers Hand.

„Ich bin Inhaber einer Boutique-Weinhandlung in Covent Garden in London. Geoffrey Turner Wines."

Seine Stimme war angenehm tief und klang kultiviert.

Er war ein schlanker, gut aussehender Mann, wahrscheinlich Mitte vierzig, mit einem gepflegtem Bart und kurzem, sandfarbenem Haar.

Seine Kleidung wirkte leger, aber teuer, und verlieh ihm den Stil eines britischen Gentlemans vom Lande, der dem Barbour-Katalog entsprungen zu sein schien.

Er hatte ein charmantes Lächeln und haselnussbraune Augen – Eigenschaften, die er Jennifer und mir gegenüber eher so einzusetzen schien, als würden wir uns hier in einer eleganten Single-Bar befinden und nicht bei einem Kurs über den Einzelhandel.

Dann stellte sich die Gruppe reihum vor.

Marion Wells erzählte, dass sie in Bath einen Laden mit Kostümverleih und Partyartikeln betreibe.

„Um ehrlich zu sein, bin ich hier, weil ich mein Geschäft über Halloween und die Jane-Austen-Festivals hinaus erfolgreicher machen muss. Vor diesen Veranstaltungen brummt der Laden, aber in der restlichen Zeit habe ich Schwierigkeiten, die Miete zu zahlen, die immer teurer wird."

Ich schätzte ihre Offenheit.

Marion hatte eindeutig Spaß daran, sich zu verkleiden.

Ihr lockiges braunes Haar war mit antiken Haarspangen verziert, und ihr Stil war eine Mischung aus Bohème und Theater. Zu ihrem mittellangen, weit ausgestellten Rock mit Samt- und Gobelin-Einsätzen trug sie eine weite rostfarbene Seidenbluse und eine Vintage-Perlenkette.

Neben Marion saß Rosa Torres, deren herrlicher spanischer Akzent sofort ins Ohr fiel.

Sie erklärte, dass sie ursprünglich aus Sevilla stamme und in Oxford ein Geschäft für Tanzbedarf betreibe.

„Ich verkaufe Schuhe für jedes Niveau, auch für Kinder, und wunderschöne Tanzkleidung für alle Altersgruppen – Gesellschaftstanz, Jazz, Ballett."

Dann grinste sie.

„Aber mein Herz schlägt für Salsa. Meine Kollektionen für lateinamerikanische Tanzkleider gehören zu den besten im ganzen Land."

Rosa trug ein grünes Kleid, das ihre weiblichen Rundungen betonte und von der Taille abwärts ausgestellt war – zweifellos ein Stück aus ihrer eigenen Kollektion.

„Ich nehme an, Sie tanzen selbst?", fragte ich beeindruckt.

Sie lachte.

„Früher habe ich an Wettbewerben auf der ganzen Welt teilgenommen. Heute tanze ich nur noch zum Spaß."

Rosa war vermutlich um die vierzig, hatte glänzendes, dunkles Haar, das in weichen Locken bis über ihre Schultern fiel, und große braune Augen.

Da wir die Einzigen waren, die Geschäfte in Oxford betrieben, beschlossen Rosa und ich, Wege zu finden, um uns gegenseitig zu unterstützen.

Der Kurs hatte noch nicht einmal begonnen, und doch fühlte ich mich schon jetzt bereichert.

Der Nächste, der sich vorstellte, war Derek Young – etwa in meinem und Jennifers Alter, also um die dreißig.

Er führte ein Elektronikgeschäft in Manchester. Fast schien es, dass er uns einen Gefallen damit tat, diese Information mit uns zu teilen.

Er hatte stechend grüne Augen, war groß und schlank und hatte sich eine Glatze rasiert.

Er trug Jeans und einen alten Kapuzenpulli – seine Brille

hingegen war sehr schick, und da er ständig auf seine Uhr schaute, vermutete ich, dass es sich dabei um eines von diesen Smartwatch-Dingern handelte, die alles anzeigten – vom Kalorienverbrauch bis zu eingehenden E-Mails.

Ich fragte mich, ob sie überhaupt die Uhrzeit anzeigte.

Derek schien jedenfalls mehr Interesse an seiner Uhr als an uns zu haben.

Neben ihm saß ein Ehepaar, das im Gegensatz zu dem mürrischen Derek sichtlich bemüht war, Kontakt zu den anderen aufzunehmen.

Der Mann trat nach vorn und schüttelte jedem von uns fest die Hand und schaute ihm dabei tief in die Augen.

Er wirkte so geübt, dass ich mich fragte, ob er wohl einen Kurs mit dem Titel „Wie Sie einen bleibenden Eindruck hinterlassen" besucht hatte.

„Ich bin Graham Sinclair", sagte er, zuerst an Geoff gewandt, dem er einen kräftigen Händedruck gab.

„Und das ist meine Frau Isla."

Mit seinem breiten schottischen Akzent erklärte er, dass sie in Edinburgh gemeinsam ein kleines, exklusives Reisebüro mit dem Namen ThistleGate Journeys leiteten.

Graham Sinclair war ein stämmiger Mann Mitte vierzig mit sandfarbenem Militärhaarschnitt.

Er hatte haselnussbraune Augen und gerade Zähne, die zum Vorschein kamen, wenn er lächelte. In seinem knabenhaft schönen Gesicht fiel eine lange Narbe auf, die sich von der Mitte seiner Nase bis zum Mundwinkel zog.

Er trug die Art von Kleidung, die man in Geschäften für Outdoor-Abenteuer fand: Tagsüber eignete sie sich für die Besichtigung von Sehenswürdigkeiten oder eine Wanderung in der Wildnis, nach kurzem Waschen und Trocknen konnte man damit auf Safari oder eine Heißluftballonfahrt gehen und in einem schicken Bistro zu Abend essen.

Selbst seine Schuhe sahen aus wie eine Mischung aus Wanderschuhen und Trailrunnern.

Als ich mit dem Händeschütteln an der Reihe war, suchte er meinen Blick und wiederholte meinen Namen, als wollte er sichergehen, dass er sich diesen merkte.

Isla Sinclair folgte ihm und schüttelte ebenfalls die Hände der locker im Kreis stehenden Menschen.

Ihr roter Kurzhaarschnitt sah praktisch aus, wahrscheinlich konnte sie ihn in fünf Minuten waschen und föhnen.

Ihre Hose und Bluse waren zwar stilvoll, aber schon ziemlich verwaschen und abgenutzt, und über ihrer Schulter hing eine große Handtasche.

Die einzigen Schmuckstücke, die sie trug, waren ein schlichter Ehering, eine goldene St.-Christophorus-Medaille an einer Kette und als würde sie damit ihrem sonst so praktischen Outfit trotzen wollen, trug sie unverhältnismäßig große, goldene Ohrringe.

„Ein Reisebüro", bemerkte Geoff.

„Ist das nicht ein Gewerbe, das in Zeiten von Online-Agenturen auf dem absteigenden Ast ist?"

Ich glaube nicht, dass Geoff absichtlich unhöflich sein wollte, eher war er neugierig.

So musste es auch Graham Sinclair interpretiert haben. Mit einem festen Nicken antwortete er:

„Da haben Sie recht, Geoff. Deshalb richten wir uns an Reisende mit gehobenen Ansprüchen, die ein maßgeschneidertes Abenteuer suchen."

Mit einem Lachen wandte er sich an seine Frau.

„Und wir haben da schon so einiges erlebt, nicht wahr, Is?"

Dabei tippte er mit dem Finger auf die Narbe, die seine Wange in zwei Hälften teilte.

„Sie fragen sich sicher, woher die kommt. Isla und ich waren auf einer Trekkingtour in den peruanischen Anden, um weniger bekannte Pfade im Heiligen Tal zu erkunden. Wir organisieren keine Tour, ohne die Route vorher selbst zu testen. Das Terrain war anspruchsvoll – oft mit schmalen und steilen Wegen. An einem besonders harten Tag befanden wir uns gerade an einem ganz schön heimtückischen Abschnitt, da gab es einen Erdrutsch, der Geröll und Steine ins Rollen brachte. Ich bemerkte die herabfallenden Steine gerade noch rechtzeitig, um Isla zur Seite zu ziehen, aber nicht ohne Folgen." Er tippte erneut auf die Narbe. „Ich hatte Glück, dass ich mit einem Schnitt auf der Wange davongekommen bin."

Marion schrie entsetzt auf. Dann seufzte sie und sagte:

„Ich wünschte, ich hätte einen Mann, der so gut auf mich aufpasst."

Isla lächelte angespannt.

„Ich habe wirklich Glück", sagte sie, doch in ihrer Stimme lag ein harter Ton.

Bevor ich weiter darüber nachdenken konnte, ob die Ehe der Sinclairs durch die gemeinsame Arbeit belastet wurde, winkte Geoffrey plötzlich jemandem hinter mir zu, und als ich mich umdrehte, sah ich eine Frau zögernd in der Tür stehen.

Sie trug einen braunen Rock und ein Hemd aus einem dieser natürlichen Stoffe, die immer zerknittert aussehen.

Als sie näherkam, wirkten ihre großen, blassblauen Augen hinter der übergroßen Brille riesig.

Sie blinzelte und schaute von einem zum anderen. „Sind Sie alle wegen der Einzelhandelskonferenz hier?", fragte mit leiser Stimme.

Da wir alle Taschen und Schlüsselbänder mit entsprechender Aufschrift um den Hals trugen, schien ihre Frage etwas fehl am Platz.

Doch Geoff lächelte sie ermutigend an.

„Natürlich. Und wer sind Sie?"

„Ich bin Anthea Fitzgerald. Ich stelle handgemachte Seifen und Körperpflegeprodukte im Lake District her, da wohne ich. Alles, was ich produziere, besteht aus lokalen und natürlichen Zutaten. Ich habe auch ein Geschenk für jeden von Ihnen mitgebracht." Für jemand, der so zögerlich aussah, war sie ganz schön schnell zur Vorstellung übergegangen. Dann griff sie in ihre Tasche und reichte jedem von uns eine kleine Tube. „Das ist Lavendel-Handcreme. Sie enthält verschiedene Kräuter, als Grundlage dienen reines Bienenwachs und pflanzliche Öle.

Sie macht die Hände wunderbar geschmeidig und wirkt entspannend. Falls Sie nachts Probleme haben, in diesen merkwürdigen Betten zu schlafen, reiben Sie Ihre Hände damit ein und atmen Sie den Duft ein. Das hilft bestimmt."

Als ich mich bei ihr bedankte, bemerkte ich, dass sie eine Karte mit Informationen über ihr Geschäft und über Online-Bestellungen um den Hals trug.

„Das, was Sie gerade machen, ist eine großartige Marketingidee", sagte ich.

Sie blickte fast beschämt zu Boden.

„Ich bin nicht besonders gut darin, mich selbst zu vermarkten. Aber man sagt ja, dass man leichter etwas verkauft, an das man wirklich glaubt, und ich glaube an meine Produkte. Ich liebe Tiere und die Natur viel zu sehr, um daraus Profit zu schlagen." Sie verriet uns, dass alles, was sie trage, aus fair angebautem und verarbeitetem Hanf bestünde, und sogar ihre Stiefel aus veganem Leder seien.

Plötzlich fühlte ich mich wegen vieler meiner Entscheidungen schuldig. Anthea Fitzgerald war fast zu schön, um wahr zu sein.

Die Frauen in der Gruppe öffneten sofort die Tuben, um die Creme auszuprobieren.

Der Duft war wunderbar. Die Männer hingegen steckten ihre Tuben in die Taschen, als sei es unmännlich, Handcreme mit Lavendelduft zu verwenden. Ich ertappte Derek Young dabei, wie er sich umsah, als würde er einen Mülleimer suchen, und als er bemerkte, dass ich ihn beobachtete, warf er die Tube schnell in seinen Rucksack, als wäre er ein Abfallkorb.

Dann betraten zwei Personen den Raum, die eindeutig die Kursleiter waren.

„Guten Tag", sagte Professor Clarke mit dröhnender Stimme, die vermuten ließ, dass er daran gewohnt war, sie in vollen Hörsälen einzusetzen. „Ich bin Professor Brynsley Clarke. Und das ist meine Kollegin Fiona Barnham."

Professor Clarke hatte volles, graues Haar und glitzernde blaue Augen. Er war groß und schwer, ohne dick zu sein, und besaß eine magnetische Anziehungskraft. Fiona Barnham hingegen war kleiner gebaut und so tadellos gekleidet, als würde sie eine Werbekampagne bei einem wichtigen Kunden präsentieren müssen. Ihr dunkles Haar war zu einem glatten Bob geschnitten, und ihr kantiges Gesicht war attraktiv und vermittelte Seriosität. Alles an ihr war geradlinig, von ihren knochigen Schultern bis zum Schnitt ihrer Jacke.

Als wir zu den beiden Professoren gingen und uns vorstellten, holte Anthea Fitzgerald zwei weitere ihrer nach Lavendel duftenden Handcremes hervor und erzählte den Dozenten ihre Geschichte.

Als sie Professor Clarke seine übergab, ergriff sie seine Hand. „Sie sind bestimmt Hobbygärtner. Sie werden sehen, dass die Creme ausgezeichnet gegen trockene Haut wirkt, die von der Gartenarbeit kommt."

Wir schauten alle auf seine Hand, und tatsächlich, unter einigen Fingernägeln befand sich eine Spur von Erde, und seine Hände hatten das für Gärtner typische raue Aussehen. „Schuldig im Sinne der Anklage", sagte er. „Ich habe gestern sowohl meine erste als auch meine zweite Frühsaat gepflanzt." Als er die verwirrten Blicke sah, erklärte er seine Aussage genauer. „Erbsen. Zwei Sorten, die beide früh gesät werden. In zwölf Wochen werden wir frische Erbsen aus unserem Garten essen können", sagte er zufrieden.

„Haben Sie einen großen Garten?", wollte Anthea wissen.

„Meine Frau und ich wohnen hier im College. Es gibt einen Master's Garden, und die Gärtner, die hier angestellt sind, um das Gelände zu pflegen, haben mir freundlicher-weise ein Beet für mein Gemüse überlassen. Ich baue es an, und meine Frau kocht es. Momentan ist sie nicht da, sonst hätte sie mich nie mit Dreck unter den Nägeln aus dem Haus gelassen."

„Der Master's Garden", sagte Derek Young. „Ihrer ist das

also? Warum befindet sich der Garten hinter verschlossenen Türen?"

Der Professor wirkte leicht verblüfft über den aggressiven Tonfall. „Die Tür ist nicht abgeschlossen", sagte er. „Wir machen sie hauptsächlich deshalb zu, um Hunde fernzuhalten. Und eine Tür, die schon seit Hunderten von Jahren existiert, entfernt man nicht. Nicht in einem Oxford-College." Er nahm die Tube mit der Creme und studierte sie. Sowohl er als auch Fiona Barnham sahen sich das Produkt an und studierten das daran befestigte Schildchen. Dann stieß Professor Clarke sein dröhnendes Lachen aus.

„Nun, das ist ein sehr gutes Beispiel für das Gesetz der Gegenseitigkeit", erklärte er uns.

„Das was?", fragte Marion Wells und holte ein Notizbuch hervor.

„Das Gesetz der Gegenseitigkeit besagt: Wenn ich jemandem etwas schenke oder ihm einen Gefallen tue, ist er viel eher geneigt, im Gegenzug etwas für mich zu tun. In diesem Fall" – er warf einen Blick auf das Etikett – „hat uns Anthea Fitzgerald von Keswick Kreations eine Musterprobe ihrer Waren gegeben. Interessant, dass Sie das Wort Kreations mit *K* geschrieben haben, das ist sicher einprägsam. Bestimmt probiert jeder von uns dieses Produkt gleich aus und mag es oder hat einfach das Gefühl, wir sollten ihre Website besuchen und vielleicht etwas kaufen und nach Hause schicken lassen, weil sie uns schließlich etwas Kostenloses gegeben hat." Dann drehte er sich zu ihr um und sagte: „Und danke, dass Sie mir die Gelegenheit gegeben haben, ein wenig von dem zu erzählen, was wir in den nächsten drei Tagen lernen werden."

„Schleimerin", sagte mir eine abfällige Stimme mit einem Akzent aus Manchester ins Ohr. Ich musste mich gar nicht umdrehen, um zu wissen, dass es Derek Young war. Ich fragte mich, warum er überhaupt das Opfer erbracht hatte, die Gebühr für diesen Kurs zu bezahlen, wenn er so negativ an die Sache heranging.

iona Barnham, die eher einen geschäftsmäßigen Eindruck vermittelte als er, forderte uns auf, uns zu setzen. Alle schwirrten durch den Raum, Jennifer und ich setzten uns natürlich nebeneinander, und jeder der restlichen Kursteilnehmer suchte sich den Platz aus, der ihm am besten gefiel, manche eher vorne im Raum, wie Anthea Fitzgerald, manche ganz hinten, wie Derek Young. Das erinnerte mich ungemein an die Highschool, wo die fleißigen Schüler ihre Plätze vorne hatten, während die, die keine Sekunde ihrer Raucherpause vergeuden wollten, weiter hinten saßen, wo sie weniger vom tatsächlichen Unterricht gestört werden konnten.

Ich holte ein nagelneues Notizbuch heraus, das ich mir zugegebenermaßen extra für diesen Kurs besorgt hatte. Jennifer war eindeutig aus dem gleichen Holz geschnitzt wie ich, denn auch sie zückte ein sehr ähnlich aussehendes Notizbuch, das sie offensichtlich nur für dieses Seminar gekauft hatte. Jede von uns schrieb das Datum in die obere

Ecke des linierten Papiers und wartete dann darauf, dass die Enthüllungen ihren Lauf nahmen.

Gerade als der Unterricht losgehen sollte, stürmte eine mit Perlen behangene Frau herein, hinter der ein Schal herwehte. Er war grün, hauchdünn und erinnerte mich irgendwie an auf dem Meer treibendes Seegras. Sie gehörte zu jener Art von Menschen, die alle Blicke auf sich zogen.

„Es tut mir so leid. Bin ich zu spät dran?", fragte sie, während sie hastig auf einen Sitzplatz zusteuerte, von dem sie sich sofort wieder erhob, um sich weiter nach vorne zu setzen. „Also, wissen Sie, auf dem Weg hierher hatte ich eine außerkörperliche Erfahrung, und als ich wieder zu mir gekommen bin, ist mir klargeworden, dass ich zu spät dran bin."

Eine außerkörperliche Erfahrung?

Die Frau schien um die fünfzig zu sein, und ihren Stil konnte man nur als dramatisch bezeichnen. Sie trug ein schwarzes Kleid, das ihr bis zu den Knöcheln reichte und das sie mit Tüchern und Edelsteinen verziert hatte. Auf ihrem Kopf prangte ein bunter Schlapphut, der wie eine Mischung aus Baskenmütze und Kappe aussah, darunter traten zerzauste Haare in verschiedenen Farben hervor. An ihrer gepiercten Augenbraue trug sie einen silbernen Ring, und auf ihrer Nase glitzerte ein Diamantstecker.

„Ist schon in Ordnung. Wir hatten noch nicht angefangen. Möchten Sie sich kurz vorstellen und uns etwas über Ihr Geschäft erzählen?", fragte Professor Clarke sehr höflich.

„Natürlich." Sie erhob sich wieder und machte eine merkwürdige Geste, als ob sie einen Kreis um ihren Kopf zeichnen würde. Dann strahlte sie uns alle an. „Sie müssen mich entschuldigen. Ich baue gerade meine psychische

Schutzbarriere auf. Sehen Sie, ich bin extrem sensibel und eine bekannte Hellseherin noch dazu, deshalb muss ich gut darauf achten, mich vor Ihrer Energie zu schützen." Die Armreifen an ihrer Hand klimperten musikalisch, als sie mit den Händen herumfuchtelte. An jedem Finger trug sie mindestens einen Ring. „Ach, schon besser", sagte sie und stieß einen tiefen Seufzer aus. „Ich heiße Celeste Willowbrook. Auf den Namen Celeste wurde ich tatsächlich getauft – wunderschön, wie ich finde, weil er sich ganz eindeutig auf die Himmelskörper und die Sterne über uns bezieht. Ich betreibe in Brighton ein Geschäft für Kristalle und Edelsteine. Es heißt *Celestial Crystals*." An dieser Stelle kicherte sie. „Aus offensichtlichen Gründen."

Und dann hob sie eine Hand. „Ich weiß, dass sich jeder von Ihnen eine Einzelsitzung wünscht, aber ich muss Sie bitten, meine übersinnliche Energie zu respektieren und mir die Möglichkeit zu geben, meine Gaben spontan einzusetzen, wenn ich mich dazu berufen fühle."

Jennifer beugte sich näher zu mir und fragte: „Meint sie das wirklich ernst?"

„Zumindest ist sie unterhaltsam", antwortete ich.

Es folgte ein Moment der fassungslosen Stille, nachdem Celeste sich vorgestellt hatte. Die beiden Dozenten wechselten einen Blick, und dann sagte Fiona Barnham: „Sie haben die Anmeldung verpasst, aber das können wir später regeln."

Nachdem wir uns vorgestellt hatten, verging die erste Stunde hauptsächlich damit, dass der Professor uns ausführlich von seinen zahlreichen Errungenschaften erzählte, während Fiona Barnham ihr Fachwissen kurz und bündig darstellte. Ich hatte das Gefühl, dass der große Professor zwar weitaus mehr Studien über menschliches Verhalten vorweisen konnte, die praktischeren Tipps und Tricks jedoch eher von der Expertin für digitale Medien kommen würden. Trotzdem blieb ich unvoreingenommen.

Es war faszinierend, in einer Kundin oder einem Kunden nicht nur jemanden zu sehen, der einfach einen Pullover stricken wollte, sondern ein komplexes Geflecht aus Emotionen, Bedürfnissen und psychologischen Reaktionen. All dies konnten wir gezielt und subtil dazu nutzen, jemanden dazu bringen, das Cardinal Woolsey's zu betreten, etwas zu kaufen, noch mehr zu kaufen und schließlich zu treuen Stammkunden zu werden. Vermutlich setzten wir vieles davon bereits um, ohne zu wissen, dass wir dabei einem psychologischen Marketing-Drehbuch folgten, aber trotzdem fand ich es spannend, darüber nachzudenken, dass ein unabhängiges Geschäft viel mehr Möglichkeiten zum Aufbau von Kundenloyalität hatte als eine große Kette. Einiges davon machte ich bereits, etwa wenn ich mich an die Namen einer Kundin erinnerte, die den Laden betrat, oder indem ich mir Details wie Geburtstage oder die Anzahl eventueller Enkelkinder aufschrieb. Meine Großmutter hatte alles auf Karteikarten vermerkt, aber ich hatte die meisten Informationen digitalisiert. Wenn eine Kundin hereinkam, brauchte ich nur ein paar Tasten auf meinem Laptop zu drücken und schon war ich in der Lage, sie zu fragen, ob ihr Teddy Lamonts erdfarbener Frühlingspullover gefallen habe oder was ihr Enkel zu dem roten Pullover mit den Lastwagen gesagt habe, auch wenn ich mich eigentlich nicht an alle Einzelheiten erinnerte.

Wer einen bestimmten Betrag im Cardinal Woolsey's ausgab, bekam manchmal einen Rabattcoupon. Es war nichts Weltbewegendes, aber anscheinend hatten alle diese Dinge hochtrabende Namen: Verschenkte man beispielsweise eine kostenlose Probe, so fiel dies unter das Gesetz der Gegenseitigkeit. Wenn ich schon nichts anderes lernte, so würde ich zumindest mit ein paar ausgefallenen Begriffen um mich werfen können.

Als Fiona Barnham das Wort ergriff, ging sie anhand einer PowerPoint-Präsentation auf die verschiedenen sozialen Medien und ihre Anwendungsmöglichkeiten für unabhängige Einzelhändler ein. Wie ich vermutet hatte, machte ich mir während ihres Vortrags, der im Wesentlichen einen groben Überblick gab, viel mehr Notizen, und sie versprach, dass sie in den nächsten Tagen genauer ins Detail gehen würde.

Dann wurde jeder von uns aufgefordert, den anderen zu erzählen, was unserer Meinung nach die Stärken und Schwächen unseres Marketings waren. Mit anderen Worten: Sie wollten wissen, was wir bereits richtig machten und warum wir hier waren.

Zum Glück wurde ich nicht als Erste aufgerufen und hatte so ausreichend Zeit, um über meine Antwort nachzudenken. Stattdessen wählte Professor Clarke Anthea Fitzgerald aus und lächelte sie onkelhaft an.

„Da Sie sofort losgelegt haben und Ihren Laden bei Ihren Kommilitonen und Dozenten vermarktet haben, könnten Sie uns vielleicht schildern, welche Stärken Ihr Geschäft auszeichnen und mit welchen Herausforderungen Sie zu kämpfen haben?"

Anthea Fitzgerald fummelte an ihrer großen Brille herum und starrte in ihr aufgeschlagenes Notizbuch, als hätte sie die Antwort eigentlich dort aufschreiben wollen, dann aber keine Zeit dazu gehabt. Sie schaute sich um und sah, wie wir sie alle erwartungsvoll ansahen, dann setzte sie an: „Ich glaube, ich bin gut darin, anderen etwas zu geben. Ich bin ein großzügiger Mensch. Ich glaube an mein Produkt, und ich tue alles in meiner Macht Stehende, um sicherzustellen, dass alles so rein wie möglich ist. Alle meine Zutaten sind biologisch, natürlichen Ursprungs und, soweit es möglich ist, aus der Region." Während sie sprach, hatte sie etwas Engelhaftes an sich.

Dann verdüsterte sich ihre Miene. „Womit ich am meisten zu kämpfen habe, ist wohl die Tatsache, dass es teuer ist, solchen Prinzipien treu zu sein, und dass meine Konkurrenten größtenteils billige Zutaten verwenden, die von weit her kommen – was aber niemanden zu interessieren scheint. Deshalb habe ich finanziell zu kämpfen. Und das ist der Grund, warum ich hier bin."

Während Fiona Barnham sich Notizen von dem machte, was Anthea sagte, sah Professor Clarke sie nur an und nickte. Er sagte: „Vielen Dank für Ihre Aufrichtigkeit. Es ist klar, dass alle Anwesenden hier Informationen teilen und neue Geschäftsstrategien erlernen, und ich denke, es versteht sich von selbst, dass wir alles, was in diesem Raum geschieht, vertraulich behandeln." Er sah sich um und vergewisserte sich, dass wir alle nickten.

Dann sagte er: „Ich werde mein Bestes tun, um auf Ihre

Sorgen einzugehen. Mal sehen, ob wir Marketingtechniken finden, die Ihnen helfen könnten, größere Gewinne zu erzielen. Es klingt, als hätten Sie ein wunderbares Produkt, an das Sie glauben, und das ist das Wichtigste von allem."

Sie errötete vor Freude, und dann wandte er sich an den Mann, der neben ihr saß. Das war Geoff Turner.

Er sagte: „Ich bin Geoffrey Turner", hielt inne und starrte den Professor an.

Professor Clarke runzelte die Stirn, dann trat ein Lächeln auf seine Lippen. „Habe ich mir doch gedacht, dass ich Sie kenne. Geoff, wie schön, Sie wiederzusehen!" Als wir uns daraufhin natürlich alle fragten, was es damit auf sich hatte, lächelte er die Klasse strahlend an. „Geoff war ein Student von mir, hier in Oxford. Wie lange ist das jetzt her, Geoff? Fünfzehn Jahre?"

„Vierzehn."

„Die Zeit vergeht wie im Flug. Geoff war ein ausgezeichneter Student im Fachbereich Psychologie, deshalb war ich auch sein Tutor. Außerdem war er ein Jahr lang mein Forschungsassistent. Schön, Sie wiederzusehen!"

„Schön, wieder hier zu sein."

„Erzählen Sie uns also etwas von Ihrem Geschäft?"

Genauso wie Anthea zuvor, nahm auch Geoff mit den meisten von uns Blickkontakt auf, als er uns Genaueres über sein exklusives Weingeschäft in Covent Garden erzählte. „Meine Stärken sind, dass ich mir einen ausgezeichneten Kundenstamm aufgebaut habe und Spitzenjahrgänge anbiete, die man nirgendwo anders findet. Jedes Jahr mache ich eine Weinreise, so baue ich Beziehungen zu den Winzern auf und sichere mir deren Treue."

Das klang alles beeindruckend. Ich wusste nur zu gut, wie wählerisch Rafe bei seinen Weinen war, deshalb konnte ich mir vorstellen, dass Geoffreys Kunden über einen ausgezeichneten Gaumen und ein großes Budget verfügten.

Geoff verstummte, strich sich über den Bart und zog daran, sodass sich seine Unterlippe leicht nach unten verzog. „Vermutlich habe ich mit Ähnlichem zu kämpfen wie Anthea. Die Ladenmieten in Covent Garden sind astronomisch. Die meisten meiner Kunden sind wohlhabend, aber wenn die Wirtschaftslage angespannt ist, bekommen das alle zu spüren, und guter Wein gehört zu den ersten Dingen, die aus dem Budget gestrichen werden. Oh, ich sage nicht, dass die Leute nichts trinken, aber anstatt sich eine Flasche für fünfzig Pfund zu kaufen, gehen sie wahrscheinlich zum nächsten Tesco und besorgen sich eine für zehn Pfund." Ein Lachen ging durch die Runde.

Ich dachte an Rafes außergewöhnlichen Weinkeller und fragte mich, ob er wohl jemals von Geoffrey Turners Weinhandlung gehört hatte. Ich würde ihn mal fragen müssen.

Als Nächste war ich an der Reihe. Ich sagte: „Ich bin Lucy Swift Crosyer und leite hier in Oxford den Woll- und Strickladen Cardinal Woolsey's."

Der Professor strahlte mich an. „Oh, eine Einheimische. Ich glaube, meine Frau war schon einmal in Ihrem Geschäft."

In meinem Laden waren schon viele Leute gewesen, aber wenn sie eine Stammkundin war, musste sie einen anderen Nachnamen haben. Doch ich lächelte nur und nickte. „Ich glaube, die Stärke meines Ladens ist, dass meine Großmutter ihn gegründet hat, deshalb gibt es ihn schon sehr lange und er hat nicht viel Konkurrenz. Dank des Online-Verkaufs und unseren Stricksets haben wir ein recht gutes Geschäft aufgebaut, und seit Kurzem biete ich auch handgestrickte Kleidungsstücke an, die hier hergestellt werden." Was ich nicht verraten konnte, war, dass ein großer Vorteil darin bestand, begeisterte Strickerinnen und Stricker zu haben, die in nur einer Nacht ein ganzes Kleidungsstück fertigstellen konnten. Es war eine Art geheime Vampirfabrik. Ich fuhr fort: „Vor Kurzem haben wir eine zweite Niederlassung in Cornwall eröffnet, die von meiner Freundin Jennifer geführt wird." Ich zeigte auf meine Freundin. „Ich denke, der Grund, warum wir hier sind, ist, dass wir versuchen, die Synergie unserer zwei Läden zu nutzen, um das Geschäft von beiden anzukurbeln." Ich war sehr beeindruckt, dass ich das Wort Synergie verwendet hatte. Es klang so geschäftsmäßig und intelligent. Vielleicht sickerte ein Teil des Wissens, das in diesen Mauern steckte, langsam in mich ein.

„Ich bin hier, um zu lernen, wie ich effizienter arbeiten kann. Wie es scheint, entstehen jeden Tag neue Arten von sozialen Medien, und es ist anstrengend, immer auf dem neusten Stand zu sein."

Fiona Barnham nickte. „Wir werden darüber sprechen, welche sozialen Medien am besten zu Ihnen passen und wie Sie diese optimieren können."

Ausgezeichnet.

Dann ergriff Jennifer das Wort und sagte: „Ich bin Jennifer Cunningham, und wie Lucy schon sagte, leite ich *Die Jakobsmuschel*, ein Strick- und Handarbeitsgeschäft in Tregrebi, Cornwall. Es hat sich noch nicht so etabliert wie das Cardinal Woolsey's; es ist ja noch ganz neu. Bei uns kommen jede Menge Touristen vorbei, die unbedingt einen Fischerpullover kaufen wollen – oder ein Muster und die richtige Wolle, um selbst einen zu stricken –, aber ich glaube, was mir zu schaffen macht, ist, feste Kunden vor Ort zu finden und, wie Lucy sagt, denke ich, wir müssen Wege der Zusammenarbeit finden, um den Umsatz von beiden zu steigern."

Professor Clarke nickte uns beiden zu. „Da erwartet uns eine spannende Herausforderung: Wir werden zwei miteinander verbundene Unternehmen und ein gerade entstandenes Franchise-Projekt betrachten. „Ich freue mich, dass Sie hier sind."

Als er zu Marion überging, die das Geschäft für Partyartikel und Kostümverleih in Bath führte, fiel er ihr ins Wort, noch bevor sie etwas anderes sagen konnte, als woher sie kam „Oh, ich liebe Bath. Ich könnte den ganzen Tag damit verbringen, durch die Römischen Bäder zu wandeln. Und dann gibt es dort ein sehr nettes Café, das direkt am Pulteney Weir liegt."

Sie nickte lächelnd. „Stimmt. Ja, die Stadt ist wirklich schön und sehr beliebt bei Touristen." Und dann erklärte sie ihm, was sie auch uns erzählt hatte, nämlich, dass sie in Zeiten, wenn nicht gerade Halloween oder das Jane-Austen-Festival anstünden, Schwierigkeiten habe. Es gebe zwar Geburtstagsfeiern und Junggesellinnenabschiede, aber in den ruhigen Monaten müsse sie mehr Umsatz machen.

Derek Young ergriff als Letzter das Wort, und er sprach hektisch und mit einem spöttischen Unterton. „Es war nicht meine Idee hierherzukommen. Meiner Meinung nach läuft bei uns alles bestens. Aber ich habe einen Investor, der meinte, es wäre gut, wenn ich mir hier ein paar Tipps zum Marketing holen würde. Wohlgemerkt benutze ich schon TikTok, Instagram, Facebook, Snapchat, BeReal ...", und er fuhr fort, Apps aufzuzählen, von denen ich in den meisten Fällen noch nie gehört hatte. Ich hatte das Gefühl, dass Derek Young viel Zeit im Internet verbrachte.

Jennifer beugte sich vor und flüsterte: „Ich wette fünf Dollar, dass es sich bei dem *Investor* um seine Mutter oder seinen Vater handelt."

Ich versuchte so gut es ging, mein Kichern in ein Husten zu verwandeln. Bestimmt hatte sie recht.

Celeste erzählte uns ohne Umschweife, dass sie Tarotkarten und Edelsteine benutze, um ihr Marketing zu gestalten. Nun, ich selbst nutzte immer noch traditionelle Marketingtechniken, obwohl ich Zauberkräfte zur Verfügung hatte.

Graham Sinclair sprach für sich und seine Frau und erklärte uns, ihre Stärke sei die hohe Qualität und der individuelle Zuschnitt ihrer Reisen. Es schien ihm ein Dorn im Auge zu sein, dass er sich eine Schwäche eingestehen sollte, aber zu guter Letzt gab er zu, dass er befürchtete, bald ein Burnout zu haben, weil er und seine Frau nicht nur die Geschäftsleitung von ThistleGate Journeys innehatten, sondern die Reisen auch selbst durchführten. „Die Vorstellung, dass jemand anderes für uns arbeitet, gefällt uns nicht", räumte er ein. „Wir befürchten, dass die Qualität nicht mehr dieselbe wäre."

Professor Clarke nickte weise. „Die Psychologie ist für Geschäftsinhaber genauso wichtig wie für Kunden", sagte er. „Es freut mich, dass Sie dieses weit verbreitete Problem angesprochen haben."

Er wollte schon zum nächsten Teilnehmer übergehen, da fragte Fiona Isla Sinclair, ob sie noch etwas hinzufügen wolle. Nach einer kurzen Pause ergriff die Frau das Wort. „Es ist schwierig, mit seinem Geschäftspartner verheiratet zu sein", gab sie schließlich zu.

Der Blick, den ihr Ehemann und Geschäftspartner ihr nach dieser Äußerung zuwarf, war alles andere als freundlich.

KAPITEL 5

*A*ls der erste Tag zu Ende ging, sagte Fiona Barnham: „Wir haben ein paar Hausaufgaben für Sie. Machen Sie ein Brainstorming zu der Frage, wie Sie Ihren Vertrieb und Ihr Marketing verbessern können, und lassen Sie sich drei Möglichkeiten einfallen, über die wir morgen sprechen."

Und dann meldete sich Professor Clarke zu Wort: „Und ich empfehle Ihnen, Kapitel eins und zwei meines Buches zu lesen. Die Psychologie liegt fast jedem Kauf zugrunde."

„Ich habe Ihr Buch schon gelesen", sagte Geoff und fixierte Professor Clarke.

„Aber natürlich haben Sie das", fuhr Derek ihn an. „Sie sind schließlich ein regelrechter Streber. Als würde sich Ihr edles Gesöff so besser verkaufen lassen!"

Geoff wurde rot im Gesicht, reagierte aber nicht auf die unhöfliche Bemerkung.

Auch Professor Clarke tat so, als hätte er Derek gar nicht gehört. Er lächelte Geoff an, aber sein Blick wirkte eiskalt. „Nun, dann können Sie die Grundsätze gern überprüfen. Ich bringe meine Forschung ständig auf den neusten Stand."

Icн нαττε noch keine Zeit gehabt, meinen Koffer auszupacken, also beschlossen Jennifer und ich nach dem Unterricht, uns erst einmal in unseren Zimmern einzurichten, bevor wir uns zum Abendessen trafen. Ich brauchte nicht lange zum Auspacken, legte meine Pullover, Hemden, Hosen und Unterwäsche in die dafür vorgesehenen Schubladen und hängte die paar Kleider auf, die ich mitgebracht hatte. Ich nahm immer zu viel mit – nur für alle Fälle. Die Abschlussveranstaltung bestand aus einer Wein- und Käseverkostung, für die ich ein Kleid dabeihatte. Und auch für die Eventualität, dass wir in ein schönes Restaurant essen gehen wollten, hatte ich ein Kleid eingepackt, und wenn ich etwas Legeres brauchte, standen mir zu einem Paar Jeans drei wunderschöne Pullover zur Auswahl, weil ich mich nicht für einen hatte entscheiden können. Außerdem wurde mir nun, da wir anfingen, über Marketing nachzudenken, klar, wie wichtig es war, die schönen Kleidungsstücke, die wir in unserem Laden verkauften, auch selbst zu tragen. Wenn ich also an einem Tag mehrmals den Pullover wechselte, könnte man das als Marketing bezeichnen.

Die beiden Bücher – das Lehrbuch über Käuferpsychologie und das Buch *Sinnestäuschungen* zum Thema paranormale Psychologie – wogen schwer in meiner Tasche, also stellte ich sie ins Regal und kam mir dabei wie eine Gelehrte vor. Es gab noch viel Platz für weitere Bände, aber der Anblick von zwei gebundenen Psychologiebüchern, die mir gehörten und in meinem Bücherregal in der Universität von Oxford standen, vermittelte mir das Gefühl, eine richtige Studentin zu sein. Jetzt lag nichts mehr im Zimmer herum, nur mein leerer Koffer sorgte noch für Unordnung. Ich öffnete die Schranktüren unter dem Bücherregal und entdeckte einen tiefen, höhlenartigen Raum. Er war auf jeden Fall groß genug, um meinen leeren Koffer zu verstauen und wahrscheinlich diente er den Studierenden auch für eine Menge anderer Sachen, wenn sie das ganze Semester lang hier wohnten und allerlei mithatten. Dann beschloss ich, mir einen anderen Pullover anzuziehen. Natürlich hatte Alfred ihn per Hand für mich gestrickt, und zwar aus feiner Kaschmirwolle in einem wunderschönen Korallenrot.

Ich ging ins Bad, um mich zu frisieren und zu schminken, und als ich wieder herauskam, bemerkte ich, dass die Schranktür, hinter der ich meinen Koffer verstaut hatte, einen Spalt offenstand. Als ich mich hinunterbeugte, um sie zuzumachen, sah ich, dass sich etwas im Schrank bewegte. Ich befand mich im Erdgeschoss eines Gebäudes, das Hunderte von Jahren alt war. Mein erster Gedanke war, dass eine Maus oder eine Ratte eingedrungen war. Ich bin eher jemand, der lebt und leben lässt, aber das, was da im Schrank herumlief, würde ich mir wohl oder übel vorknöpfen müssen, um in einem Gespräch von Hexe zu Lebewesen unmissverständlich klarzumachen, dass das Tier draußen leben musste.

Als ich den Schrank öffnete, verschlug es mir den Atem, und ich fiel vor Schreck auf den Hintern.

Im Schrank war keine Maus. Die drei Affen waren wieder da. Einer benutzte meinen Koffer als Trampolin, und die anderen beiden wälzten sich auf dem Boden herum und rangen miteinander. Ich starrte sie einen Augenblick lang an und fand dann meine Stimme wieder. „Was macht ihr denn hier?"

Alle drei unterbrachen ihre Tätigkeiten, drehten sich um, streckten mir einhellig die Zunge heraus und verschwanden. Ich muss zugeben, dass es eine Weile dauerte, bis ich mich vom Boden erheben konnte. Ich legte mir eine Hand auf die Stirn. Hatte ich Fieber? Ging es mir nicht gut? Ich war eine Hexe; ich war an seltsame Phänomene gewöhnt, aber mit so etwas hatte ich keinerlei Erfahrung.

Meine Temperatur war nicht erhöht. Vielleicht hatte ich irgendetwas anderes, aber eigentlich fühlte ich mich wohl. Entnervt, aber wohl. Ich beschloss, Jen zu erzählen, was ich gesehen hatte. Für unsere Verabredung war ich noch ein paar Minuten zu früh dran. Ich würde über den Flur zu ihrem Zimmer gehen und dort nachsehen, ob sie irgendwelche Affen im Schrank hatte. Als ich vor die Tür trat, verließ Geoff Turner gerade das Zimmer nebenan. Durch den Flur kam Anthea Fitzgerald auf uns zu. Mein Zimmer lag der Ausgangstür am nächsten, und wahrscheinlich wollten sie genau dorthin. Beide blieben stehen, und wir bildeten einen improvisierten Dreierkreis.

Geoff sagte: „Ich schätze, alle, die den Einzelhandelskurs belegen, wurden nebeneinander untergebracht."

„Anscheinend schon." Wir verharrten und wussten nichts mit uns anzufangen, da sagte Geoff: „Wenn Sie nicht schon etwas anderes vorhaben, kommen Sie doch mit ins Pub, meine Damen."

Ich brannte darauf, Zeit mit Jennifer zu verbringen, aber andererseits waren wir hier, um Marketingtechniken kennenzulernen, und ich hatte das Gefühl, dass wir alle voneinander lernen könnten. Dass wir unterschiedliche Produkte verkauften, war dabei nebensächlich. Vielmehr ging es darum, wie wir als unabhängige Einzelhändler unsere Kunden an uns binden konnten, um uns gegen die großen Ketten zu behaupten, welche nach und nach die Einkaufsstraßen in fast allen Städten der Welt eroberten. Und dann gab es noch die riesigen Internethändler, die die Ware noch am Tag der Bestellung ganz bequem nach Hause liefern konnten, und das auch noch zu Preisen, mit denen wir nicht mithalten konnten. Wir mussten uns von der Masse abheben, damit die Kunden sich für uns entschieden, wenn sie beim Kauf die Wahl zwischen uns und einem größeren, anonymen Einzelhändler hatten.

Ich sagte gerade, ich müsse das mit Jennifer besprechen, da kam sie aus ihrem Zimmer. Geoff machte seinen Vorschlag noch einmal, und Jennifer schien damit einverstanden zu sein. Sie und ich könnten später in aller Ruhe zusammen zu Abend essen. Dann tauchte Rosa Torres am Ende des Flures auf, und Geoff bot auch ihr an mitzukommen. Sie blieb stehen, zuckte mit den Schultern und schloss sich uns an.

Wir wollten gerade gehen, als ich auf der Treppe einen Mann bemerkte, der aus dem oberen Stockwerk herunterkam. Es war der, der uns während des Vortrags über paranormale Psychologie so neugierig angestarrt hatte.

Die anderen gingen gemeinsam nach draußen, aber ich wartete so lange, bis der Mann am unteren Ende der Treppe angelangt war. „Nehmen Sie auch an der Konferenz für unabhängige Einzelhändler teil?" Gesehen hatte ich ihn dort ganz sicher nicht. Daran hätte ich mich erinnert.

Er schüttelte den Kopf und schenkte mir ein wissendes Lächeln. „Ich bin an diese schöne Universität gekommen, um Forschung zu betreiben. Genauso wie Sie interessiere ich mich für das Paranormale." Und mit diesen rätselhaften

Worten hielt er mir die Tür auf, damit ich hindurchgehen konnte. Ich hatte das unangenehme Gefühl, dass er damit nicht nur sagen wollte, dass wir beide denselben Vortrag über die Widerlegung übersinnlicher Phänomene besucht hatten. Hatte er irgendwie erkannt, dass ich eine Hexe war? Stellte er irgendeine Art von Bedrohung dar? Er vermittelte mir ein ungutes Gefühl, aber ich konnte nicht sagen, warum.

Dann drehte sich Jen zu mir um und lachte. „Komm schon, du Schnecke", rief sie, als wären wir noch kleine Mädchen – und wie ein Kind rannte ich los, um mich bei meinen Freunden in Sicherheit zu bringen.

Während wir zu fünft aus dem College gingen, konnte ich nicht darüber reden, aber ich war entschlossen, ihr so bald wie möglich zu erzählen, dass ich schon wieder eine Affenvision gehabt hatte.

Jennifer sah Geoff an. „Also, Sie sind doch derjenige, der an diesem College studiert hat. Welche Kneipe ist denn die beste?"

Er sah ziemlich erfreut darüber aus, als Experte angesehen zu werden, und ich vermutete, Jennifer hatte die Absicht, ihm zu schmeicheln, denn es war ja wohl offensichtlich, dass ich diejenige war, die hier wohnte. Er sagte: „Ich weiß nicht, ob es das beste Pub in Oxford ist, aber eines meiner Lieblingslokale schon. Gehen wir doch ins *The Bear*."

Jen sah mich mit gerunzelten Brauen an, und ich nickte ihr zu. Auch ich mochte das *The Bear*. Die Kneipe war berühmt dafür, dass Wände und Decken mit Krawatten von Schuluniformen behangen waren, und sie war ein beliebter Treffpunkt für Studierende, Touristen und Einheimische gleichermaßen. Wir waren kaum ein paar Schritte gegangen, als Marion Wells uns einholte.

„Gehen Sie zum Abendessen? Darf ich mitkommen?"

„Wir gehen nur ins Pub. Aber Sie sind herzlich willkommen", sagte Geoff.

Im Lokal war viel los, aber nicht so viel, dass wir keinen Tisch mehr bekommen hätten. Geoff bestand darauf, dass die erste Runde auf ihn gehe, und da ich nicht zu viel Alkohol trinken wollte, bat ich um einen Shandy, eine Mischung aus Bier und dem, was man im Vereinigten Königreich Limonade nannte und was ich zu Hause als 7Up oder Sprite bezeichnet hätte. Jennifer und Rosa entschieden sich beide für das einheimische IPA vom Fass, Marion bestellte einen Gin Tonic, und dann kam Geoff mit unseren Getränken in der Hand zurück, darunter auch mit einem Glas Rotwein für ihn. Er sah es an und rümpfte die Nase.

„Ich weiß gar nicht, warum ich es überhaupt noch versuche. Jedes Mal bestelle ich das beste Glas Wein, das im Angebot ist, und zum Schluss bin ich dann immer enttäuscht."

Vielleicht wäre es ratsam gewesen, einfach ein Bier zu bestellen, aber das war ja seine Sache, nicht meine. Vielleicht hoffte er, den Kneipeninhabern ein paar seiner Spitzenweine aufzuschwatzen. Wer weiß? Wir waren schließlich hier, um etwas zu vermarkten. Marion rief: „Da drüben in der Ecke sind Graham und Isla Sinclair." Und sie winkte und rief sie beim Namen. Ich warf einen Blick auf die beiden, die bei Fisch und Chips zusammensaßen. Graham hatte ein Bier vor sich stehen, und Isla hatte ein Glas mit etwas, das nach Wasser mit Kohlensäure aussah. „Gesellen Sie sich doch zu uns!", rief sie.

„Vielleicht, wenn wir fertig gegessen haben", antwortete

Graham und hielt zum Gruße ein Pommes-Stäbchen in die Luft.

Dann setzten wir uns und Jennifer sagte: „Puh, ganz schön viele Informationen, die heute auf uns eingeprasselt sind."

Bevor wir richtig ins Gespräch kommen konnten, traten nun Professor Brynsley Clarke und Fiona Barnham gemeinsam ins Lokal, und Fiona Barnham schaute in unsere Richtung. Es war ein seltsamer Moment. Sie blieb wie angewurzelt stehen, und ich konnte sehen, dass sie mitten im Satz abbrach. Ich schaute Geoff an, in dessen Gesicht ich zu meiner Überraschung einen Ausdruck entdeckte, den ich nur als Hass deuten konnte – und dann war plötzlich alles vorbei, als hätte es diesen Moment nie gegeben. Fiona Barnham hatte Professor Clarke wohl gesagt, dass wir im Pub waren, denn er blieb stehen und winkte in die Richtung unseres Tisches. Auch Fiona Barnham winkte uns zu, aber keiner von beiden schien zu uns kommen zu wollen. Es bestand kein Zweifel daran, dass es eine deutliche Kluft zwischen Dozenten und Kursteilnehmern gab.

Wir unterhielten uns ganz offen darüber, wie schwierig es war, ein Einzelhandelsgeschäft zu führen, wenn man im Grunde genommen auf sich selbst gestellt war. Jeder von uns hatte entweder Probleme mit dem Personal oder konnte sich keine Mitarbeiter leisten, deshalb waren wir ständig erschöpft. Ich wusste, dass ich verwöhnt war, denn wenn ich eine Pause brauchte, waren viele der Vampire nur zu gern bereit, den Laden für ein paar Stunden zu übernehmen. Und offen gesagt konnten sie den Kunden viel besser helfen als ich, wenn es um Strickangelegenheiten ging.

Es war nicht zu übersehen, dass Geoff die Gesellschaft

von Rosa genoss; er schien ihr viel öfter in die Augen zu schauen als uns anderen. Schließlich sagte er: „Ich werde das Gefühl nicht los, dass ich Sie von irgendwoher kenne." Dann verzog er das Gesicht. „Das klingt ja wie ein kitschiger Anmachspruch."

Sie lachte nicht. „Wenigstens hast du mich nicht ganz vergessen", sagte sie äußerst geheimnisvoll.

Er schien verwirrt zu sein. „Wir kennen uns also tatsächlich?"

„Oh, ja!" Sie beugte sich vor, und in ihre wunderschönen braunen Augen trat ein verächtlicher Blick. „Wir sind miteinander ausgegangen."

Es gab einen wirklich schrecklichen Moment, in dem Geoff so aussah, als wäre ihm ganz übel, und ich wünschte, Rosa und er wären bei diesem Gespräch allein gewesen. „Tatsächlich?", fragte er und klang schockiert. Dann platzte er heraus: „Ich kann es gar nicht fassen, dass ich mich nicht daran erinnert habe."

Ihr Lächeln war säuerlich. „Offenbar vergisst man mich leicht. Wir hatten zwei Dates und dann bist du verschwunden."

Er schaute sich zu uns anderen um, sah verlegen aus, versuchte aber, die Situation zu überspielen. „Online-Dating. Sie wissen ja, wie das ist. Da lernt man viele Leute kennen. Wahrscheinlich hat mich die Sache überfordert."

„Er hat Sie geghostet?", sagte Marion zu Rosa und klang schockiert. Ich glaube, wir waren alle ein wenig geschockt. Rosa war bildhübsch und sexy; Geoff sah zwar ganz ansprechend aus, aber ich hätte niemals gedacht, dass er für Rosa interessant genug wäre.

„Ich habe es nicht absichtlich getan", sagte er und klang

gestresst. „Jetzt wollen Sie Frauen sich gegen mich verbünden. Ich brauche ein paar Männer in meinem Team."

Die Sinclairs hatten ihre Fish and Chips aufgegessen, und Geoff winkte sie zu uns an den Tisch. „Setzen Sie sich doch zu uns", rief Geoff und war schon dabei, seinen Stuhl zur Seite zu rücken, um Platz zu schaffen. „Graham, ich bin in der Unterzahl. Helfen Sie mir!"

Graham schüttelte den Kopf. „Wir wollen morgen frisch und munter zum Unterricht erscheinen, danke."

Doch als er einen Schritt in Richtung Ausgang setzte, blieb Isla wie angewurzelt stehen. Ich sah die Unentschlossenheit in ihrem Gesicht, dann verhärtete sich ihre Miene plötzlich. „Ich bleibe noch auf einen Drink", sagte sie. Dann wandte sie sich an Graham: „Ich bin nicht müde. Wir sehen uns auf dem Zimmer."

Er sah so aus, wie er ausgesehen haben muss, als der herabstürzende Felsbrocken unerwartet auf ihn zukam. Völlig überrascht. Dann sagte er nur „Gut!" – wobei sein Tonfall vermuten ließ, dass nichts gut war – und machte sich auf den Weg zur Tür.

Während wir uns bemühten, einen freien Stuhl zu finden und Isla neben Marion zu platzieren, herrschte eine peinliche Stille. Es war ziemlich offensichtlich, dass im Hause Sinclair nicht alles in Ordnung war. „Was möchten Sie trinken?", fragte Geoff übertrieben herzlich.

Sie schien zu zögern, dann sagte sie: „Einen Gin Tonic, bitte. Lieber einen doppelten."

Während Geoff ihr das Getränk holte, schenkte sie uns allen ein Lächeln. „Manchmal brauche ich einfach eine Pause."

Das hatten wir alle begriffen.

Als wir ausgetrunken hatten, bot Isla an, die nächste Runde auszugeben, aber Rosa sagte, sie sei hungrig und wolle etwas zu essen finden. Wir waren uns alle einig, dass unsere nächste Station das Abendessen sein sollte. Nachdem wir die Kneipe verlassen hatten, trennten Jennifer und ich uns von der Gruppe. Wir sagten ihnen die Wahrheit: Wir hatten uns so viel zu erzählen. Die anderen gingen zusammen Pizza essen, während Jennifer und ich es uns in einem Thai-Restaurant gemütlich machten, das schon immer zu meinen Favoriten gehört hatte. Es befand sich in einem alten Fachwerkgebäude in einer kleinen Gasse an der High Street.

Kaum hatten wir uns gesetzt, sagte sie: „Du schienst ein bisschen neben dir zu stehen, als wir was trinken waren. Ist alles in Ordnung?"

Ich schüttelte den Kopf. „Ich weiß nicht, was los ist. Hast du den Mann die Treppe herunterkommen sehen, als wir die Zimmer verlassen haben, um ins Pub zu gehen?"

„Ja. Der war doch auch bei dem Vortrag des paranormalen Psychologen. Er schien wirklich von dir angetan zu sein."

Wenigstens war ich nicht völlig verrückt geworden. „Genau. Er hat gesagt, dass wir ein gemeinsames Interesse am Paranormalen haben, oder so etwas Ähnliches. Aber die Art, wie er es gesagt hat, war so merkwürdig, und noch dazu hat er mir einen vielsagenden Blick zugeworfen – da hatte ich glatt das Gefühl, auf dem Rücken hätte ich ein riesiges Schild mit der Aufschrift: ‚Das hier ist eine Hexe! Verbrennt sie!'"

„Normalerweise wurden Hexen gehängt, Lucy."

Ich fuchtelte mit einem Essstäbchen in der Luft herum.

„Ich weiß. Aber darum geht es doch gar nicht. Ich hatte einfach ein merkwürdiges Gefühl."

Dann erzählte ich ihr von den Affen, die im Schrank unter meinem Bücherregal herumtollten.

„Schon wieder Affen?", fragte sie mich.

„Ja. Schon wieder Affen. Möglicherweise dieselben Affen. Ich weiß es nicht. Sie waren nicht besonders gut voneinander zu unterscheiden. Aber es waren wieder drei."

„Ganz schön merkwürdig, das muss ich schon sagen."

„Was meinst du? Was hat das zu bedeuten?"

Sie schüttelte den Kopf. „Ehrlich gesagt habe ich keine Ahnung. Hast du sonst noch etwas Seltsames bemerkt?"

Ich dachte einen Moment lang nach. „Nur einen Moment lang eine sonderbare Stimmung zwischen Geoff Turner und Fiona Barnham. Es war nur ein kurzer Blick, aber ich könnte schwören, ich hätte Hass in Geoffs Augen gesehen. Es war wirklich merkwürdig."

Sie sagte: „Ich habe das Gefühl, dass du heute wirklich einen merkwürdigen Tag hast."

Ich war froh, dass dieser bald vorbei war und wir nach unserem netten gemeinsamen Abendessen aufs Zimmer zurückkehren und ins Bett gehen konnten.

„Ich hoffe wirklich, dass wir wenigstens irgendetwas Nützliches aus diesem Kurs mitnehmen können", sagte Jennifer.

„Und selbst wenn nicht, verbringen wir wenigstens eine schöne Zeit zusammen."

„Du, ich und die Affen."

Langsam wünschte ich mir, ich hätte ihr nie von diesen verdammten Affen erzählt.

„Wie wäre es, wenn wir uns langsam Gedanken über

unsere Hausaufgaben machen würden? Drei Ideen, wie wir unseren Verkauf und unser Marketing verbessern können?", schlug Jennifer vor und spießte ein Stück rote Paprika von ihrem Teller mit dem Currygericht auf. „Aber ich dachte, genau das wäre der Sinn dieses Kurses. Sollten nicht eigentlich die uns beibringen, wie man so etwas macht?"

„Ich weiß! Ist es Betrug, wenn wir uns drei Vorschläge einfallen lassen, die für beide Strickläden geeignet sind?"

„Na ja, ich hätte da eine Idee, die für uns beide zu gebrauchen ist. Wenn sie dir gefällt, können wir uns jeweils noch zwei andere ausdenken. Abgemacht?"

„Abgemacht." Ich war heilfroh, dass sie schon Ideen hatte, denn mein Verstand war angesichts der Situation mit den Affen etwas benebelt. Ich wickelte ein paar Pad-Thai-Nudeln um meine Gabel und lauschte gespannt.

„Wenn dir die Idee nicht gefällt, bin ich nicht beleidigt", setzte sie an.

„Hey, wir machen nur ein Brainstorming. Da gibt es keine schlechten Ideen."

„Okay, los geht's." Sie warf ihr langes, dunkles Haar hinter die Schultern zurück – ein klares Zeichen dafür, dass sie ganz bei der Sache war. Dann beugte sie sich vor. „Ich habe darüber nachgedacht, dass diese Konferenz echt cool ist, weil sie Menschen mit ähnlichen Interessen zusammenbringt. Dann habe ich mich gefragt, warum wir dasselbe nicht mit dem Stricken machen." Sie winkte ab. „Also, natürlich keine Konferenz, aber ich habe mir überlegt, dass man eine Art Retreat für Strickliebhaber organisieren könnte. Vielleicht in Cornwall. Das Haus dort war früher eine Pension, es ist also im Grunde schon mit allem Nötigen eingerichtet. Oder wir könnten etwas mieten. Aber die Leute könnten sich zum Stricken und Häkeln treffen und sich kennenlernen, während sie arbeiten. Wir könnten auch Kurse anbieten." Ihr Enthusiasmus war nicht zu übersehen, aber sie hielt inne und wandte sich mir zu, um meine Reaktion abzuschätzen. Sie brauchte nicht lange zu warten.

„Genial! Ich finde die Idee einfach super. Erst einmal müsste ich bei Rafe nachfragen, was er von der Idee hält, wenn wir das Haus in Cornwall nutzen, aber ich kann mir nicht vorstellen, dass er etwas dagegen hätte. Wir müssten den Vampiren nur sagen, dass sie sich nicht sehen lassen sollen, solange unsere Gäste da sind, und daran sind sie ja sicher gewöhnt – schließlich ist es ein Bed & Breakfast." Ich konnte mir die Szene leibhaftig vorstellen: Menschen, die im Wohnzimmer strickten und sich gegenseitig kennenlernten, während sie die kornische Gastfreundschaft genossen. Wenn sie eine Pause machen wollten, konnten sie den Wanderweg an der Küste nehmen und einen Ausflug ins Dorf machen. „Wir würden auf jeden Fall einen Besuch im Strickladen einplanen und ihnen einen Rabatt auf ihre Einkäufe gewähren."

„Ganz genau! Es geht darum, ein Gemeinschaftsgefühl und Loyalität aufzubauen – das haben die Marketingdozenten doch gesagt."

Ich erhob meine Tasse Jasmintee, um damit anzustoßen. „Wir haben unsere erste Marketingidee in der Tasche. Ich denke, dieser Kurs hat sich bereits bezahlt gemacht."

Wir ließen die Tassen klirren. „Jetzt müssen wir uns noch zwei andere einfallen lassen." Sie zog eine Grimasse. „Und die ersten beiden Kapitel des Buches über Käuferpsychologie lesen."

Ich goss mir noch etwas Jasmintee ein. „Aber jetzt erzähl mir doch erst einmal, wie es in Cornwall läuft!"

„Es ist unfassbar, wie gut es mir gefällt. Der Laden läuft ganz ordentlich, wenn man bedenkt, dass er noch ganz neu ist, und mit deiner Großmutter und Sylvia kann man wunderbar Ideen austauschen. Sie sind voller Enthusiasmus."

„Haben sie sich gut eingelebt?" Es war unglaublich, wie sehr mir meine Großmutter fehlte, seit sie nicht mehr unter mir wohnte. Ich vermisste sogar Sylvia, auch wenn sie sich immer noch wie eine Primadonna aufführte, obwohl sie schon seit fünfundsiebzig Jahren tot war. Einmal ein Star, immer ein Star. Aber gleichzeitig war es auch beruhigend, nicht mehr befürchten zu müssen, dass Granny schlafwandelnd durch die Stadt streifte oder vergaß, dass sie untot war und dadurch Gefahr lief, Menschen zu begegnen, die sie zu Lebzeiten gekannt hatte. Das war ein dauerhafter unterschwelliger Stress, auf den ich nur allzu gern verzichtete. Aber vermissen tat ich sie schon.

„Ich denke schon. Ich weiß, dass deine Oma Oxford manchmal vermisst, aber nach und nach schließt sie neue Freundschaften. Sie sind von einem anderen Schlag als die Vampire hier, aber trotzdem haben die anderen Sylvia und Agnes das Gefühl gegeben, wirklich willkommen zu sein."

Ich war froh, das zu hören. „Und was ist mit dir? Hast du schon neue Freunde gefunden? Abgesehen von den untoten?"

„Klar. Ich treffe mich mit anderen Einzelhändlern aus der Gegend und versuche, so oft wie möglich aus dem Haus zu kommen." Sie klang ein wenig zögerlich.

„Es kann einige Zeit dauern, bis man Wurzeln schlägt."

Ich konnte mich noch gut daran erinnern, wie es sich anfühlte, eine Außenseiterin zu sein, und ich war fast mein ganzes Leben lang in den Ferien nach Oxford gekommen. Jennifer war vor ihrem Umzug nach Cornwall noch nie dort gewesen, also würde es natürlich einige Zeit dauern, bis sie sich eingelebt hatte. „Interessante Männer in Aussicht?" Ich war mir sicher, dass sie mir davon erzählt hätte, wenn es so wäre, und war daher nicht überrascht, als sie den Kopf schüttelte. „Ich habe mir schon überlegt, es mal im Internet zu versuchen, aber irgendwie hatte ich dann immer so viel um die Ohren, dass ich keine Zeit dafür gefunden habe. Außerdem weißt du, dass es nicht so einfach ist, mit jemandem auszugehen, wenn man etwas Besonderes ist."

„Es gibt immer noch Witchdate."

Jennifer verzog das Gesicht. „Hat sich deine Cousine nicht Probleme auf dieser Internetseite angelacht?"

„Doch. Aber das bedeutet ja nicht, dass dir das auch so gehen würde."

„Ich glaube, ich bleibe erst einmal beim Stricken. Das ist sicherer."

Ich dachte darüber nach, was Rafe gesagt hatte: Die Schwierigkeiten schienen mich zu finden. Stricken war nicht immer sicher.

KAPITEL 6

*A*ls wir aufgegessen und eine letzte Tasse Tee getrunken hatten, beschlossen wir, früh ins Bett zu gehen.

Auf dem Rückweg zum Saint Benedict's College kamen wir an The Lamb and Flag vorbei. Es war eines der zahlreichen historischen Pubs, die überall in Oxford zu finden sind, und als wir näherkamen, trat eine Gruppe fröhlich wirkender Sprachschüler heraus. Menschen aus anderen Teilen der Welt kamen oft nach Oxford, um Englischkurse zu machen, wenn die Gebäude der Universitäten nicht genutzt wurden. Die Gruppe, die aus dem Pub kam, war zwar nicht betrunken, aber auf jeden Fall fröhlich und unterhielt sich in einer Sprache, die ich für Italienisch hielt – die jedoch ebenso gut Spanisch hätte sein können.

Hätte ich sie nicht beobachtet, wäre mir das Paar, das direkt hinter ihnen aus dem Lokal trat, gar nicht aufgefallen. Ich traute meinen Augen nicht. Aus dem Pub kam Geoffrey Turner, der Isla Sinclair stützte: Im Gegensatz zu den Sprachschülern war sie eindeutig betrunken. Ich hielt nach ihrem

Mann Ausschau, aber er war nirgends zu sehen. Sie taumelte, und Geoff legte seinen Arm um sie, nicht auf romantische Weise, wie mir schien, sondern eher, um sie vor dem Umfallen zu bewahren. Einerseits wäre ich am liebsten zu ihnen gegangen, um meine Hilfe anzubieten, aber andererseits mahnte mich eine innere Stimme zur Vorsicht. Das Letzte, was Isla Sinclair wahrscheinlich wollte, wenn sie morgen mit einem schrecklichen Kater aufwachen würde, war die Gewissheit, dass es mehr Zeugen für ihren jetzigen Zustand gab, als ihr womöglich lieb war.

Neben mir hörte ich Jennifer fragen: „Sind das Isla Sinclair und Geoff Turner?"

„Ich denke schon."

„Bieten wir ihnen unsere Hilfe an oder tun wir so, als hätten wir nie etwas gesehen?"

Ihre Gefühle spiegelten so exakt das wider, was ich auch empfand, dass es schon fast unheimlich war – wäre das nicht unser ganzes Leben lang schon so gewesen. Nun waren sie auf dem Gehweg angelangt und taumelten wackelig in dieselbe Richtung wie wir, zum Saint Benedict's College.

Ich sagte: „Vielleicht lassen wir sie besser in Ruhe. Offensichtlich bringt er sie nach Hause."

Jennifer beobachtete sie und runzelte die Stirn. „Was ist mit ihrem Ehemann? Auf mich hat er den Eindruck gemacht, ein eifersüchtiger Typ zu sein."

„Er hat gesagt, er geht schon mal nach Hause. Meinst du, wir sollten sie begleiten? Sodass Graham Sinclair, wenn er seiner stockbetrunkenen Frau die Tür öffnet, sieht, dass sie mit uns allen zusammen ist und nicht nur mit einem anderen Mann?"

Während wir noch überlegten, wie wir am besten

vorgehen sollten, hielt ein Taxi an und sie stiegen ein. Damit war unser Dilemma wohl gelöst. Wenn wir nicht hinter dem Taxi herrennen und hineinspringen wollten, würde Geoff Turner Isla Sinclair allein nach Hause begleiten. Ich glaube, keine von uns wäre überhaupt auf die Idee gekommen, dass er sie vielleicht gar nicht nach Hause brachte. Mein Gefühl sagte mir, dass Geoff Turner zwar hochnäsig, aber im Grunde genommen ein anständiger Kerl war. Ich spürte, dass sie in sicheren Händen war.

Dennoch legten wir einen Schritt zu. Es war kein langer Weg zum Saint Benedict's, aber ich vermutete, dass Geoff das Taxi genommen hatte, weil Isla zu betrunken war, um zu Fuß zu gehen, oder weil er vielleicht nicht wollte, dass man sie zusammen auf der Straße sah. Leicht außer Atem kamen wir vor dem Gebäude an.

Ich war heilfroh, dass ich Jennifer dabeihatte, als wir ins College zurückkehrten. Es war dunkel, und eine geheimnisvolle Atmosphäre lag in der Luft, da sich Schatten und Echos scheinbar miteinander vermischten. Im Brunnen, der bei Tageslicht so melodisch klang, schienen in der Dunkelheit Tränen zu plätschern.

„Ich frage mich, ob ich Affen im Schrank habe, wenn ich zurückkomme." Ich hörte die Nervosität, die in meinem Ton mitschwang. Es war so unheimlich, nachts durch die verlassenen Steinkorridore zu gehen, dass ich hoffte, nicht mehr als Affen zu sehen.

Bevor sie antworten konnte, waren wir wieder draußen in dem kleineren Hof, an dem sich unsere Zimmer befanden. Ich konnte Geoff und Isla vor uns sehen.

Sie waren uns vielleicht fünf Minuten voraus, sein Arm lenkte ihre schwankenden Schritte.

Als Jennifer und ich ihnen durch die Tür folgten, war die Auseinandersetzung schon im Gange. Leider geschah alles direkt im Flur. Isla Sinclair stand vor der Tür des gemeinsamen Zimmers des Paares, aber es war ziemlich eindeutig, dass sie nicht hineingelassen wurde. Stattdessen hatte sich Graham Sinclair an ihr vorbeigedrängt. Geoff Turner stand vor seiner Tür, als würde er nun ins Zimmer gehen wollen, aber ein sehr wütender, rotgesichtiger und ziemlich eindeutig betrunkener Graham Sinclair baute sich vor ihm auf.

„Sie idiotischer Trottel." Als wir eintrafen, war Graham gerade mitten in einer Schimpftirade. „Wie können Sie es wagen? Meine Frau zu dieser Stunde und in diesem Zustand nach Hause zu bringen? Was für ein mickriger Sexfanatiker sind Sie denn?"

Geoff Turner war, wie ich schon bemerkt hatte, ein recht schmächtiger Mann, sodass es ihn eindeutig auf die Palme brachte, als „mickrig" bezeichnet zu werden. Seine Wut sprach aus jeder Silbe, als er sagte: „Ihr Ton gefällt mir nicht!"

„Tja, und mir gefällt Ihr Gesicht nicht." Und dann stürmte Graham Sinclair mit der plötzlichen Entschlossenheit eines wütenden Stiers auf Geoff Turner zu, die Faust bereits erhoben und ziemlich eindeutig auf das Gesicht des Mannes gerichtet.

Ich zögerte keinen Moment lang. Ich hob die Hand und murmelte leise: „Haltet ihn auf, oh Mächte mein, so will ich es, so soll es sein", während ich einen Energiestoß nach vorne schickte, in der Hoffnung, Graham Sinclair außer Gefecht zu setzen, bevor er Geoff Turners Gesicht Schaden zufügen konnte.

Nicht nur ich bewegte mich, sondern auch meine beste Freundin und Hexenschwester. Mir war nur vage bewusst, dass Jennifer denselben Instinkt gehabt hatte wie ich. Das hatte zur Folge, dass Graham zunächst vor Schmerz aufschrie und seine Hand sinken ließ, bevor er gleich darauf von einer zweiten Energiekugel am Ellenbogen getroffen wurde, da seine Faust ja nun gesenkt war. Er schrie erneut auf, umfasste seinen Ellenbogen mit der unverletzten Hand und bewegte die Finger seiner rechten Faust.

Auf der anderen Seite des Korridors öffnete sich eine Tür, und Marion Wells schaute mit großen Augen hinaus. „Ist alles in Ordnung?" Sie trug einen altmodischen Morgenmantel aus grünem Samt. Bevor irgendjemand antworten konnte, ging eine weitere Tür auf – dieses Mal die neben Geoffs Zimmer –, und Derek Young kam mit großen Gaming-Headsets um den Hals heraus. Er trug immer noch dieselbe Jeans und den gleichen braunen Pullover wie tagsüber. „Was zum Teufel ist hier los?", fragte er.

„Es ist wahrscheinlich besser, wenn Sie reingehen", sagte Jennifer leise zu Geoff.

Er sah aus, als würde er ihren Rat liebend gern befolgen, blieb aber noch kurz stehen, um zu sagen: „Nur weil Damen anwesend sind." Und dann schlüpfte er in sein Zimmer.

Isla war auf ihren Mann zugelaufen. „Was ist passiert?" Sie schien hin- und hergerissen zwischen dem Entsetzen darüber, dass ihr Mann fast einen Studienkollegen verprügelt hatte, und der Sorge, dass er womöglich verletzt war.

So fröhlich ich konnte, sagte ich: „Bestimmt ist es Arthritis. Das nächste Mal sollten Sie ein paar Aufwärmübungen machen, bevor Sie zuschlagen." Demonstrativ ließ ich meine Arme kreisen und rollte mit den Schultern. Die beiden sahen mich völlig ausdruckslos an und gerieten dann gleichzeitig ins Schwanken. Graham legte seinen unversehrten Arm um seine Frau und zog sie in Richtung ihres Zimmers. „Die Show ist vorbei", schnauzte er.

Ich sagte: „Gute Nacht."

Jennifer und ich drehten uns um und gingen zu unseren Zimmern am anderen Ende des Flurs. „Gut gemacht, Schwester", sagte ich.

„Ebenfalls! Schlaf gut!"

Vor meiner Tür angekommen, zögerte ich.

Offensichtlich fiel Jennifer das auf, denn sie fragte mich, ob sie mitkommen und unter dem Bett nach Monstern suchen solle. Ihr Ton war scherzhaft, aber ich wusste, dass das Angebot ernst gemeint war. Für einen kurzen Moment der Feigheit spielte ich mit dem Gedanken, einfach ja zu sagen, doch ich war schließlich aus stärkerem Holz geschnitzt. Ich war von einem Dämon verfolgt und mehr als einmal fast getötet worden, und ich war mit einem Vampir verheiratet. Da würden mich doch ein paar eventuell ausgedachte Affen nicht aus der Fassung bringen. Also ging ich allein hinein, nachdem ich mich bei ihr für das Angebot bedankt hatte.

Jen erinnerte mich daran, dass sie direkt gegenüber wohnte und mich hören würde, wenn ich schrie oder nach ihr rief, ob am Tag oder in der Nacht. Und dass ich daran keinerlei Zweifel hatte, war einer der Gründe, warum Jen und ich beste Freundinnen waren.

Als ich das Zimmer aufgeschlossen hatte, schaltete ich als Erstes die Deckenbeleuchtung ein und hielt die Tür geöffnet, falls ich weglaufen wollte. Alles wirkte ruhig und genau so, wie ich es verlassen hatte. Ich schaute mich noch einmal vorsichtig im Zimmer um, bevor ich die Tür hinter mir schloss.

Aber da ich ein Angsthase war, wusste ich, dass ich nicht einschlafen würde, solange ich nicht noch einmal in den Schrank geschaut hatte. Besser gesagt würde ich mir jede Nische vornnehmen, in der sich seltsame Dinge verstecken könnten.. Ich begann mit dem Kleiderschrank und plante, mich dann zum besagten Schrank vorzuarbeiten. Der Kleiderschrank enthielt nichts Beunruhigenderes als ein paar Kleider und einen Mantel. Ich machte die Schubladen auf. Darin befand sich nichts außer meiner Kleidung. Ich kontrollierte das Badezimmer, sogar in der Dusche. Alles war in Ordnung. Ich ging auf alle viere und spähte unter das Bett. Nichts.

Schließlich ging ich mit klopfendem Herzen auf den Schrank zu. Ich ging in die Hocke und stieß die Türen auf. Wieder verschlug es mir den Atem und ich fiel auf den Hintern.

Zwei runde grüne Augen blickten mich aus einem schwarzen Gesicht an. Meine Hand lag schon auf meinem klopfenden Herzen, als ein klagendes Miauen in meine Ohren drang.

„Nyx", rief ich und breitete meine Arme aus, als sich der Schreck in Erleichterung verwandelte. Meine schwarze Katze und geliebte Vertraute trat anmutig aus dem Schrank. „Was hast du denn hier drin zu suchen?"

Aber ich wusste, was sie dort zu suchen gehabt hatte. Schließlich war sie meine Vertraute. Dass ich sie brauchte, war ihr genauso klar gewesen wie auch, dass in diesem Schrank etwas Seltsames vor sich ging. Sie hatte hier herumgeschnüffelt. Vielleicht war sie enttäuscht, keine herumstreunenden Mäuse gefunden zu haben, aber selbst wenn sie akrobatische Affen beim Poledance erwischt hätte, würde sie mir bestimmt nichts davon erzählen.

Jetzt, wo sie den Schrank verlassen hatte, öffnete ich die Türen weit und benutzte die Taschenlampenfunktion meines Telefons, um sicherzugehen, dass sich nichts darin versteckt hielt. Nyx starrte mich mit einem Blick an, der zu sagen schien: „Was soll denn das? Ich habe doch schon alles für dich kontrolliert", und dann ging sie immer der Nase nach durch den Raum und achtete darauf, keine Ecken auszulassen. Noch nie war ich so froh gewesen, sie zu sehen. Ich erzählte ihr von meinem Tag, und ihre grünen Augen gaben mir das Gefühl, sie würde alles begreifen.

Als ich mich bettfertig gemacht hatte, öffnete ich das Fenster, falls Nyx in der Nacht nach draußen wollte. Dabei bemerkte ich, dass es nach Rauch roch. Ich spähte aus dem Fenster, und tatsächlich, da rauchte jemand eine Zigarette. Er stand an der Mauer neben dem Baum – genauer gesagt, hatte er sich dagegen gelehnt –, in der einen Hand hielt er eine Zigarette, in der anderen sein Telefon. Trotz der Dunkelheit erkannte ich meinen Nachbarn, Geoff Turner.

Ich mochte es zwar nicht, dass Rauch in mein Zimmer zog, aber andererseits wollte ich ihm das Leben nicht noch schwerer machen. Zweifellos hatte er nach dem stressigen Abend eine Zigarette gebraucht. Ich hoffte, dass dies die letzte für heute war und er bald zu Bett gehen würde.

Auch ich legte mich ins Bett, dann sprang Nyx auf die Matratze und rollte sich neben mir zusammen – eine warme und beruhigende Präsenz.

Ich wollte mich gerade bei Rafe melden, als er mich anrief.

„Na, wie war dein erster Schultag?", zog er mich auf.

„Ich habe ein paar von unseren Freunden hier an der Uni gesehen." Dann erzählte ich ihm von der Widerlegung übersinnlicher Phänomene und vom Professor, der von paranormalen Kreaturen umgeben war, ohne den blassesten Schimmer davon zu haben.

Er sagte: „Die Leute sehen, was sie sehen wollen, Lucy."

Ich wollte ihm gerade von den Affen erzählen, doch irgendetwas hielt mich zurück. Vielleicht befürchtete ich, dass er mir sagen würde, ich solle einen Arzt aufsuchen oder, noch schlimmer, dass er seine Reise abbrechen würde. Ihm lag so viel an mir, dass er so etwas tatsächlich für mich tun würde.

Ich sagte nur: „Und was ist, wenn die Leute Dinge sehen, mit denen sie nicht rechnen?"

Es gab eine Pause, als ob er über meine Frage nachdachte. „Dafür könnte es hundert Erklärungen geben. Das weißt du besser als jeder andere." Und dann folgte eine weitere Pause. „Lucy, ist irgendetwas nicht in Ordnung?"

Das war sowohl der beste als auch der nervtötendste Charakterzug von Rafe: Er kannte mich so gut und hatte ein feines Gespür dafür, wenn ich irgendwie in Not war. Also verlieh ich meinem Ton möglichst viel positive Energie, als ich antwortete: „Nein, alles bestens. Ich glaube, der Kurs wird sehr interessant. Und es ist so schön, Jennifer wiederzusehen. Beim Abendessen haben wir uns schon über die ersten Ideen unterhalten."

Ich konnte fast das Lächeln in seiner Stimme hören, als er sagte: „Das ist schön. Es tut dir gut, Zeit mit ihr zu verbringen." Und dann erzählte er mir kurz von der Sammlung, die er in Antwerpen begutachtete.

Als wir uns verabschiedeten, sagte ich: „Ich liebe dich!" Es war so schön, das zu sagen, dass ich nie genug davon bekam.

„Ich liebe dich auch."

Als wir alle zusammen im Pub waren, hatten wir unsere Visitenkarten ausgetauscht und eingehender über unsere jeweiligen Geschäfte, Schwierigkeiten und Probleme geplaudert. Es war schön, geschäftliche Angelegenheiten mit Menschen zu besprechen, die genau wussten, wie es war, unabhängiger Einzelhändler zu sein. Vielleicht konnte Geoff mit seinem Wein nicht genau verstehen, wie es in einem Geschäft für Seife, Strickzubehör oder Tanzbekleidung zuging, aber es gab genug Ähnlichkeiten bei der Kundengewinnung und -bindung, um eine lebhafte und produktive Diskussion zu führen.

Ich hatte mich sehr gefreut zu erfahren, dass auch Rosa Torres ein Geschäft in Oxford hatte, und vor dem Schlafen stellte ich meinen Laptop auf dem Bett ab, öffnete ihn und suchte ihre Website. Rhythmix Dancewear and Shoes Punkt com war so gut, dass ich am liebsten gleich mit lateinamerikanischen Tänzen angefangen hätte. Sie bediente alle Märkte, aber es war offensichtlich, dass ihre wahre Liebe Latein war. Auf Rosas Website waren einige Clips zu sehen, in denen sie tanzte und sich drehte, natürlich in den Schuhen und der Tanzkleidung, die sie führte. Sie hatte uns zwar erzählt, dass sie Meisterschaften gewonnen hatte, aber ich hätte nie geahnt, wie gut sie war. Während ich vorher ziemlich aufgeregt und nervös gewesen war, hatte es etwas Beruhigendes an sich, ans Tanzen und an hübsche Kleidung zu denken.

Mir entging nicht, dass sie nur eine Art von Stulpen und

ein paar wenige Pullover anbot, bei denen es sich meiner Meinung nach um nicht sehr verlockende Billigprodukte handelte. Ich witterte eine Geschäftschance. Ich machte mir ein paar Notizen und überlegte, dass ich die Vampire einspannen könnte, um Stulpen und Pullover aus britischer Handarbeit anzubieten, die Rosa in ihrem Laden verkaufen könnte. Im Gegenzug könnte ich vielleicht eine Schaufensterauslage gestalten, um eine Auswahl ihrer Kleider und vielleicht sogar ein Paar Schuhe in Kombination mit meinen Stulpen und Pullovern zu präsentieren. Ich würde mit Jennifer darüber sprechen, hielt die Idee aber für ziemlich gut. Ich fragte mich, was Rosa Torres wohl dazu sagen würde.

Dann spielte ich sogar mit der Idee, besondere Tragetaschen für Geoffs edlen Wein zu stricken, aber schnell überkam mich das Gefühl, dass ich etwas voreilig war.

An einer Partnerschaft mit Derek Young hatte ich keinerlei Interesse. Er war mir unsympathisch. Und was den Rest der Kursteilnehmer anging, so hatte ich noch keinen von ihnen näher kennengelernt. Was ich im Leben gelernt hatte, war, dass ich gerne mit Menschen Geschäfte machte, die mir sympathisch waren. Und im Bereich Stricken und Häkeln hatte ich großes Glück. In der Regel zog ich wunderbare Menschen an.

Ich wurde schon schläfrig, da fiel mir der Rest unserer Hausaufgaben ein. Ich wollte nicht schon an meinem ersten Tag einen Durchhänger haben, also stand ich auf, ging durch den Raum und holte Professor Clarkes Buch über Käuferpsychologie. Zumindest würde ich nach den ersten beiden Kapiteln mit ziemlicher Sicherheit einschlafen.

Jen und ich hatten eine gemeinsame Werbeaktion, die sie sich ausgedacht hatte. Jetzt brauchte ich zwei Ideen, die ich für geeignet hielt, um den Absatz und das Marketing zu verbessern. Zunächst würde ich mit Rosa Torres über meine Idee der Cross-Promotion-Kampagne sprechen. Die erste hätte ich also.

Ich gähnte. Vielleicht würde mich das Buch des Professors zu einer weiteren Idee anregen.

Ich schlug es auf und sah: „Kapitel Eins: Emotionale Verbindung mit dem Kunden". Doch schon beim Anblick der dicht und winzig gedruckten Buchstaben fühlte ich mich eingeschüchtert. Ich fing an zu lesen ...

AM NÄCHSTEN MORGEN traf ich mich mit Jennifer und wir gingen gemeinsam zum Frühstück. Ich war erleichtert, dass keiner der anderen Konferenzteilnehmer zur gleichen Zeit wie wir erschien, denn mein erstes Frühstück in der Großen Halle wollte ich unbedingt mit Jennifer allein genießen. Wir überquerten den Hof und nahmen den gewölbten Steingang, der mich wie das erste Kapitel eines fesselnden Romans in seinen Bann zog, bis wir schließlich die Große Halle erreichten. Die großen Flügeltüren standen weit offen, und von drinnen drangen Stimmengewirr und das Klappern von Tellern zu uns.

Der Speisesaal war vielleicht zu einem Drittel gefüllt, und alles war genau so, wie ich es mir vorgestellt hatte. Nun, die Professoren mit Doktorhüten und Talaren am Kopfende des Tisches fehlten zwar, aber das, was zu sehen war, war trotzdem toll. Ein Mitarbeiter empfing uns an der Tür und erklärte, dass wir uns für das Frühstück anstellen müssten und dass es verschiedene Stationen für Kaffee, Müsli und

Obst gebe. Ich ging natürlich sofort zum Kaffee, ebenso wie Jen. An Essen war nicht zu denken, solange ich nicht jeden Meter dieses riesigen rechteckigen Saals beschritten hatte, um an meinem Kaffee nippend die aufgereihten Ölporträts zu betrachten, die mit historischer Verachtung auf uns hinabschauten. Die kleinen Informationstafeln neben jedem Gemälde klärten uns darüber auf, dass diese Personen hier studiert hatten und sich und ihrem College einfach nur dadurch einen Namen gemacht hatten, dass sie sich selbst treu geblieben waren. Es waren Mitglieder des niederen Adels und Kanzler der Hochschule, die auf eine lange Geschichte zurückblickte, oder ehemalige Studierende, die später Nobelpreise, Booker-Preise und Posten in verschiedenen Regierungen erhalten hatten. Die einzigen Frauen waren auf neueren Bildern zu sehen, aber angesichts der Tatsache, dass inzwischen so viele Studentinnen diese Universitäten besuchten, wusste ich, dass sich diese neue Entwicklung fortsetzen würde.

Wir suchten uns zwei Plätze, stellten unsere Kaffeetassen und Taschen ab und gingen uns dann Frühstück holen. Wir nahmen uns je ein Tablett und plauderten angeregt, während wir in der Schlange warteten. Ein netter junger Mann in Uniform füllte unsere Teller mit Speck, Eiern, Rösti, Bohnen und Würstchen, und dann gingen wir zu dem Büffet, an dem es Toastbrot und Croissants, Marmelade und Butter und einen großen Topf mit Porridge gab. Der Haferbrei wurde in einem Behälter warmgehalten, der wie ein Kessel mit einem Deckel aussah. Vielleicht war das der Grund, warum ich heute Morgen plötzlich das Bedürfnis nach heißem Porridge hatte.

Ich hob den Deckel an, warf einen Blick in den Topf und

erstarrte mit dem Deckel in der Hand. Denn nicht etwa Dampf stieg über dem gekochten Brei auf, sondern ein Einhorn. Zuerst erschien sein glitzerndes Horn, und während es sich langsam erhob, schimmerte sein Fell in so intensiv leuchtenden Regenbogenfarben, dass ich die Augen halb schließen musste, um nicht geblendet zu werden. Die Kreatur schwebte zunächst um den Topf und dann um meinen Kopf herum, bevor sie mit ihren hauchzarten Flügeln und galoppierenden Beinen ganz nach oben an die gewölbte Decke getragen wurde.

„Jen", schrie ich und zeigte stumm in die Richtung, wo ich das Einhorn funkeln sah.

Ihr Blick folgte meinem ausgestreckten Arm und dann sagte sie begeistert: „Ich weiß, die Buntglasfenster sind wunderschön, nicht wahr?"

Ganz und gar nicht das, was ich gemeint hatte.

Bevor ich ihr klarmachen konnte, dass ein Einhorn in der Großen Halle herumflog, richtete Jens Aufmerksamkeit sich darauf, dass wir beim Holen des Bestecks die Servietten vergessen hatten. Ich stand da und fragte mich, ob ich langsam verrückt wurde, als sich plötzlich eine Kälte über meinen Nacken ausbreitete, als läge dort eine eisige Hand. Ich fuhr herum, wobei ein Würstchen von meinem Teller auf das Plastiktablett rollte. An einem Tisch hinter mir saß derselbe geheimnisvolle Mann, der immer in der Nähe zu sein schien, wenn ich solche merkwürdigen Erscheinungen hatte. Er aß in aller Ruhe sein Frühstück und beobachtete mich mit einem Grinsen im Gesicht. Ich war überzeugt, dass er derjenige war, der meine immer wieder auftretenden opti-schen Täuschungen auf irgendeine Art erzeugte. Aber warum? Warum spielte er mir solche Streiche? Erstens wollte ich wissen, wie er das Ganze anstellte, und zweitens dachte ich mir, dass ich dankbar sein sollte, weil er mir ein Einhorn ins Porridge getan hatte und nicht etwa eine Ratte. Da mir der Appetit auf Haferbrei vergangen war, setzte ich den Deckel wieder auf den Kessel und marschierte zu meinem Platz hinüber.

Wahrscheinlich hätte ich den seltsamen Mann sofort zur Rede gestellt, aber dass mein Frühstück kalt wurde, wollte ich nun wirklich nicht. Meinen ersten Morgen in der Großen Halle würde ich mir nicht von seinen Streichen verderben lassen. Dennoch warf ich ihm einen bitterbösen Blick zu, der meiner Meinung nach unmissverständlich zum Ausdruck brachte: „Um dich kümmere ich mich später!" Und dann tat ich mein Bestes, um jeden Gedanken an ihn, fliegende Einhörner und akrobatische Affen aus meinem Kopf zu verbannen.

Weder tanzten Affen auf dem Tisch und klauten mein Toastbrot, noch tauchte das Einhorn wieder auf. Während ich frühstückte, genoss ich jeden Bissen und ließ Jennifer munter plaudern. Genauso wie mir waren ihr vor dem Einschlafen ein paar Einfälle gekommen. Ich erzählte ihr von meiner Idee, mit Rosa Torres ein paar gemeinsame Marketinginitiativen zu entwickeln und freute mich, dass sie von der Idee begeistert war.

Sie sagte: „In Cornwall muss es doch auch Tanzgruppen geben. Ich werde mich mal schlau machen."

Ich fand es toll, dass sie sofort nach einem Weg suchte, diese neue Idee in unseren beiden Geschäften umzusetzen.

Bei ihrer zweiten Idee ging es ebenfalls um Cross-Promotion, allerdings mit dem Geschäft von Anthea Fitzgerald. Sie sagte: „Ich habe mir gestern Abend ihre Website angesehen.

Sie legt so großen Wert darauf, dass alles aus der Region stammt und natürlich ist, dass ich mich gefragt habe, ob wir nicht etwas aus regionaler Wolle herstellen könnten, die mit natürlichen Farbstoffen gefärbt wird. So eine Wolle ist wunderschön, aber normalerweise wird sie nur in kleinen Mengen produziert. Vielleicht könnten wir gestrickte Kissenbezüge liefern, die sie mit Lavendel, Kräutern und anderen Dingen füllen kann. Was meinst du?"

„Super Idee." Ich war ziemlich begeistert. Jetzt kam es nur darauf an, was Anthea Fitzgerald von dieser Idee halten würde. Und dann sagte ich: „Aber wir können unsere Strickläden nicht mit Unmengen von Seife und Körperlotion vollstopfen."

Das sah sie genauso, doch sie wandte ein: „Aber handgestrickte mit Lavendel gefüllte Kissen für das Bett oder das Sofa könnten wir schon verkaufen." Dann fragte sie mich, ob mir noch eine dritte Idee gekommen sei.

„Nein. Ich bin eingeschlafen, als ich Professor Clarkes Buch gelesen habe. Wie sieht es bei dir aus?"

„Keine besonders gute. Ich habe überlegt, ob man ein paar kornische Überlieferungen in die Newsletter einfließen lassen könnte. Du weißt doch, wie viele Geschichten aus alten Zeiten die Vampire zu erzählen haben."

„Immer noch besser als meine Idee, Nyx auf der Website Empfehlungen geben zu lassen. Ich habe das erste Kapitel über die ‚emotionale Kundenbindung' gelesen, in dem es um Branding und Storytelling geht. Ich habe darüber nachgedacht, dass Nyx ja einfach nur dadurch Kunden anlockt, dass sie sich im Schaufenster zusammenrollt – da sollte sie vielleicht ihren eigenen Bereich auf der Website bekommen."

Sie lachte laut los. „Das wird Nyx gefallen."

„Sie wirkte nicht sehr beeindruckt, als ich ihr davon erzählt habe."

Jen machte große Augen. „Nyx ist hier?"

„Sie war im Schrank, als ich gestern Abend nach Hause kam."

„Waren die Affen da?" Ich war mir nicht ganz sicher, ob Jen mir die Sache mit den Affen abnahm.

„Wenn sie da waren, hat Nyx sie verjagt", erklärte ich ihr. Jetzt war ich mir nicht einmal mehr sicher, ob ich selbst an die Affen glaubte.

Als wir nach dem Frühstück aus der Großen Halle kamen, sah ich Geoff und Anthea Fitzgerald, die sich an einem Tisch gegenübersaßen und angeregt unterhielten. Normalerweise hätte ich sie begrüßt, aber mir kam es vor, als wären sie von einem unsichtbaren Kraftfeld umgeben – wie es oft der Fall ist, wenn Menschen in ein Gespräch vertieft sind und nicht gestört werden wollen. Irgendwie hatte ich nicht den Eindruck, dass es um Marketing ging, aber worüber sollten sie sonst reden?

An einem anderen Tisch saß eine Gruppe von Teilnehmern unseres Kurses, und Jennifer und ich gingen hinüber und begrüßten sie. Derek Young saß mit seinem Essen auf dem Tablett allein da, das Marketingbuch lag aufgeschlagen vor ihm. Offensichtlich hatte er den Text nur flüchtig gelesen und versuchte nun, den Stoff aufzuholen, bevor unser Unterricht begann. Sein Kraftfeld schien nicht zu vermitteln, dass er ein Gespräch suchte, sondern dass er in Ruhe gelassen werden wollte. Ich fragte mich, wie er sich im Einzelhandel schlug – denn da hing alles davon ab, wie man Kunden begrüßte und wie freundlich man war. Wenn er seine

Kunden ebenso behandelte wie seine Kommilitonen, dann würde er kein großes Stammpublikum haben.

Ich hatte mich gefragt, ob die Sinclairs es zum Frühstück schaffen würden, und entdeckte sie schließlich am Ende eines langen Tisches nahe der Tür. Isla spielte mit einem Stück Toast herum und sah ziemlich grün im Gesicht aus, während Graham mit grimmiger Entschlossenheit Würstchen und Eier aufspießte.

KAPITEL 7

Jennifer und ich kehrten kurz auf unsere Zimmer zurück, um uns die Zähne zu putzen und unsere Notizbücher zu holen. Die Zimmer wurden täglich gereinigt, aber auch wenn ich in der Portierloge zwei Kätzchen in einem Korb gesehen hatte, war ich mir nicht sicher, ob Haustiere erlaubt waren – und da Nyx zusammengerollt auf meinem Bett lag, hängte ich das Schild „Bitte nicht stören" an die Tür. Und als vorbildliche Katzenmama ließ ich mein Fenster ein gutes Stück offen, damit Nyx kommen und gehen konnte, wann sie wollte. Über ein schlichtes Kleid mit Rundhalsausschnitt zog ich eine perlblaue Strickjacke mit Zopfmuster, die Alfred für mich angefertigt hatte. Wenn ich Kleidung trug, die ich im Laden verkaufte, war das schließlich auch eine Form des Marketings. Würde das als richtige Marketingstrategie zählen?

Jennifer trug ebenfalls eine der Kreationen aus ihrem Laden, allerdings handelte es sich bei ihrer um ein gehäkeltes, mokkabraunes Baumwolltop, das umwerfend an ihr aussah. Dazu trug sie eine Leinenhose, und ihr Haar hatte sie für den Unterricht zurückgebunden.

Obwohl ich eine verheiratete Dreißigjährige war, kam es mir vor, als wären Jen und ich wieder in der Schule, als wir uns plaudernd und kichernd auf den Weg zum Kurs machten.

Unterwegs entdeckten wir Rosa Torres, die mit rotem, erhitztem Gesicht aus einer geheimnisvollen Tür trat. Sie trug Leggings und ein bauchfreies Oberteil. Auf unsere überraschten Blicke hin begann sie zu lächeln. „Ich habe gerade getanzt. Es ist wundervoll hier! Sehen Sie mal!" Sie hatte einen Übungsraum mit altem Parkettboden entdeckt, in dem eine Wand verspiegelt war und in einer Ecke ein Klavier stand. Sie holte ein weites Blusenkleid aus ihrer Tasche und streifte es sich über den Kopf, dann gingen wir weiter zum Unterricht.

Wie es häufig geschieht, nahmen wir alle wieder dieselben Plätze ein, die wir uns am Vortag ausgesucht hatten. Jen und ich saßen natürlich zusammen, Geoffrey Turner vor uns, Derek Young im hinteren Teil, und der Rest verteilte sich gleichmäßig im Raum. Die Dozenten traten gemeinsam ein, und wir wurden mit einer Vorlesung über Kundenbindung beglückt, die im Wesentlichen das wiederholte, was wir bereits im ersten Kapitel von Professor Clarkes Buch gelesen hatten. Eigentlich hätte ich es als interessant empfinden sollen, doch ich hatte den Eindruck, dass digitales Marketing eine praktischere Umsetzung dieser Prinzipien verlangte. Und genau das tat Fiona Barnham, indem sie darüber sprach, wie wichtig die Markenkonsistenz bei der Gestaltung des Newsletters, der Website, der Inhalte in sozialen Medien und sogar des Schaufensters war. Darüber hatte ich noch nie so richtig nachgedacht. Passten die Farben der Website zu den Farben am Eingang meines Geschäfts, sodass man das Gefühl hatte, einen Verkaufsraum zu betreten, wenn man meine Internetseite anklickte? Das würde ich unbedingt kontrollieren müssen.

Wie wild schrieb ich mit, als sie darüber sprach, wie wichtig die Konsistenz und ein Kalender waren. Und immer wieder bewiesen Studien, dass ein wöchentlicher Newsletter besser war als ein monatlicher, während ich, um ehrlich zu sein, schon Mühe hatte, einen Newsletter pro Monat herauszubringen. Wollten die Leute wirklich so oft etwas von mir hören? Vielleicht, dachte ich mir, könnte ich eine kleine inoffizielle Studie durchführen und einfach ein paar meiner Kunden befragen. Oder noch besser: Ich könnte ihnen im Newsletter eine Frage stellen und sie damit zu einer Antwort bewegen. Unsere Öffnungsrate war zwar ziemlich gut, aber ich wollte nicht viel Zeit damit verschwenden, Newsletter zu schreiben, die nie geöffnet wurden. Je länger ich ihr zuhörte, desto stärker hatte ich das Gefühl, dass man Marketing und Werbung nur dann effizient betreiben konnte, wenn man eigens dafür eine Arbeitskraft einstellte oder eine Agentur beauftragte – eine enorme finanzielle Belastung für einen kleinen Einzelhändler in der Krise. Dennoch war ich mir sicher, dass es Dinge gab, die ich tun konnte, um meine Kundenbeziehungen und letztlich den Umsatz zu verbessern.

Während ich darauf wartete, meine drei Tipps zur Verbesserung des Marketings vorzustellen, ergriff Professor Clarke erneut das Wort und forderte uns auf, über eine unserer Stärken zu sprechen und zu überlegen, wie wir sie weiterentwickeln könnten. Ich fand, dass das eine Hausaufgabe hätte sein müssen, und vielleicht hatte er tatsächlich vergessen, was für eine Hausaufgabe er eigentlich erteilt hatte, denn Fiona Barnham warf ihm auf jeden Fall einen merkwürdigen Blick zu. Wie dem auch sei – er begann mit Graham und Isla Sinclair. Graham antwortete, ohne auch nur einen Blick auf seine Frau zu werfen. Seiner Meinung nach lag ihre Stärke darin, dass sie sich ausschließlich auf ein kleines Marktsegment konzentrierten, nämlich das der anspruchsvollen Reisenden. Graham Sinclair erklärte, dass sie es sich leisten könnten, weniger Touren durchzuführen und dennoch ein gutes Einkommen zu erzielen, indem sie individuell zugeschnittene Rundreisen anböten. Ich fragte mich, ob Rafe schon einmal von ihrer Firma gehört hatte und ob er jemals das Bedürfnis hätte, eine unserer Reisen von ihnen planen zu lassen.

Während ich vom Tauchen auf den Malediven träumte, sprach Marion Wells davon, dass sie in ihrer ruhigen Zeit selbst Kostümpartys veranstalten und möglicherweise gebrauchte Kostüme und Kleidung verkaufen könnte. Nichts von beidem schien sie sehr zu begeistern. Eigentlich wirkte sie sogar ein wenig deprimiert darüber, überhaupt im Geschäft zu sein. Ich hatte das Gefühl, dass sie sich lieber zur Ruhe setzen würde – aber wahrscheinlich konnte sie sich das nicht leisten.

Dann wandte sich der Professor an Geoff, der sofort auf den Decoy-Effekt hinwies, der in den ersten beiden Kapiteln des Buches des Professors behandelt wurde. Er zitierte sogar Wort für Wort. „Der Decoy-Effekt ist ein verbraucherpsychologisches Phänomen, das auftritt, wenn Verbraucher ihre Entscheidung zwischen zwei Optionen ändern, wenn ihnen eine dritte Wahlmöglichkeit angeboten wird, die asymmetrisch dominiert ist." Es war sehr beeindruckend, und Derek

Young applaudierte. Wenn Applaus sarkastisch sein konnte, dann war dieser es ganz sicher.

Er sagte: „Meine Stärke ist die Forschung." Die Stille, die nun eintrat, konnte man als dramatische Pause bezeichnen. Ich fragte mich, ob das bedeuten sollte, dass er die Weingüter genau untersuchte, bevor er sich mit ihren Weinen eindeckte, aber wie sich herausstellte, meinte er, dass er Informationen über seine Kunden ans Licht brachte. Nun, auch ich machte mir ein paar Notizen über meine Kunden, aber er brachte die Kundenanalyse auf eine ganz neue Ebene. Er erzählte, dass er seine Kunden auf LinkedIn suchte und sich die Profile ihrer sozialen Medien ansah, um eine Vorstellung davon zu bekommen, wer sie wirklich waren und wie sie tickten. „Meine sorgfältigen Recherchen über meine Kunden fließen in alles ein, was ich tue", sagte er mit einer leicht süffisanten Zufriedenheit.

Derek Young rief empört: „Das ist doch keine Marktforschung, das ist Stalking, Kumpel!"

Geoff hatte sich schon viele spitze Bemerkungen gefallen lassen, aber dieses Mal drehte er sich auf seinem Stuhl um und sagte: „Sie sollten sich vielleicht etwas zurückhalten. Sie sind schließlich nur im Geschäft, weil Ihr Vater Ihnen seinen Kameraladen vererbt hat, als er in Rente gegangen ist. Sie haben ihn mit Ihrem Spielzeug vollgestopft, aber verkaufen Sie auch etwas davon? Oder finanziert Mami den Laden heimlich hinter Papis Rücken?"

Derek Young stand auf, sein Gesicht war zornentbrannt, und er ballte die Fäuste. Er machte einen Schritt nach vorne, und dann befahl Professor Clarke: „Das reicht jetzt. Setzen Sie sich."

Zur Überraschung aller anderen machte Derek Young

das auch, doch er murmelte wütend vor sich hin, und seine Gesichtsfarbe blieb gefährlich rot.

Anthea Fitzgerald fragte: „Haben Sie auch Forschungen über Ihre Kommilitonen angestellt?"

Geoff zuckte mit den Schultern, als ob das keine große Sache wäre. „Mich interessiert, wer diesen Kurs mit mir belegt, also habe ich mir schon ein paar Websites angesehen, um mir ein besseres Bild von Ihnen zu machen. Zum Beispiel fand ich es interessant, dass Sie so gerne reisen, Anthea. Ich habe mich für Ihre Reisen durch Asien interessiert. Sehr interessant."

„Danke. Ich bin überrascht, dass Sie die Zeit dafür gefunden haben."

„Ich leide an Schlaflosigkeit. Solche Nachforschungen helfen mir dabei, mir die Zeit zu vertreiben. Außerdem möchte ich schon wissen, wer Sie sind, wenn ich all meine Geschäftsgeheimnisse mit Ihnen teilen und Ihnen vertrauen soll." Er hob ein schwarzes Notizbuch mit Kunstledereinband in die Luft. Es sah ziemlich dick und gut benutzt aus. „Es steht alles hier drin", sagte er und tippte mit seinem Stift auf den Buchdeckel.

Ich war etwas verblüfft, aber andererseits hatte ich gestern Abend ja auch viel Zeit auf der Website von Rosa Torres verbracht und mir einige ihrer Tanzübungen auf YouTube angeschaut. Vielleicht täten wir besser daran, wenn wir uns gegenseitig auskundschaften würden. Allerdings schienen seine Worte über Derek Young eher eine wilde Vermutung zu sein. Wie um alles in der Welt konnte er über die Finanzen des Mannes Bescheid wissen? Ich hatte starke Zweifel daran, dass Derek auf Instagram damit geprahlt hatte, das Geschäft seines Vaters übernommen zu haben oder Unterstützung von seiner Mutter zu bekommen, um die Miete zu bezahlen – vorausgesetzt, dass das überhaupt die Wahrheit war. Aber wenn es nicht stimmte, warum hatte er dann so heftig reagiert?

Glücklicherweise war es Zeit für eine Kaffeepause, und ich nahm Rosa Torres beiseite und erzählte ihr von meiner Idee mit den Leggings und den Aufwärmpullovern – dabei machte ich ihr aber klar, dass sie sich zu nichts verpflichtet fühlen brauchte, wenn sie kein Interesse hatte. Es sei nur eine Idee gewesen, die ich genauer ausloten wolle. Zu meiner Erleichterung und Freude war sie von der Idee ziemlich begeistert, besonders als ich vorschlug, eine Schaufensterpuppe im Cardinal Woolsey's mit ihren Kleidern und Schuhen auszustatten und das Outfit mit Stulpen und Pullovern zu ergänzen. Das schien eine Idee zu sein, die uns beiden Vorteile bringen könnte. Wir beschlossen, später ausführlicher darüber zu sprechen.

Bis zum Mittag hatte ich vermutlich schon mehr Kenntnisse über die Geschäfte anderer Einzelhändler erworben, als ich jemals brauchen würde. Es war schon erstaunlich, wie viele Gemeinsamkeiten wir hatten. Doch als es Zeit für die Mittagspause war, war ich bereits ziemlich gelangweilt. Das Mittagessen war nicht inbegriffen, also zog ein halbes Dutzend von uns in die Seitenstraßen, wo es zahlreiche Restaurants gab, die speziell auf Studenten ausgerichtet waren. Unzählige Nudelrestaurants, Pizzerien, Sandwichläden und Cafés, in denen mehr Laptops als Menschen zu sehen waren. Wir entschieden uns für ein italienisches Restaurant, das ein schnelles Mittagsmenü anbot, und setzten uns an einen großen Tisch: ich, Jennifer, Geoffrey, Anthea, Rosa Torres und Marion Wells. Die Sinclairs aßen allein zu Mittag, Derek Young ging einfach in die entgegengesetzte Richtung, und Celeste erklärte, dass ein überfülltes Restaurant zu viel für ihre übernatürlichen Sinne wäre.

Als der Kellner kam, um unsere Bestellungen aufzunehmen, wollte ich gerade nach dem Pizza-Angebot mit Salat für eine Person fragen, als mir auffiel, dass der Kellner ein Esel war – in schwarzer Hose, weißem Hemd und einer Schürze mit dem Logo des italienischen Restaurants. Ich war so erschrocken, dass ich mein Glas umstieß, und als ich das Wasser aufgewischt hatte und wieder aufsah, war der Kellner vor mir ein Mensch. Gerade war es mir mit Müh und Not gelungen, meine Bestellung aufzugeben, da spürte ich wieder das Gefühl einer kühlen, feuchten Hand in meinem Nacken, das mir verriet, dass der merkwürdige Mann wieder in meiner Nähe war. Das konnte doch kein Zufall sein. Er musste mich verfolgen.

KAPITEL 8

Ich bat die anderen darum, mich zu entschuldigen, weil ich mir die Hände waschen müsse, und tatsächlich, da saß er, allein an einem Tisch im hinteren Teil des Restaurants. Ich wusste nicht, wie ich ihn hatte übersehen können. Ich ging zu ihm und setzte mich ihm gegenüber auf den Stuhl. Er sah kein bisschen überrascht aus.

„Wer sind Sie und was wollen Sie?", fragte ich mit leiser, wütender Stimme.

„Guten Tag, Lucy."

„Woher kennen Sie meinen Namen?" Mir lief eine Gänsehaut über den Rücken.

Sein Lächeln entblößte gelbe Zähne, denen eine Zahnspange in seiner Jugend gutgetan hätte. „Ich weiß sehr viel über Sie. Sie und Ihren Mann."

„Lassen Sie all diese Dinge geschehen?" Ich wollte nicht über tanzende Affen und als Kellner verkleidete Esel schwadronieren, wenn er nichts damit zu tun hatte.

Der Blick in seinen seltsamen grünbraunen Augen

konzentrierte sich auf mich. „Ich dachte, meine Show würde Sie bestimmt amüsieren."

„Tja, leider nicht. Also könnten Sie vielleicht damit aufhören."

Er verrückte sein Besteck so, dass es gerade ausgerichtet war. „Um ehrlich zu sein, wollte ich Ihre Aufmerksamkeit erregen."

„Das ist Ihnen gelungen. Und zwar nicht im positiven Sinne."

„Lucy Swift Crosyer, Sie müssen etwas für mich tun."

Ich spürte, wie mir ein kalter Schauer über den Rücken lief. Ich hatte den starken Eindruck, dass er mich um etwas bitten würde, das ich nicht tun wollte. Und da ich nicht auf den Kopf gefallen war, stand ich auf. „Es tut mir leid, aber ich kann Ihnen nicht helfen."

Ich wollte mich umdrehen, aber er packte meine Hand. Das Gefühl seiner Hand auf meiner gefiel mir überhaupt nicht. Irgendwie war sie knorrig und knochig. Ich versuchte meine Hand wegzuziehen, aber er hielt sie fest. Ich wandte mich ihm wieder zu und sagte mit tiefer, wütender Stimme: „Würden Sie mich jetzt bitte gehen lassen?" Ich war bereit, meinen Worten Nachdruck zu verleihen, indem ich ihm einen schmerzhaften Energiestoß versetzte, als er meine Hand losließ.

„Ich würde mir nicht so viel Mühe geben, Ihre Aufmerksamkeit zu erlangen, wenn es nicht dringend notwendig wäre."

Fast hätte ich die Augen verdreht. „Notwendig für Sie."

„Notwendig für meine Art. Und für Ihre."

Es gab einen Grund, warum mir ein kalter Schauer über den Rücken gelaufen war. Ich war mir ziemlich sicher, dass er wusste, dass ich eine Hexe war. Und dabei war es nicht so, dass ich mit Umhang und spitzem schwarzem Hut durch Oxford spazierte. Und obwohl ich gelegentlich mit meinem Besenstiel ausgeflogen war, trug ich ihn bei Tageslicht nicht mit mir herum.

„Zu welcher Art gehören Sie?", fragte ich ihn.

„Ich bin ein Zauberer. Und zwar ein guter. Glauben Sie etwa, es sei einfach, die optischen Täuschungen zu erschaffen, die Sie gesehen haben? Ganz und gar nicht. Dafür muss man sein Leben lang studieren, üben und kreativ sein."

„Herzlichen Glückwunsch! Sie können imaginäre Affen tanzen lassen. Sie haben dreißig Sekunden Zeit. Meine Freunde warten auf mich."

Er fuhr sich nervös mit der Zunge über die Lippen undschaute sich um, als hätte er Angst, belauscht zu werden, aber es waren keine Gäste in der Nähe, und aus der Lautsprecheranlage trällerte ein italienischer Sänger. „Es gibt da ein Buch. Ein äußerst wichtiges Buch. Sie müssen es mir besorgen."

„Wie bitte? Haben Sie denn keinen Bibliotheksausweis?" Oh, ich konnte durchaus sarkastisch sein, wenn ich verärgert war. Außerdem war ich etwas verängstigt, und manchmal verdrängte Sarkasmus die Angst.

„Es ist ein sehr altes, sehr wertvolles Buch. Ihr Mann könnte es für mich finden."

Es ärgerte mich noch mehr, dass dieser Zauberer mich benutzte, um an Rafe heranzukommen. „Warum fragen Sie ihn dann nicht einfach selbst?"

„Weil man an ihn, im Gegensatz zu Ihnen, fast überhaupt nicht herankommt."

„Dann schreiben Sie ihm einen Brief! Schicken Sie ihm eine E-Mail!"

„Das hier ist nichts, was ich jemals Schwarz auf Weiß schreiben würde. Aber hier und jetzt kann ich Ihnen das nicht erklären. Treffen wir uns heute Abend!"

Wenn ich eines wusste, dann, dass ich mich mit diesem furchterregenden Kerl nicht allein im Dunkeln treffen würde. Noch bevor er ausgeredet hatte, schüttelte ich bereits den Kopf. Aber dass er Rafe belästigte, wollte ich auch nicht. Ich entgegnete: „Bei Tageslicht, wenn Menschen in der Nähe sind."

„Meinetwegen. Um halb sechs am Märtyrerdenkmal."

Hätte er nicht den Eingang von Blackwell's Books wählen können? Irgendwo, wo es hell und fröhlich war? Ausgerechnet das Märtyrerdenkmal musste er aussuchen – das jagte mir immer einen Schauer des Schreckens über den Rücken, wenn ich daran vorbeiging.

Drei Bischöfe waren dort als Märtyrer für ihren Glauben verbrannt worden. Dennoch war es eine große Touristenattraktion und lag im Stadtzentrum. Ich würde mich vielleicht gruseln, aber ich wäre in Sicherheit. Ich nickte.

„Und kommen Sie allein", betonte er.

„Ich werde mich mit Ihnen treffen, und zwar allein, aber meiner Freundin Jennifer sage ich ganz genau, wohin ich gehe und mit wem ich mich treffe."

Er schien zu überlegen und nickte schließlich einmal. „Ist gut."

„Wie heißen Sie?" Zumindest das sollte ich wissen, schließlich kannte er meinen Namen.

„Cornelius Coomb", sagte er schließlich. Dann reichte er

mir eine Visitenkarte, auf der nur sein Name und seine Kontaktinformationen standen.

„Gut, Mr Coomb, wir sehen uns um halb sechs am Märtyrerdenkmal. Aber in der Zwischenzeit: keine Tricks mehr."

„Ist gut."

Als ich zu meinem Tisch zurückkehrte, wurden gerade meine Pizza und mein Salat serviert, und ich bemühte mich um ein Gespräch mit meinen Kommilitonen, obwohl ich in Gedanken bei geheimnisvollen Büchern und der Erkenntnis war, dass ich nicht als Vermittlerin zwischen diesem seltsamen angsteinflößenden Mann und meinem geliebten Ehemann dienen wollte, der seine eigenen Geheimnisse hatte und diese lieber für sich behielt.

Ich wusste, dass ich zum Treffen erscheinen musste, aber wie konnte ich Mr Cornelius Coomb klarmachen, dass er einen anderen Weg finden musste, um das Buch zu bekommen, anstatt sich an meinen Mann zu wenden?

KAPITEL 9

Nach dem Mittagessen hatten wir noch etwa zwanzig Minuten Zeit, bis wir wieder in den Unterricht mussten, und so beschlossen Jennifer und ich, in eine Boutique zu gehen, die uns beiden gefiel. Wir sagten den anderen, dass wir uns direkt im Unterrichtsraum sehen würden. Als wir auf den Laden zusteuerten, kam eine bekannte Gestalt auf uns zu. Von allen Menschen, die ich in dieser Gegend kannte, war Margaret Twigg nicht meine Favoritin. Margaret war die Vorsteherin unseres Hexenzirkels, eine recht arrogante Hexe, und wir konnten einander nicht besonders gut leiden.

Sie schien sich genauso über unsere Begegnung zu freuen wie ich. Aber anstatt mit einem Gruß an uns vorbeizugehen, wie ich gehofft hatte, machte sie direkt vor uns Halt, und so mussten auch wir stehen bleiben.

Margaret war immer interessant gekleidet. Ihre wilden, grauen Korkenzieherlocken waren so ungezähmt wie eh und je, ihre strahlend blauen Augen funkelten leidenschaftlich. Sie trug eine blaue Samttunika über einer weit geschnittenen

Seidenhose, deren Farbe ich für Magenta hielt, und eine Patchwork-Tasche, die schon von hier nach Kräutern duftete.

„Ich freue mich, dass ihr mir über den Weg lauft", sagte sie, obwohl ihr Gesichtsausdruck etwas anderes vermuten ließ. „Da du in der Stadt bist, Jennifer, möchte ich, dass ihr beide heute Abend zu mir in die Hütte kommt."

Ich war sofort misstrauisch. „Woher wusstest du, dass Jen in der Stadt ist?"

Sie richtete ihren Blick auf mich und sah mich an, wie sie es oft tat: als hätte ich nicht alle Borsten am Besen. „Ich war in deinem Laden und Violet hat es mir erzählt. Ich habe keine meiner außergewöhnlichen wahrsagerischen Fähigkeiten eingesetzt."

Und wie so oft gab sie mir das Gefühl, ein Dummerchen zu sein. „Oh. Na ja, bestimmt hat sie dir auch gesagt, dass wir wegen einer Einzelhandelskonferenz hier sind. Ich weiß nicht, ob wir viel Zeit haben werden."

„Es ist wichtig, Lucy. Du und Jennifer müsst heute Abend zu mir kommen."

Was war denn in letzter Zeit bloß los, dass alle so wichtige Dinge zu besprechen hatten?

Da ergriff Jennifer das Wort. „Wir haben den ganzen Tag Unterricht und dann Hausaufgaben. Morgen wäre es besser." Sie konnte so viel besser mit Margaret umgehen als ich.

„Der Vollmond ist heute Nacht", erwiderte sie kurz und bündig. „Kommt um acht!" Mit einem Nicken setzte Margaret ihren Weg fort, aber nicht, ohne zu sagen: „Mein Tipp, um den Verkauf in deinem Laden zu steigern, ist: Werde diese Katze los! Die sitzt im Schaufenster herum und verscheucht die Kunden."

Oh, das war so erlogen und absolut ungerecht. Nyx hasste

Margaret, seitdem sie meine armen Vertraute einmal entführt hatte, und Nyx war eine nachtragende Katze.

„Was meinst du? Was will sie bloß?"´, fragte ich, sobald Margaret uns nicht mehr hören konnte.

„Ich denke, da wir zu ihr zitiert wurden, werden wir es bald herausfinden", antwortete Jen.

Vielleicht war es Margaret, die uns die Laune verdorben hatte, aber keine von uns fand in der Boutique etwas, das ihr besonders gefiel, und so kehrten wir mit leeren Händen zum Unterricht zurück. Auf dem Rückweg zum Saint Benedict's College erzählte ich Jen von Cornelius Coomb und dem Treffen.

Sie sagte: „Ich komme mit, Lucy. Das hörte sich gar nicht gut an. Wir wissen nicht einmal, wer er ist. Wenn er Affen erscheinen lassen kann, ist er vielleicht auch imstande, dich verschwinden zu lassen."

Nicht gerade beruhigend. Aber irgendwie wusste ich, dass ich allein gehen musste. Ich drehte mich zu ihr um. „Du weißt, wo ich hingehe. Und selbst wenn er mich entführt oder es versucht, habe ich meinen eigenen Schutz, und du weißt, dass ihr mich finden würdet – entweder du oder Rafe. Aber wenn er versucht, über mich an Rafe heranzukommen, muss ich das unterbinden."

Jennifer sah mich an, und ihr Lächeln war unglaublich warmherzig. „Du liebst ihn wirklich, nicht wahr?"

Ganz genau so war es.

～

IM NACHMITTAGSKURS GING es um Suchmaschinen-optimierung, und leider musste ich sagen, dass Derek Young der Einzige war, der auch nur im Entferntesten daran interessiert war – und wahrscheinlich gleichzeitig der Einzige, der so etwas gar nicht brauchte. Für einen Computerfreak mag Suchmaschinenoptimierung fesselnd sein, aber für den Rest von uns war es eine weitere lästige und langweilige Aufgabe, die wir erledigen mussten, um gewiefte Vermarkter zu werden.

Außerdem war ich abgelenkt. Anstatt über Suchmaschinenoptimierung nachzudenken, fragte ich mich, was dieser mysteriöse Zauberer wollte, was das für ein Buch war, von dem er sprach, und was Rafe damit zu tun haben sollte.

Nach einer Weile bemerkte ich, dass Anthea sich eifrig Notizen machte. Sie war die Einzige, die sich meldete, als Fiona Barnham sich informierte, ob es Fragen gebe. „Ja. Ich glaube, ich habe die Suchmaschinenoptimierung verstanden, aber ich möchte lieber auf Nummer sicher gehen. In meinem Text benutze ich Begriffe wie ‚biologisch' und ‚ganz natürlich'. Soll ich die in Verbindung mit meinen Zutaten verwenden? Also zum Beispiel biologisch angebaute Mondblumen aus der Region. Oder Rosenknospen aus dem Lake District." Fiona schien erfreut zu sein, dass jemand Fragen stellte, und die beiden führten eine lebhafte Diskussion, die ich ausblendete, indem ich mich auf die Uhr an der Wand konzentrierte und sie drängte, schneller zu ticken, damit wir eine Pause machen konnten.

Zu guter Letzt kam unsere Nachmittagspause. Als ich aufstand, erzählte Celeste Willowbrook den Sinclairs gerade davon, dass sie zwar gerne eine Reise unternehmen würde, aber nur mit emotional ausgeglichenen Menschen. Das Paar hatte sich überhaupt nicht am Unterricht beteiligt und war offensichtlich bemüht, möglichst schnell wegzukommen, als

Celeste ohne Vorwarnung nach Islas Hand griff. Sie sagte: „Darf ich? Ich spüre Ihre Energie. Ich würde Ihnen gerne die Hand lesen, wenn Sie dafür offen sind."

Isla sah beschämt aus und schaute zu ihrem Mann, der mit den Schultern zuckte. Dann sagte sie: „Ich glaube schon."

Wir versammelten uns alle um sie herum. Wahrsager hatten etwas Faszinierendes an sich. Einige waren sehr gut und konnten wirklich in die Zukunft blicken, meine Cousine beispielsweise, andere verließen sich wohl eher auf die Selbstinszenierung als auf echtes Talent. Manchmal kam mir der Gedanke, dass sie wohl genau deshalb so oft darauf bestanden, in einem kleinen Raum oder Zelt von anderen Menschen abgeschirmt zu werden, weil das Publikum sie durchschauen könnte. Aber Celeste schien keine dieser Bedenken zu haben, und ich war neugierig, sie bei der Arbeit zu sehen.

Sie schaute sich Islas Hand genau an, fuhr mit dem Finger über die Mitte der Handfläche. „Ah, eine gute, starke Lebenslinie. Sie werden ein langes und gesundes Leben haben." Dann nickte sie und erzeugte tief in ihrer Kehle ein Summen. „Auch eine gute, starke Liebeslinie. Aber es ist nicht immer alles glatt gelaufen, nicht wahr?"

Hatte Celeste von der Aufregung am Vorabend gehört? Oder spürte sie die Spannungen zwischen Mann und Frau?

Isla warf ihrem Mann einen Blick zu und sagte leise: „Nein, nicht immer."

Celeste schien diesen Blickwechsel nicht zu bemerken und fuhr fort: „Sie sind rastlos. Aber Sie lieben auch Ihr Zuhause. Sie können sehr gut mit Menschen umgehen. Andere halten Sie für gesellig und kontaktfreudig, doch Sie fühlen sich ebenso wohl in Ihrer eigenen Gesellschaft. Sie hielt inne und sagte: „Sie werden zu Geld kommen. Das sehe ich ganz klar. Zu einer ziemlich beachtlichen Menge Geld."

Isla schaute sich um. „Ich schätze, das ist immer gut."

Dann trat sie mit einem Lächeln zurück.

Celeste schien mit ihrer Deutung sehr zufrieden zu sein, obwohl sie in meinen Ohren ziemlich allgemein geklungen hatte. Bevor ich davonging, griff Celeste nach meiner Hand. „Darf ich?"

Sie hielt meine Hand bereits umklammert, als sie fragte. Es war seltsam: Wenn mich jemand mit magischen Kräften berührte, insbesondere an der Hand, spürte ich normalerweise eine leichte Vibration. Es war eine Art Erkennungszeichen zwischen magischen Geschöpfen. Bei Celeste Willowbrook spürte ich nichts davon. Ich warf Jennifer einen erschrockenen Blick zu, aber wenn ich ablehnte und sagte, ich wolle keine Deutung, dann würde ich genau die Aufmerksamkeit erregen, die ich vermeiden wollte. Ich beschloss, darauf zu vertrauen, dass ich, sollte Celeste im Raum verkünden, ich sei eine Hexe, alles mit einem Lachen abtun konnte: Vielleicht konnte ich darüber scherzen, dass ich meinen Laden verzaubert hätte, um ihn erfolgreicher zu machen oder dass ich die Dozenten mit einem Zauber belegt hätte, um eine gute Note zu bekommen oder ähnlichen Unsinn erzählen. Aber noch während mir diese Notfallpläne durch den Kopf gingen, war ich mir ziemlich sicher, dass ich sie nicht brauchen würde. Ich hatte das Gefühl, dass Celeste Willowbrook ungefähr so viel Magie in sich trug wie die Steine unter meinen Füßen.

Sie nahm meine Handfläche in ihre beiden Hände und betrachtete sie eifrig. Sie sagte mir, ich würde ein gutes, langes Leben führen. In Herzensangelegenheiten sei ich oft spontan und lasse mich gelegentlich von meinem Herzen leiten, gleiche dies jedoch stets mit einer rationalen Einschätzung aus. Sie sagte mir, ich sei intuitiv und außerordentlich kreativ. Und dann sagte sie: „Sie sind frisch verheiratet. Ich sehe einen Altersunterschied."

Neben mir gab Jennifer, die uns zuschaute, ein Geräusch von sich, das wie ein Schnauben klang, und dann tat sie so, als ob sie niesen würde. Man konnte durchaus von einem Altersunterschied reden. Mein Mann Rafe war Hunderte von Jahren älter als ich.

Dann fuhr sie fort: „Sie werden auf eine Reise gehen. Und auf dieser Reise werden Sie viel über sich selbst und über die Welt lernen. Aber Sie werden immer wieder zurückkehren. Ihr Zuhause ist Ihnen sehr wichtig." Dann tätschelte sie meine Hand und ließ mich los. „Jetzt muss ich an die frische Luft und meine Energie reinigen", verkündete sie uns und verließ den Raum.

Als sie uns nicht mehr hören könnte, wandte ich mich an Jennifer: „Und?"

Sie sagte: „Sie hat verstanden, dass du frisch verheiratet bist, aber schließlich ist dein Ehering ja auch so hell und glänzend, dass er brandneu aussieht. Und sie hat von einem Altersunterschied gesprochen, aber wie groß der ist oder wer von euch älter ist, hat sie nicht erwähnt. Wie viele Leute heiraten denn bitte schön jemanden, der genau das gleiche Alter hat?"

Ich nickte. „Und auch ansonsten war alles ziemlich allgemein gehalten. Du wirst auf eine Reise gehen, aber du kommst gerne wieder nach Hause zurück."

Aber eines gab mir Rätsel auf. „Gibt sie absichtlich etwas vor?"

Jennifer sagte, sie habe sich dasselbe gefragt. „Ehrlich gesagt: Ich glaube nicht. Ich vermute, sie glaubt wirklich, dass sie eine Gabe hat. Und je häufiger sie Dinge sagt, die jeder so interpretieren kann, wie es ihm passt, desto mehr wächst ihr Glaube an ihre eigenen Kräfte.“

„Okay. Zum Beispiel, als sie Isla Sinclair mitgeteilt hat, dass sie zu Geld kommen wird.“

„Ja. Es ist ja nicht so, dass sie gesagt hätte: ‚Spielen Sie am nächsten Mittwoch unbedingt Lotto, dann gewinnen Sie.‘ Ich meine, schau dir die Sinclairs doch an! Sie sind in einem Alter, in dem sie bestimmt damit rechnen, bald etwas von ihren Großeltern zu erben. Oder, was weiß ich, sie könnten in einer Radiosendung mit einem Telefonanruf Geld gewinnen.“

„So gesehen könnten sie auch zwanzig Pfund auf dem Bürgersteig finden.“

„Sehr richtig!“ Sie schüttelte den Kopf. „Genau solche Leute wie Celeste bringen unsere Art in Verruf.“

„Wenigstens ist sie harmlos“, sagte ich.

Wir beschlossen, in den fünfzehn Minuten vor Unterrichtsbeginn noch etwas frische Luft zu schnappen. Ich sah Geoff Turner, der den Seminarraum sofort zu Beginn der Pause verlassen hatte und der nun wieder in Richtung Tür zurückkehrte, während er sich einen Pfefferminzbonbon in den Mund steckte. Bestimmt hatte er sich davongeschlichen, um eine Zigarettenpause zu machen.

Jen und ich gingen nebeneinanderher, vorbei an jungen Narzissen, die gerade ihre gelben Blütenköpfe erhoben. Die Bäume trieben die ersten Knospen. Und auch wenn der Himmel grau und bedeckt war, begrüßte ich diese Anzeichen von Frühling.

Ich räumte ein, dass es mir schwerfiel, mich zu konzentrieren, weil ich mich bald mit Cornelius Coomb treffen würde, und Jennifer gab zu, dass ihr die Konzentration schwerfiel, weil der Stoff so langweilig war.

Mit einem resignierten Seufzer gingen wir zurück in den Unterrichtsraum.

Celeste Willowbrook hatte zwar gesagt, sie wolle nicht belästigt oder um individuelle Sitzungen gebeten werden, allerdings schien sie mit großer Freude nach unseren Händen zu greifen, um unaufgefordert unsere Handlinien zu deuten. Ich sah, wie sie Derek Youngs Hand ergriff, aber interessanterweise zog er sie zurück und erklärte: „Ich glaube nicht an diesen ganzen Unsinn!" Dann ließ er Celeste stehen.

Sie blinzelte und sah einen Moment lang ziemlich verletzt aus, dann drehte sie sich um und sagte: „Nicht jeder ist offen für meine Gaben", bevor sie auf Geoffrey Turner zuging. Und nachdem sein Erzfeind das Handlesen abgelehnt hatte – blieb Geoff da etwas anderes übrig, als Ja zu sagen? Ich war gespannt, was sie sich würde einfallen lassen. Selbst ich, so schien mir, hätte Geoff schon so kurz nach unserem Kennenlernen aus der Hand lesen können. Ich hätte gesagt, er sei wissbegierig, schnell beleidigt, hänge sehr an seinem guten Ruf und habe einen Sinn für die feinen Dinge des Lebens. Dazu brauchte man keine Magie; es war ganz einfach offensichtlich, wenn man ihn und sein Verhalten beobachtete. Schon allein die Art von Laden, den er führte, sprach Bände. Und ganz gewiss erzählte Celeste ihm so ziemlich genau das.

Und dann sagte sie: „Sie mögen keine Ungerechtigkeit und hegen dann einen Groll."

Er gab so etwas wie ein Schnauben von sich. „Jahrelang,

wenn es sein muss, aber am Ende bekomme ich, was mir zusteht." Das sagte er so laut, dass ich mich fragte, ob er Derek Young eine Warnung senden wollte. Dann zog er die Hand zurück und kehrte auf seinen Platz zurück.

UNSER UNTERRICHT ENDETE um vier Uhr, was mir genug Zeit ließ, um mich wegen des Treffens mit dem Zauberer verrückt zu machen. Natürlich lehnte ich die Einladung der anderen ins Pub ab, und Jen war so eine treue Freundin, dass auch sie nicht mitgehen wollte. Jennifer fragte mich noch einmal, ob ich fest entschlossen sei, dass sie nicht mitkommen solle. Das war ich ganz und gar nicht. Die belebte Kreuzung der St. Giles Street bot mir genauso wenig Sicherheit wie jeder andere Ort, den ich mir vorstellen konnte. Und es war ziemlich klar, dass Cornelius Coomb irgendetwas wollte. Wenn er etwas von mir wollte, warum sollte er mir dann etwas antun?

Nachdem ich also meine Büchertasche abgelegt und mich frisch gemacht hatte, schaute ich noch einmal in den Schrank. Ich kicherte in mich hinein, als ein sehr zahm aussehender Löwe mir eine Rose hinhielt. Ein Zauberer, der Rosen verteilte, konnte doch wohl nichts Böses im Schilde führen, dachte ich. Eine echte Rose war es natürlich nicht, und nach nur wenigen Sekunden verschwand die Sinnestäuschung. Ich sah mich nach Nyx um, aber sie hatte sich wahrscheinlich ins Cardinal Woolsey's verzogen. Ganz allein würde sie gewiss nicht in meinem Zimmer herumhängen wollen. Und doch hätte ihre Gesellschaft mich beruhigt, während ich Jennifers nicht brauchte.

Zumindest legte ich ein schützendes Amulett an und

sagte einen Schutzzauber auf, bevor ich losging, um Cornelius Coomb zu treffen.

An einem Wochentag im März ist die Oxford High Street um Viertel nach fünf sehr belebt. Und das Martyrs' Memorial ist eine der vielen schönen historischen Sehenswürdigkeiten, die Oxford so berühmt machen. Sie erinnert an das Martyrium dreier protestantischer Bischöfe, die im Jahr 1555 wegen ihres Glaubens auf dem Scheiterhaufen verbrannt wurden. Die Gedenkstätte wurde zwar nicht an der Stelle errichtet, an der sie verbrannt worden waren, aber trotzdem lief mir immer ein kalter Schauer über den Rücken, wenn ich an dem grausigen Mahnmal vorbeiging. Doch an sonnigen Tagen wimmelte es von Touristen, die Fotos machten, während die Einheimischen, die irgendwohin mussten, zielstrebig einen Bogen um sie machten. Als ich an einem Reiseleiter vorbeiging, der sich gerade an eine Busladung von chinesischen Touristen wandte, hatte ich nicht den Eindruck, allein zu sein. Sofort entdeckte ich Cornelius Coomb, denn er stand neben dem Denkmal und sah aus wie jemand, der eine Verabredung mit jemandem hatte.

Ich kann nicht sagen, dass er erfreut wirkte, mich zu sehen, aber irgendwie kam er mir erleichtert vor, als hätte er befürchtet, dass ich nicht kommen würde.

„Sie kommen genau pünktlich."

Darauf gab es nicht viel zu erwidern, also nickte ich.

Er schaute sich um und sagte: „Hier können wir uns nicht unterhalten. Lassen Sie uns an einen ruhigeren Ort gehen!"

Aber ich ließ mich nicht beirren. „Es hört uns doch niemand zu. Ich gehe nirgendwo mit Ihnen hin. Ich weiß ja nicht einmal, wer Sie sind, und da Sie darauf bestanden haben, dass ich allein komme, muss ich darauf bestehen, dass Sie mir das, was Sie mir mitzuteilen haben, genau hier sagen – inmitten all der Leute, die meine Schreie hören können."

Er sah sich nervös um, als könnten die chinesischen Touristen jeden Moment all ihre Aufmerksamkeit auf ihn richten oder als wollte die Frau, die mit Einkaufstüten in der einen Hand und dem ans Ohr gepressten Telefon in der anderen an uns vorbeiging, ihn belauschen. Zu guter Letzt sah er wohl ein, dass wir hier genauso unter uns waren wie anderswo. Trotzdem kam er näher an mich heran, und ich musste mich vorbeugen, um ihn zu hören.

Dabei fiel mein Blick auf eine schwarze Katze, die auf einer Mauer in der Nähe saß. Sie hatte ihren leicht zuckenden Schwanz um ihren Körper gewunden und starrte mich mit ihren grünen Augen an. Die Gewissheit, dass Nyx in der Nähe war, beruhigte mich sofort. Ich hatte ziemlich mächtige Kräfte, aber Nyx machte mich noch stärker.

Cornelius Coomb begann zu sprechen. „Ich habe die Zauberkunst bei einem renommierten Magier hier an der Hochschule gelernt. Professor Roderick Blake war ein scharfsinniger Mensch, und wir freundeten uns an. Dreißig Jahre lang war er mein Mentor. Vor Kurzem ist er von uns gegangen", sagte er und schaute dann zu Boden, als wäre er zutiefst bekümmert.

„Das tut mir leid", sagte ich.

„Er war schon alt, aber trotzdem war es ein schrecklicher Schlag für mich. Aber er hat mir seine gesamten Forschungsunterlagen hinterlassen."

„Wie nett von ihm." Eine lahme Antwort, aber etwas anderes fiel mir nicht ein.

„In seinen letzten Lebensjahren, als Reginald spürte, dass

sich seine Zeit auf dieser Erde dem Ende zuneigte, haben wir gemeinsam an einem Buch gearbeitet, in dem wir all unser Wissen enthüllen. Es gibt nur ein einziges Exemplar, ein in Leder gebundenes Manuskript. Es lehrt die Zauberkunst. Aber als ich seine Schriftstücke und Bücher erhalten habe, war dieses Manuskript nicht dabei. Können Sie sich vorstellen, was passieren könnte, wenn dieses Buch in falsche Hände gerät? Nehmen Sie zum Beispiel Politiker – wie könnten die die öffentliche Meinung mit Hilfe der Kunst der Zauberei beeinflussen? Ich habe die große Befürchtung, dass so etwas geschehen könnte. Vielleicht ist es auch schon geschehen."

„Aber Sie haben keine Beweise. Vielleicht hat Ihr Mentor das Manuskript jemand anderem gegeben, oder wenn es so gefährlich ist, hat er es vielleicht vor seinem Tod vernichtet."

„Nein. Das hätte er mir erzählt." Und dann legte er sich eine Hand aufs Herz. „Und ich hätte es gespürt. In diesem Buch steckt Magie, und wer könnte besser verstehen als Sie, wie viel Magie in Büchern steckt?"

Ich erschauderte, als ich an das Fiasko dachte, das wir wegen des Grimoires meiner Familie erlebt hatten. Und die Einzigen, gegen die ich gekämpft habe, waren meine eigenen Verwandten. „Ich weiß nicht so recht, wie ich Ihnen helfen kann."

„Wie ich Ihnen bereits sagte, brauche ich nicht *Ihre* Hilfe, sondern die Ihres Mannes."

„Aber mit diesem College hat er nichts zu tun."

Er sah mich an, als ob ich unglaublich dumm wäre. „Er ist ein renommierter Experte für antiquarische Bücher. Da kann er doch sicher einen Vorwand finden, um in die Universität zu kommen und die geheime Bibliothek zu erkunden."

Ich runzelte die Stirn. „Es gibt eine geheime Bibliothek?"

„Dumme Frage! Hier hat jedes College eine geheime Bibliothek." Um ehrlich zu sein, hatte ich nicht bedacht, dass es öffentliche und weniger bekannte Bibliotheken gab, aber es schien einleuchtend.

„Warum können Sie denn nicht selbst nach diesem Buch suchen? Sie sind doch am College."

Jetzt sah er ziemlich verzweifelt aus. „Meinen Sie vielleicht, ich hätte es nicht schon versucht? Ich habe überall gesucht. Aber ich habe keine Ahnung, wo es wohl aufbewahrt wird. Ich glaube, Ihr Mann ist der Einzige, der mir helfen kann."

Einerseits wollte ich ihm meine Hilfe nicht verweigern – für den Fall, dass das Buch in die falschen Hände geriet –, aber andererseits konnte ich ja überhaupt nicht wissen, ob er die Wahrheit sagte. Vielleicht waren die falschen Hände genau seine, und indem ich ihm half, würde ich unwissentlich jemandem mit bösen Absichten ein sehr mächtiges Werkzeug liefern.

Schließlich sagte ich: „Na gut, ich werde mit ihm reden. Aber zu mehr bin ich nicht bereit. In der Zwischenzeit sollten Sie sich vielleicht erkundigen, ob es andere Möglichkeiten gibt, auf die Sie zurückgreifen können. Ich bin mir wirklich nicht sicher, ob wir Ihnen helfen können."

„Lucy, die Zukunft der Demokratie könnte in Ihren Händen liegen."

KAPITEL 10

ch machte mich auf den Rückweg zum St. Benedict's College – wohl wissend, dass Nyx mich mit ihren grünen Augen beobachtete –, aber zu meiner Erleichterung machte Cornelius Coomb keinerlei Anstalten, mir zu folgen oder mich zum College zu begleiten. Er drehte sich um und verschwand in eine andere Richtung.

Während ich über seine Bitte nachdachte und noch überlegte, was ich tun sollte, bog ich um eine Ecke und stieß auf Jennifer. Sie schien erleichtert zu sein, mich zu sehen. „Ich wollte in eurer Nähe bleiben, ohne dass er mich sieht, aber gleichzeitig sichergehen, dass ich es merke, falls irgendetwas nicht stimmt."

Ein klagendes Miauen ertönte, und sie lachte, als Nyx sich an ihre Wade schmiegte. „Ich hätte wissen müssen, dass Nyx auch bei dir bleibt."

Ich berichtete ihr alles, was Cornelius Coomb mir erzählt hatte, und sie rümpfte die Nase. „Woher willst du wissen, dass nicht er derjenige ist, der das Buch für böse Zwecke verwenden will?", fragte sie laut.

„Ganz genau!", stimmte ich ihr zu und war froh, dass sie den gleichen Verdacht hatte wie ich. Aber ich erklärte ihr, dass ich die Sache trotzdem mit Rafe besprechen würde. Er war schon länger als wir beide zusammen auf der Welt, und sein Alter hatte ihm eine Menge Weisheit und Erfahrungen beschert.

Mein Treffen mit Cornelius Coomb hatte nicht lange gedauert, also blieb uns genügend Zeit, um zu Margaret Twigg zu gelangen. Leider.

Jen fragte: „Ob sie uns wohl zum Abendessen einlädt?"

„So, wie ich Margaret kenne, bezweifle ich das."

Um zu Margaret Twiggs Haus zu gelangen, hatte ich William bitten müssen, uns abzuholen, und obwohl er uns sicher gerne zum Hexenhaus gefahren und dort auf uns gewartet hätte, wollte ich lieber in mein eigenes Auto umsteigen. Erstens, weil ich wusste, dass Margaret William keinerlei Gastfreundschaft entgegenbringen würde, und zweitens, weil er im Herrenhaus besser aufgehoben war als an einem Ort, wo Hexen ihr Unwesen trieben.

Nyx war dicht an meiner Seite geblieben, aber ich konnte mir nicht vorstellen, dass sie heute Abend mitkommen wollte. „Wir gehen heute Abend zu Margaret Twigg. Ansonsten hätte ich dich eingeladen mitzukommen."

Bei den Worten „Margaret Twigg" stellte sich Nyx das Fell auf und schlagartig fuhr sie die Krallen aus, als wäre sie bereit zur Verteidigung.

Ich nickte. „Ja, genau die Margaret Twigg. Keine Sorge, ich werde sie nie wieder an dich heranlassen." Nicht, dass ich sie überhaupt jemals an Nyx herangelassen hätte. Diese Frau hatte meinen Liebling gestohlen, aber einer der vielen Gründe, warum ich meine Vertraute so liebte, war, dass sie

Margaret eine „Allergie" zugefügt hatte, die das Gesicht und den Körper der Hexe mit Geschwüren übersäte, sodass sie am Ende froh war, Nyx loszuwerden. Wir erwähnten den Vorfall zwar nie, aber ich war mir ziemlich sicher, dass keine von uns beiden ihn je vergessen würde.

Nyx zog also los, um ihr eigenes Ding zu machen, und Jennifer und ich warteten auf William, der uns vor dem Saint Benedict's College abholte.

Er fuhr vor, und es war so schön, ihn zu sehen. William hatte etwas sehr Beruhigendes und Normales an sich. Er hatte keine übernatürlichen Fähigkeiten, aber er war an die Gesellschaft von Hexen und Vampiren gewöhnt, sodass wir in seiner Nähe wir selbst sein konnten.

Er erkundigte sich nach dem Kurs, und es war vor allem Jennifer, die sich mit ihm unterhielt. Ich versuchte immer noch, mein Treffen mit Cornelius Coomb zu verarbeiten.

Da wir ohnehin zum Herrenhaus fuhren, nutzte ich diese Gelegenheit, um meinen magischen Dolch zu holen. Der Athame eignete sich sehr gut, um nebelige Eindrücke zu durchdringen und die Wahrheit ans Licht zu bringen. Außerdem hatte er eine Schutzfunktion, und wann immer ich in der Nähe von Margaret Twigg war, sehnte ich mich nach Schutz.

Margaret Twigg hatte zwar nicht ausdrücklich gesagt, dass wir irgendein Mondritual durchführen würden, aber ich konnte mir nicht vorstellen, warum sie sonst verlangen sollte, dass Jennifer und ich ausgerechnet in der Vollmondnacht zu ihr kamen. Sie war kein großer Fan von gesellschaftlichen Anlässen, und ehrlich gesagt auch kein großer Fan von mir, wie mir schien.

Jennifer kam mit herein und drehte sich einen Moment

lang in der prächtigen Eingangshalle im Kreis herum. Sie sagte: „Ich kann es nicht fassen, dass du einen Mann geheiratet hast, der ein echtes Herrenhaus besitzt. Und einen Adelstitel."

„Den er so gut wie nie benutzt", erinnerte ich sie.

„Genau das macht es doch noch cooler", sagte sie.

William bestand darauf, dass wir vor unserem abendlichen Treffen mit Margaret etwas essen sollten. „Ich habe mich an ein paar Hummergerichten versucht, die Sie unbedingt probieren sollten."

Was hatten wir da für eine Wahl?

Nachdem wir William gesagt hatten, seine Hummer-Trüffel-Pasta sei genau das Richtige für seinen neuen besten Freund – den Filmstar, der nicht genannt werden durfte –, machten wir uns auf den Weg zu Margaret Twiggs Landhaus.

Ohne Nyx mitzunehmen, fuhren Jennifer und ich los. Es war ein kühler Abend, am Himmel stand der Vollmond. Ein schöner Abend für eine Spritztour. Ich hätte mir nur gewünscht, ich würde mich mehr auf das Ziel freuen. Zu guter Letzt kamen wir ohne Zwischenfälle an Margarets Cottage an. Das Häuschen stand mutterseelenallein am Rande dessen, was noch vom Wychwood Forest geblieben war. Es war ein niedriges, uraltes Steingebäude, das genau wie ein Hexenhäuschen aussah.

Ich sagte: „Ich bin so froh, dass du dabei bist. Ich komme nicht gern allein hierher."

Jen sagte: „Mir geht es genauso. Ich war noch nie allein hier, und ich hoffe wirklich, dass ich das auch nie muss. Man hat das Gefühl, dass man hineingeht und nie wieder herauskommt."

„Oder man hüpft als Kröte heraus", stimmte ich ihr zu.

Natürlich ging unsere Fantasie mit uns durch. Außerdem waren wir ja keineswegs zwei unschuldige Frauen, die sich völlig ahnungslos an einen gefährlichen Ort begaben; wir waren beide mächtige Hexen – Jennifer wahrscheinlich mehr als ich, weil sie schon mehr Übung hatte, obwohl sie immer behauptete, dass meine angeborene Begabung stärker sei. Was auch immer die Wahrheit war, ich hatte das Gefühl, dass wir so respekteinflößend waren, dass Margaret Twigg nicht auf dumme Ideen kommen würde. Aber warum wollte sie uns hier haben? Es hatte sich nicht wie eine Einladung ange-fühlt, sondern eher wie eine Einberufung.

Noch bevor wir anklopfen konnten, öffnete Margaret Twigg die Tür. Sie trug eine dunkelgrüne Hose, die am Saum etwas schlammig war, und einen alten Pullover mit ein paar Mottenlöchern. Ihr Haar war noch wilder als sonst, und ihre Wangen waren gerötet.

„Gut, ihr seid pünktlich", sagte sie zur Begrüßung und öffnete die Tür, damit wir eintreten konnten.

Irgendwo in der Nähe bellte ein Hund, und einen Moment später sprang uns ein junger schwarzer Labrador entgegen, um uns zu begrüßen. „Merlin, aus!", befahl Margaret.

Es dauerte ein paar Minuten, aber schließlich beruhigte sich Merlin so weit, dass wir ihn beide streicheln konnten.

„Merlin ist mein Vertrauter", sagte Margaret. „Wie sich herausgestellt hat, bin ich eher der Typ für Hunde als für Katzen."

Ich erwiderte nichts. Solange sie nicht versuchte, Nyx zu klauen, konnte Margaret jede oder jeden Vertrauten haben, den sie wollte.

Jennifer und ich hatten beide Jeans an und trugen die

Waren unseres Ladens zur Schau. Ich hatte einen wirklich schönen dunkeltürkisen Pullover mit Zopfmuster angezogen, während Jennifer mit einem der vielen Fischerpullover bekleidet war, die ihre Vampire für sie gestrickt hatten. Wir waren uns beide einig, dass dies zu unseren USPs gehörte. Wenn man zufällig einen Marketingkurs besucht, weiß man, dass USP die englische Abkürzung für *Alleinstellungsmerkmal* ist.

Margaret schaute uns beide von oben bis unten an und schüttelte den Kopf. „Oh, damit kommen wir nicht weit."

Wie bitte? Hatte sie jetzt etwas gegen das Stricken?

Sie sah mich kopfschüttelnd an. „Ehrlich gesagt, Lucy, hätte ich gedacht, du weißt, was los ist."

„Dass was los ist?"

„Bei Vollmond ernten wir Kräuter."

Ich konnte es nicht fassen. „Du hast uns zur Gartenarbeit eingeladen?"

Nicht einmal im Crosyer Manor kümmerte ich mich um den Garten. Dafür hatten wir Personal. Vielleicht war ich besser im Gärtnern als im Stricken, aber nur mit Mühe konnte ich Unkraut von Blumen unterscheiden.

Margaret schnalzte mit der Zunge gegen ihren Gaumen. „Das ist keine Gartenarbeit. Wir ernten die Heilpflanzen bei Vollmond, wenn ihre magischen Eigenschaften am stärksten sind. Wenn sie nur von Hexen berührt werden, ist das natürlich das Beste."

Ich hatte keinen Zweifel daran, dass das stimmte, aber trotzdem hätte sie uns vorwarnen können. Wir zogen also unsere hübschen Pullover aus, schlüpften in die schmutzverkrusteten Kittel, die sie uns reichte, und folgten ihr in das Hinterzimmer, wo sie alle nötigen Materialien für ihr Handwerk aufbewahrte – ohne dass sie uns vorher auch nur eine Tasse Tee angeboten hätte. Es duftete herrlich nach Salbei, Lavendel und Rosenblättern, die wahrscheinlich seit langem getrocknet waren.

Bevor sie die Tür zu ihrem Garten öffnete, drehte sie sich zu mir um. „Lucy, solange du dich nicht beruhigt hast, kannst du meinen Garten nicht betreten. Deine Energie ist völlig durcheinander."

Und so kam es, dass ich ihr von Cornelius Coomb und dem Manuskript erzählte. Sie hörte aufmerksam zu und sagte dann: „Zauberei ist doch eine unbedeutende Kunst. Ich habe den Eindruck, der Typ ist nur ein kleiner Angeber. Vergiss ihn und konzentriere dich auf die Aufgabe, die vor uns liegt."

Widerstandslos versprach ich ihr, es zu versuchen.

Es war wirklich wunderschön, wie der dunkle Garten vom Kerzenlicht in den Laternen beleuchtet wurde, die sie überall aufgestellt hatte. Irgendwo schrie eine Eule, und im Unterholz hörte ich ein Rascheln – wahrscheinlich ein armes, verängstigtes Tier, das auf der Flucht war, weil Margaret Twigg sich näherte. Wir bildeten einen Kreis, und Margaret legte unsere Intention fest.

Mond am Himmel, dein silberner Schein,
Segne heute Nacht Kräuter und Pflänzelein.
Wir ernten sie, um anderen Heilung zu bringen,
Mit deiner Kraft und Gnade wird es gelingen.
So will ich es, so soll es sein.

Dann gab sie mir den Auftrag, junge Brennnesselblätter zu ernten, während Jennifer den Salbei einbringen sollte. Ja, die stacheligen Pflanzen bekam ich. Selbst mit Gartenhandschuhen musste ich aufpassen, dass die Brennnesseln nicht ein Stück unbedeckte Haut streiften. Ich wusste zwar, dass aus Brennnesseln hervorragende Heiltees hergestellt wurden und dass sie in vielen Kräutertonika enthalten waren, aber im Halbdunklen zwischen giftigen Blättern herumzuwühlen, war trotzdem anstrengend.

Margaret hatte ihren Garten natürlich auf ganz besondere Weise bepflanzt, und ich bezweifelte, dass unter all den Stängeln und Blumen um mich herum auch nur ein einziges Exemplar nicht ihrem Handwerk diente. Aber alle Pflanzen waren auf ihre eigene Weise schön, und ich sog die Düfte von Salbei und Thymian, von Moos und Erde ein. Die Arbeit hier im Freien war ein größeres Vergnügen, als ich es je geahnt hätte. Im Crosyer Manor hatte ich meinen eigenen kleinen Garten, aber dieser hier war viel größer.

Merlin schien begeistert davon, ein Hexentrio zum Spielen zu haben, und sprang von einer zur anderen. Als er genug davon hatte, rannte er einmal quer durch den Garten und begann dort, ein Loch zu graben. Ich konnte mir vorstellen, dass der arme Merlin großen Ärger bekommen würde, aber zu meiner großen Überraschung sah Margaret nachsichtig aus. „Er ist doch noch ein Welpe."

Als Merlin vom Graben müde war und mit Nase und Pfoten voller Erde zu uns zurück trottete, zeigte Margaret einfach auf das Loch, das er gegraben hatte, und sagte: „Wie vorher!" Und das Loch füllte sich wieder. So stark war ihre Magie.

Nach einer Weile ging Margaret zu einem Gewächshaus im hinteren Teil des Gartens, und ich folgte ihr mit dem Gefühl, genug Brennnesseln geerntet zu haben. Ich wollte eine andere Aufgabe.

Sie kümmerte sich um einen Weinstock, der in

geschützter Lage an einer Wand des Gewächshauses wuchs. Strahlend weiße Blüten trieben gerade ihre Knospen, und ich konnte sehen, dass sie sehr vorsichtig mit ihnen umging. Sie schnitt ein Stück Gartendraht von einer Rolle ab und befestigte ein wanderndes Stück der Ranke an einem Spalier, das die Pflanze stützte.

„Was ist denn das?", fragte ich sie.

„*Ipomoea alba*", sagte sie über ihre Schulter hinweg. „Mondblume – den Namen hat sie, weil sie nachts blüht. Sie wird zum Schutz, zum Hellsehen und zur spirituellen Stärkung eingesetzt, manche verwenden sie auch für Liebeszauber, ich selbst allerdings nie." Margaret erteilte mir immer liebend gern eine Lektion – was an und für sich hätte nützlich sein können, hätte sie nicht immer so getan, als müssten mir diese Informationen längst bekannt sein. Dennoch hörte ich zu und nahm ihre Worte so in mich auf, wie die Blätter das Licht des Vollmonds aufsogen.

Dann kam auch Jennifer zu uns und brachte den Duft von Salbei mit. Neben ihr trottete Merlin mit heraushängender Zunge und frischer Erde an der Nase, was darauf hindeutete, dass er mindestens ein weiteres Loch gegraben hatte.

Margaret fuhr fort: „Eigentlich ist es eher eine tropische Blume, aber wenn man sie richtig behandelt, kann man sie im Sommer auch als einjährige Pflanze anbauen."

Jennifer trat näher. „Du meinst, dass in Großbritannien keine Mondblumen wachsen?"

Margaret schnalzte mit der Zunge, als sie Jennifer ansah, und ich war erleichtert, dass ich nicht die Einzige war, die so behandelt wurde. „Habe ich nicht gerade gesagt, dass ich hier etwas anbaue? Sie wachsen durchaus in Großbritannien, aber nur an einem ganz besonderen Ort und mit viel Pflege."

„Hm", sagte Jennifer und betrachtete die leuchtenden, trompetenförmigen Blüten, die denen der Ackerwinde ähnelten.

„Was geht dir durch den Kopf?", fragte ich sie. Ich glaubte nicht, dass sie vorhatte, in Cornwall Mondblumen anzubauen, aber vielleicht irrte ich mich.

Sie warf ihren Zopf über eine Schulter und sagte: „Na ja, es ist so: Anthea hat doch im Kurs über die Suchmaschinenoptimierung erzählt, dass sie Mondblumen in ihren Lotionen verwendet und ihre biologisch angebauten Mondblumen aus der Region eine der Hauptzutaten sind. Ich fand den Namen so schön! Von dem hatte ich noch nie gehört. Aber sie lebt im Lake District. Ist das Wetter dort nicht noch schlechter als hier?"

Jen und ich verbrachten viel Zeit damit, uns über das britische Wetter zu beklagen – nichts Besonderes für Amerikanerinnen. Auch die meisten Briten, die ich kannte, jammerten über das Wetter. Aber eines war uns beiden bewusst: Je weiter man nach Norden kam, desto schlechter wurde das Wetter.

Margaret schüttelte den Kopf. „Mondblumen im Lake District anzubauen, wäre sehr schwierig. Und abgesehen von ihrem angenehmen Duft sind sie in Hautprodukten völlig nutzlos."

Wir wechselten einen Blick, und Jennifer sprach das aus, was ich dachte. „Aber Antheas Alleinstellungsmerkmal ist doch, dass alle ihre Zutaten nicht nur aus biologischem Anbau stammen, sondern auch aus der Region."

Margaret Twiggs Blick schärfte sich. „Ist sie ein magisches Geschöpf?"

Wir schauten einander an und schüttelten den Kopf. „Nein."

„Dann würde ich sagen, dass sie ihre Mondblumen von woanders her bezieht. Und ich würde sehr genau darauf achten, wie sie sie einsetzt. Es gibt eine andere Pflanze, die auch Mondblume genannt wird, *Datura innoxia*, und die ist hochgiftig."

Ich sagte: „Margaret, wenn wir hier fertig sind, würde ich dir gerne etwas am Computer zeigen."

Sie sah ziemlich missmutig aus. „In Ordnung." Sie stieß einen tiefen Seufzer aus. „Aber erst erledigen wir unsere Aufgabe, ja?"

Sie war eindeutig der Meinung, dass ich mich vor meinen Pflichten drückte, obwohl ich mich doch eigentlich gar nicht für diese Sache angeboten hatte. Es war schon interessant. Wenn Anthea die Mondblumen nicht selbst anbaute, woher bekam sie sie dann? Und selbst wenn doch, wofür benutzte sie sie? Mir war nicht ganz klar, warum mich das beschäftigte. Wahrscheinlich, weil sie so ein Aufheben um ihre Bio-Produkte aus der Region gemacht hatte, dass ich mir vorkam, als wäre ich schon ein schlechter Mensch, wenn ich außerhalb der Saison im Supermarkt Blumen kaufte. Daher fand ich es schon etwas schockierend festzustellen, dass ihre Methoden doch nicht so koscher waren, wie sie vorgab.

$\mathcal{A}$ls wir ins Haus zurückkehrten und froh waren, nach der Kälte wieder im Warmen zu sein, machte Margaret uns allen Tee mit Kräutern aus einem ihrer vielen Gläser. Sie fragte weder nach unseren Vorlieben noch danach, ob wir überhaupt Tee wollten, doch das heiße Getränk war äußerst willkommen und zugegebenermaßen wirklich köstlich.

Der vom vielen Graben erschöpfte Merlin ließ sich vor ihren großen Ofen mit dem blubbernden Kessel fallen und schlief ein.

Während sie den Tee zubereitete, ging ich zu ihrem Computer. Das Passwort wollte sie mir nicht verraten, stattdessen sollte ich mich umdrehen und wegschauen, während sie es selbst eintippte. Ich rief Antheas Website KeswickKreations.com auf, und nachdem wir drei unseren Tee aus von Hand getöpferten Tassen getrunken hatten, scrollte Margaret durch die Seite. Sie gab spöttische Laute von sich, die tief aus ihrer Kehle kamen.

„So ein Unsinn", murmelte sie mehr als einmal.

NANCY WARREN

Schließlich wandte sie sich wieder uns zu und verkündete, dass im Lake District zwar viele Kräuter wüchsen, zu denen viele der Zutaten, die Anthea zufolge einheimisch waren, jedoch nicht zählten. „Meiner Meinung nach sind einige dieser Fotos von Feldern, auf denen Kräuter wachsen, gar nicht in diesem Land aufgenommen worden", erklärte sie schließlich.

Das war schockierend.

Wenn Anthea in Hinsicht auf ihre Inhaltsstoffe gelogen hatte, wo noch?

Bevor wir uns verabschiedeten, bat Margaret uns, in ihr Wohnzimmer zu gehen und dort auf sie zu warten. Sie verschwand in ihrem Arbeitszimmer.

Ich war schon einmal in ihrem Salon gewesen. Wenn sie Rituale im Haus abhielt, dann dort. Und tatsächlich sah ich dort einen magischen Kreis mit Kerzen. Das Mondlicht strömte durch das vordere Fenster des Hauses und ließ die Kristalle auf der steinernen Fensterbank schimmern.

Margaret kam mit zwei Kräutersäckchen aus Leinen zurück, die mit einem Seidenband zugeschnürt waren.

Jeder von uns reichte sie eins. Ich roch Lavendel und einen sanften und flüchtigen Duft. Es war so untypisch für Margaret, mir ein Geschenk zu machen – und sei es auch nur als Dankeschön für unbezahlte Gartenarbeit –, dass ich große Augen machte.

Margaret sah nicht so aus, als würde sie uns die Säckchen aus Dankbarkeit geben. Eher spürte ich Bestürzung. Sie sagte: „Da du nach der Mondblume gefragt hast, habe ich euch das hier zusammengestellt: eine Mischung aus getrockneten Mondblumen und anderen schützenden Kräutern.

Kommt, Schwestern, tretet in den Kreis und nehmt euch bei der Hand."

„Warte", sagte ich, als wir im Kreis standen. „Warum ein Schutzzauber? Und nicht einer zum Hellsehen?" Margaret war keine leichtfertige Hexe. Wäre sie nicht der Meinung, dass Jennifer und ich einen Schutzzauber brauchten, dann würde sie uns auch nicht mit einem belegen. Ihr Gesichtsausdruck jagte mir einen Schauer über den Rücken.

„Ich spüre, dass es Probleme gibt", war alles, was sie sagte. Dann nahm sie meine Hand – die, in der ich das Säckchen hielt. Und sie gab Jen zu verstehen, dass sie ihr Schutzsäckchen in die Hand nehmen sollte, die sie Margaret reichen würde, dann nahmen Jen und ich uns bei der Hand, die leer war.

Mit einem Kopfnicken entzündete Margaret die Kerzen, und im flackernden Licht spürte ich, wie sich die in Leinen gehüllten Kräuter zwischen unseren Handflächen erwärmten, während ihre leicht krallenartigen Finger sich fest um meine schlossen.

Ihre Stimme war tief, aber kräftig:
Kräuter der Nacht, stark und weise,
Schützt diese Schwestern auf ihrer Reise.
Mondblume, wache im silbernen Licht,
Salbei, reinige Unrecht, sodass es geschehe nicht.

LAVENDEL, bringe Frieden und sanfte Ruh,
Rosmarin banne jeden Schatten im Nu.
Mit diesem Zauber webe ich Schutz,
Ein Licht, das euch diene und seie von Nutz.

. . .

Durch Blatt und Blüte, Wurzel und Stamm,
  Bleibt sicher bewahrt vor jedem Gram.
  So will ich es, so soll es sein.
  Dies ist mein Wille, seid gesegnet.

~

Auf dem Heimweg unterhielten Jennifer und ich uns darüber, wie unhöflich Margaret Twigg war (sehr).

Und wie verlogen Anthea war (auch sehr).

„Sollen wir Anthea zur Rede stellen?", fragte Jen. „Das, was sie macht, scheint ziemlich unehrlich zu sein."

„Ich weiß nicht." Ich wollte sie nicht vor dem ganzen Kurs bloßstellen, aber ich hatte auch keine Lust, ihr unter vier Augen gegenüberzutreten. Es war ein Dilemma. „Erinnerst du dich an die angeregte Diskussion, die sie mit Geoff Turner beim Frühstück hatte? Vielleicht haben sie ja genau darüber gesprochen. Ich frage mich, ob er schon herausgefunden hat, dass sie gelogen hat. Glücklich sah sie ganz gewiss nicht aus. Vielleicht brauchen wir gar nichts zu sagen."

„Lass uns darüber schlafen", stimmte Jen zu. Sie tätschelte ihr Säckchen. „Und wenn wir uns das hier heute Nacht zum Schlafen unter das Kopfkissen legen, bringt uns das vielleicht nicht nur Schutz, sondern auch Klarheit."

Das Gute an einem Tag voller Unterrichtsstunden, gefolgt von einem stressigen Treffen und gekrönt von ein paar Stunden Gartenarbeit am späten Abend, war, dass ich todmüde war, als ich in mein College-Zimmer zurückkehrte.

Beim Hineingehen unterdrückte ich ein Gähnen, dann hielt ich inne. Schlagartig ergriff mich das Gefühl, dass etwas nicht stimmte.

Ich schaute mich um, aber der Raum sah genauso aus, wie ich ihn verlassen hatte. Das Fenster stand so weit offen, dass Nyx kommen und gehen konnte, wann sie wollte, doch von ihr sah ich im Zimmer keine Spur. Was war los? Ich fühlte mich beunruhigt und unwohl in meiner Haut. Ich verspürte den Drang, mich auf dem Absatz umzudrehen und wegzulaufen. Meine Vermutung war, dass mein Freund Cornelius wieder eine Überraschung für mich im Schrank hatte. Was würde es dieses Mal sein? Tanzende Affen, fliegende Einhörner, Löwen, die mir Blumen schenkten? Ich ging auf den Schrank zu und öffnete die Türen. Definitiv war etwas darin, aber was? Ich kniete mich hin und schaute hinein.

Es sah aus, als läge ein Mann zusammengerollt in meinem Schrank. Ich starrte ihn einen Moment lang an. Er war mir zugewandt, den Kopf nach unten geneigt, sodass sein Bart seine Brust streifte, die Knie hatte er angezogen und die Hände gefaltet, als wäre er in meinem Schrank eingeschlafen. Dann schaute ich mir das Gesicht genauer an. Es war Geoff Turner. Was um alles in der Welt hatte Geoff in meinem Schrank zu suchen? Er sah nicht aus, als ob er schlafen würde. Er sah eher aus, als wäre er tot.

Ich schüttelte den Kopf. „Hör auf damit!", sagte ich laut. Das hier war eine Illusion, ein Taschenspielertrick, mehr nicht. Cornelius Coomb hatte bei den optischen Täuschungen noch einen draufgesetzt, um mir zu zeigen, dass er nicht nur etwas Leichtes und Humorvolles erzeugen konnte, sondern auch etwas Gruseliges und Dunkles. Und mich amüsierte das ganz und gar nicht.

Eine Minute lang saß ich nur da und schaute weiter geradeaus, aber die Sinnestäuschung verschwand nicht. Ich sagte

laut: „Geh weg!" Aber das funktionierte auch nicht. Schließlich streckte ich die Hand aus. Kein Zauberer war so gut, dass
er der optischen Täuschung Substanz verleihen konnte. Als
ich die Hand ausstreckte, berührte ich Geoffreys Arm. Seinen
kalten, toten Arm. Und da wurde mir klar, dass dies kein
Zaubertrick war. Sondern es war ein Toter in meinem
Schrank.

KAPITEL 12

*E*ntsetzt ließ ich mich auf den Hintern fallen und starrte den Mann einfach nur an.

Was konnte bloß geschehen sein? War er endgültig tot? Konnte die Sache ein ausgeklügelter Streich sein, den mir meine Kommilitonen spielten? Ich schaute genauer hin, aber ich hatte einen Sinn dafür zu verstehen, wann ein Geist den Körper eines Menschen verlassen hatte, und genau dieses dunkle Gefühl empfand ich jetzt. Und außerdem: Jemandem, der sich totstellte, würde es nur schwer gelingen, so kalte Hände zu haben. Ich musste die Tatsache, dass Geoff tot war, akzeptieren. Und er war nicht nur tot, sondern auch in meinem Schrank. Jetzt musste ich zwei brennende Fragen beantworten. Warum? Und wie?

Wahrscheinlich hätte ich nun die Polizei rufen sollen. Aber zuerst wollte ich mit Jennifer reden. Wenn ich schon mit einer Leiche in meinem Zimmer und der Polizei zurechtkommen musste, konnte ich mir wenigstens die Unterstützung meiner besten Freundin holen. Anrufen konnte ich sie nicht. Das wäre zu merkwürdig gewesen. Ich

133

beschloss, einmal über den Flur zu gehen und sie zu holen. Doch bevor ich die Tür erreichte, klopfte es leise. Ich spähte durch das Guckloch, und da stand Jennifer mit besorgter Miene.

Ich riss die Tür auf, und sie sagte: „Oh, ein Glück, bei dir ist alles in Ordnung. Ich hatte das Gefühl, dass irgendetwas nicht stimmt."

„Hier stimmt tatsächlich irgendetwas nicht. Ganz und gar nicht", sagte ich und öffnete die Tür weit.

Sie machte einen Schritt ins Zimmer und sagte: „Oh nein!" Und da wusste ich, dass sie dasselbe gespürt hatte. Diese furchtbare, schwere Dunkelheit.

„Es ist Geoffrey Turner. Er ist in meinem Schrank."

Diese Wortkombination klang verrückt, aber Jennifer schaute mir noch ein letztes Mal ins Gesicht, berührte meine Schulter auf eine Art, die ich als unglaublich beruhigend empfand, und ging dann vor dem offenen Schrank in die Hocke wie auch ich es getan hatte. „Er sieht so friedlich aus."

„Ich weiß. Zuerst dachte ich, er würde sich einen Scherz mit mir erlauben. Oder sich totstellen. Aber Fehlanzeige."

Genauso wie ich zuvor streckte sie den Arm aus und berührte seine Hand. Anders als ich nahm sie sich die Zeit, um seinen Puls zu prüfen. „Okay, er ist wirklich tot", bestätigte sie. „Armer Mann. Aber was macht er hier drin? Ich meine, hat er sich selbst in den Schrank gelegt? Oder war es jemand anderes?"

„Ausgezeichnete Fragen", antwortete ich. Und ich hätte liebend gern Antworten darauf gehabt.

„Lucy, wir müssen die Polizei rufen."

Ich schloss meine Augen und spürte ein Gefühl, das der Verzweiflung sehr nah kam. „Ich weiß." Und das hier war nicht das erste Mal, dass ich die Kripo von Thames Valley anrufen musste.

Aus irgendeinem Grund fielen mir Rafes Worte wieder ein, als er mir sagte, dass ich vorsichtig sein solle und die Schwierigkeiten mich zu finden schienen, selbst wenn ich nicht danach suchte. Wie es aussah, hatten mich die Schwierigkeiten wieder einmal gefunden.

Jennifer rief die Polizei, und dann warteten wir. Ich kochte zwei Tassen Tee, damit wir etwas zu tun hatten. Es war kein ausgefallener Kräutertee aus Kräutern, die bei Neumond gesät und bei Vollmond geerntet worden waren. Es war ein einfacher English Breakfast Tea, und meine Finger zitterten, als ich die Papierverpackungen aufriss und die Beutel in die weißen Keramiktassen legte, die zusammen mit dem Tee vom College zur Verfügung gestellt wurden.

„Warum hätte jemand Geoff Turner töten wollen?", fragte Jennifer. Es war ziemlich offensichtlich, dass ich keine Antwort darauf hatte. Es war zwar eher eine rhetorische Frage, aber genau das würde die Polizei wissen wollen. Dann schaute sie mich an. „Und warum hat ihn jemand in deinen Schrank gelegt?"

Eine weitere interessante Frage. Ich hatte das Gefühl, dass es jemand auf mich abgesehen haben könnte, aber warum? Ich konnte nicht anders als an Cornelius, den Zauberer, zu denken. Schließlich war er derjenige, der immer wieder für Überraschungen in meinem Schrank gesorgt hatte. Aber andererseits hatte er gesagt, er wolle meine Hilfe, um sein Buch zu finden. Warum in aller Welt sollte er einen Mann töten und ihn in meinem Schrank verstecken, wenn er meine Hilfe brauchte? Das ergab überhaupt keinen Sinn.

Jennifer fragte: „Glaubst du, dass Geoff vielleicht eines natürlichen Todes gestorben ist? Und aus irgendeinem Grund ...“

Sie konnte den Gedanken nicht einmal zu Ende denken, so unwahrscheinlich war er. Dennoch gab es keine offensichtliche Todesursache. Es sah nicht aus, als wäre er erwürgt worden. Es gab keine Anzeichen von Blutvergießen. Er sah wirklich einfach nur so aus, als ob er zusammengerollt schlafen würde. Natürlich bewegten wir die Leiche nicht vom Fleck, schließlich waren wir nicht dumm und möglicherweise gab es Spuren von Gewalt an seinem Körper. Aber das würde die Polizei herausfinden müssen.

Die Sanitäter trafen zuerst ein. Ich war heilfroh, dass nun jemand von den Behörden da war und sich um die Leiche kümmern konnte. Kurz darauf kamen die Mitarbeiter der Polizei an. Zu meiner Überraschung wurden sie von Detective Inspector Ian Chisholm begleitet. Da nicht ich den Todesfall gemeldet hatte, war er verständlicherweise überrascht, mich zu sehen.

„Lucy“, sagte er. Mit einem Ermittler, der sich mit Mordfällen befasst, möchte man eigentlich nicht per du sein. Ich mochte Ian als Mensch zwar sehr, trotzdem wäre ich froh gewesen, wenn wir uns gar nicht gekannt hätten. Sein Blick sagte ziemlich deutlich: „Du schon wieder?“ Er hockte sich hin und schaute in den Schrank. Über die Schulter hinweg sagte er: „Ich will Fotos aus jedem Winkel, bevor die Leiche weggebracht wird.“ An uns gewandt fragte er: „Könnt ihr euch irgendwo hier in der Nähe aufhalten? Nicht zu weit weg, ich will nämlich noch mit euch reden.“

Auch wenn er den Satz als Frage formuliert hatte, war ziemlich deutlich, dass er uns zum Gehen aufforderte. Ich sagte ihm, dass Jennifers Zimmer gleich gegenüber sei und dass wir dorthin gehen würden. Er nickte.

„Ich komme in Kürze vorbei und dann reden wir über das, was passiert ist."

Wir gingen durch den Flur in Jennifers Zimmer, und sie setzte wieder Tee auf, um etwas zu tun zu haben. In England scheint das immer das Richtige zu sein. Auf dem Tablett lagen kleine Kekspackungen, die zusammen mit dem Tee spendiert wurden, und sie öffnete ein Päckchen Gingersnaps, während ich das Shortbread-Duo nahm. Vielleicht brauchten wir beide etwas Süßes. Ich tunkte meinen Butterkeks in den Tee und biss dann hinein.

Jennifer knabberte an ihrem Ingwerkeks, aber ich hatte nicht den Eindruck, dass sie etwas schmeckte. Ihre Gedanken waren eindeutig woanders. Sie starrte gedankenverloren aus dem Fenster und sagte dann plötzlich: „Wir müssen mehr über deinen Zauberer erfahren. Erst setzt er Affen in deinen Schrank, und dann liegt da auf einmal eine Leiche drin."

„Ein Löwe mit Rose war auch drin", erklärte ich ihr.

Ihr Blick richtete sich schlagartig auf mich. „Was?"

„Vor der Verabredung mit ihm habe ich vorhin den Schrank aufgemacht, nur um nachzusehen, ob etwas drin ist – und da war ein ganz lieb aussehender Löwe, überhaupt nicht furchteinflößend, und der saß da wie eine Katze. Auf einmal hat er die Pfote ausgestreckt und mir eine Rose hingehalten."

„Und als du das nächste Mal in den Schrank geschaut hast, lag ein Toter darin."

Mir schauderte. „Ja."

„Was meinst du? Hängen die beiden Dinge zusammen?"

„Ich weiß nicht. Was ich weiß, ist, dass es sehr schwierig ist, einem Ermittlungsbeamten zu sagen, dass ein Zauberer Tiere in einen Schrank gesteckt hat. Tiere, die eigentlich nicht echt sind."

Sie zuckte zusammen. „Ja, diese Information würde ich für mich behalten."

„Aber wenn Cornelius Coomb irgendeine Verantwortung trägt oder etwas weiß, sind wir dann nicht verpflichtet, der Polizei von ihm zu erzählen?"

„Vielleicht ist es nötig, dass wir selbst ein wenig ermitteln."

„Ja. Vielleicht hast du recht. Ich kann der Polizei wohl auch nicht sagen, dass Cornelius nach einem mysteriösen Manuskript sucht, das er mitverfasst hat. Das klingt alles zu weit hergeholt."

„Gibt es irgendeine Verbindung zwischen dem Zauberer Cornelius und dem Weinhändler Geoffrey Turner?"

Oh, gutes Argument. Ich versuchte mich zu erinnern, ob ich sie jemals zusammen gesehen hatte, aber mir war nicht so. „Ich glaube nicht. Aber vielleicht doch?"

Sie klopfte mit ihrem halb gegessenen Keks gegen den Rand ihrer Tasse. *Klack-klack-klack.* „Gehen wir mal davon aus, dass er ermordet wur–"

Das Klingeln meines Handys unterbrach sie. Ich brauchte gar nicht erst nachzusehen. Ich wusste, dass es Rafe war. Wenn es um mich ging, hatte er einen Instinkt, der unheimlich war. Aber auch sehr beruhigend.

Er begrüßte mich nicht einmal mit meinem Namen, als ich ans Telefon ging. „Was ist passiert?" Ich konnte die Sorge in seiner Stimme hören. Er klang kurz angebunden und kühl, aber ich kannte ihn zu gut. Er verbarg seine Beunruhigung.

„Ich bin unversehrt und es geht mir gut", begann ich in dem Wissen, dass er eigentlich vor allem das wissen wollte. Fast konnte ich seine Erleichterung durch das Telefon spüren. „Aber irgendjemand hat in meinem Zimmer einen Toten in den Schrank gelegt."

Anstatt lautstark seine Ungläubigkeit zum Ausdruck zu bringen, fragte er lediglich: „Kanntest du diese Person?"

„Ja." Ich erzählte ihm, dass Geoff denselben Kurs wie ich besuchte und Weinhändler in Covent Garden war, dann fasste ich schnell die wenigen Informationen zusammen, die ich über den Mann hatte.

„Wurde er ermordet?"

„Ich gehe davon aus, aber es gibt keine offensichtlichen Anzeichen dafür. Zumindest nicht in dem Schrank, wo er zusammengerollt lag. Jetzt ist die Polizei im Zimmer, und ich bin gegenüber bei Jennifer."

Er sagte: „Ich bin froh, dass Jennifer bei dir ist."

Ich schaute meine beste Freundin an und warf ihr ein dankbares Lächeln zu. „Ich auch."

„Soll ich zu dir kommen?"

Ich wusste, dass er zu tun hatte. „Nein. Ist schon gut. Ich glaube nicht, dass es hier um mich geht. Mir leuchtet einfach nicht ein, warum jemand die Leiche in mein Zimmer legen sollte."

„Wo befindet sich dein Zimmer?"

Ich erzählte ihm, dass es im Erdgeschoss und an der hinteren Mauer des College-Geländes lag.

„Stand dein Fenster offen?"

Natürlich. „Ja. Ich habe es einen Spalt breit offengelassen, weil Nyx zu Besuch gekommen ist."

„Ich bin froh, dass du Nyx hast", sagte er, „aber du solltest das Fenster wirklich geschlossen und verriegelt halten, wenn du nicht da bist."

Das sah ich jetzt auch so.

Er fragte: „Glaubst du, das sollte eine Botschaft an dich sein?"

Nun erzählte ich ihm von Cornelius Coomb und dem Manuskript. Und dass er in genau diesem Schrank Visionen erzeugt hatte. „Aber, wie ich schon Jennifer gesagt habe, ist es doch unlogisch, dass der Zauberer Geoffrey Turner tötet und ihn in meinen Schrank legt. Schließlich versucht er doch, mich auf seine Seite zu ziehen, damit ich dich bitte, ihm bei der Suche nach dem verschwundenen Buch zu helfen."

„Diese Geschichte ist zu verworren, um sie zu verstehen", sagte er. „Gibt es irgendeine Verbindung zwischen diesem Zauberer und dem Toten?"

Wieder etwas, worüber wir gerade gesprochen hatten. Und wieder musste ich ihm sagen, dass ich keine Ahnung hatte.

Rafe sagte: „Nun, entweder wurde die Leiche dort platziert, um deine Aufmerksamkeit zu wecken, oder es sollte eine Warnung an dich sein oder wegen des offenen Fensters hat sich dein Zimmer als die schnellste und einfachste Methode angeboten, um eine frische Leiche zu verstecken."

Verdammt, wir sehr wünschte ich mir, ich hätte mein Fenster jedes Mal geschlossen, wenn ich den Raum verlassen hatte. Dann fiel mir wieder ein, dass ich manchmal Zigarettenrauch gerochen hatte. „Geoffrey Turner war Raucher. Er hatte das Zimmer nebenan, und ein paar Mal habe ich

Qualm gerochen. Wenn ich hinausgeschaut habe, habe ich immer gesehen, wie er an der College-Mauer vor unseren Zimmern auf und ab gegangen ist oder mit seinem Telefon und einer Zigarette dort unter dem Baum stand. In den Zimmern dürfen wir nicht rauchen", fügte ich hinzu, obwohl Rafe das sicher wusste.

Er sagte: „Ich möchte, dass du heute Nacht bei Jennifer schläfst. Oder noch besser: Fahre zurück ins Crosyer Manor. Morgen bin ich wieder zu Hause." Und dann sagte er: „Pass auf dich auf!"

Wir legten auf, und Jennifer starrte mich an. „Geoffrey Turner hat geraucht?"

Da ihr Zimmer auf der anderen Seite des Korridors lag, hätte sie weder Geoffrey sehen noch den Rauch riechen können. Ich nickte. „Ich weiß schon, was du meinst. Was für ein Weinexperte kann er schon sein, wenn er raucht? Verändert das nicht den Geschmackssinn?"

„Ich weiß nicht. Ich habe noch nie geraucht. Aber ich glaube schon." Sie sagte: „Es ist komisch, er hat immer Kaugummi gekaut und nach Pfefferminz gerochen. Wahrscheinlich, um den Tabakgeruch zu überdecken."

Die Theorie war vielleicht nicht weltbewegend, aber immerhin etwas. „Geoff hat also gerade eine Zigarettenpause gemacht, als jemand sich ihm genähert und ihn getötet hat. Da Geoff – im Gegensatz zu mir – sein Fenster geschlossen und verriegelt hielt, wusste der Täter nicht, was er nun mit dem Toten machen sollte, und als er bemerkte, dass mein Fenster offenstand, dachte er, dass mein Zimmer ein geeigneter Ort wäre, um sich der Leiche zu entledigen." Das Einzige, was mir an dieser Theorie gefiel, war, dass ich in keiner Weise ins Visier genommen worden war. Mein

Zimmer mit seinem geöffneten Fensterspalt war einfach zufällig gerade in der Nähe.

Jennifer nickte langsam. „Das ergibt Sinn, aber dann muss man sich fragen, ob Geoff zur falschen Zeit am falschen Ort war. Oder hat ihn jemand absichtlich getötet?"

Ich fragte mich laut, ob er irgendwie einem Verbrechen auf die Schliche gekommen war, aber das schien unwahrscheinlich. Das Saint Benedict's College war wohl kaum eine Gegend mit hoher Kriminalitätsrate.

Wir waren noch mitten in unserem Gespräch über wahrscheinliche und unwahrscheinliche mögliche Erklärungen, als es an Jennifers Tür klopfte.

Beide hatten wir unsere Schutzamulette in den Taschen, und ich sah, wie sie ihre Hand in die Tasche steckte und ihres berührte, dann schaute sie durch den Spion und öffnete Ian die Tür.

Er kam mit einer Ermittlerin herein, die sich als Detective Sarah Barnes vorstellte.

Ich fragte sofort: „Wurde er ermordet?"

Ian nickte. „Natürlich wird noch eine Autopsie vorgenommen, aber es sieht ganz danach aus, dass er ermordet wurde." Wie, sagte er nicht. „Hast du gesagt, du kanntest ihn?"

Ich nickte. „Wir beide. Jennifer und ich."

Er nahm Jennifers Daten auf und forderte mich auf fortzufahren. Ich berichtete ihm von der Einzelhandelskonferenz und den spärlichen Informationen, die ich über Geoffrey Turner besaß.

„Wann habt ihr ihn zuletzt gesehen?"

„Wir haben den Unterricht kurz nach vier verlassen. Er und ein paar andere aus dem Kurs sind ins Pub gegangen,

aber Jennifer und ich nicht. Wir sind in die Stadt gegangen."
Ich glaube, es folgte eine ganz kurze Pause, bevor ich sagte:
„Zum Shoppen." Ich log generell nur sehr ungern. Aber
manchmal war es eben notwendig. Was ich Ian jedoch
verraten konnte, war, dass der Tote mehrmals vor meinem
Zimmer geraucht hatte, und so erzählte ich es ihm. Als wäre
Rafes Theorie meine eigene, äußerte ich die Vermutung, dass
jemand ihn draußen umgebracht und mein Fenster zufällig
offen gestanden habe.

Er nickte. Aber dann sagte er: „Und wenn deine Theorie
stimmt, wurde seine Leiche nicht einfach von irgendjemandem durch das Fenster geworfen. Die Person ist nach
ihm in den Raum geklettert und hat ihn in deinen Schrank
gelegt. Was meinst du? Warum würde jemand so etwas tun?"

Ich wollte darauf hinweisen, dass er der Ermittler von uns
beiden war und dass die Sache vielleicht eher in seinen
Bereich fiel als in meinen, aber ich hatte Verständnis dafür,
dass er seinen Job machen musste und ich immerhin eine
wichtige Zeugin war.

Ich schüttelte den Kopf. „Ich weiß nicht."

Jennifer brachte ein, dass der Mörder durch das Verstecken der Leiche vielleicht mehr Zeit gewinnen wollte.
„Schließlich war es unwahrscheinlich, dass Lucy heute
Abend in den Schrank schauen würde, wenn sie nach Hause
kommt."

Er schaute sie prüfend an, dann richtete er seinen Blick
wieder auf mich. „Und warum hast du es doch getan?"

Ich konnte ihm schlecht sagen, dass ich immer im
Schrank nachschaute, ob der Zauberer wieder eine Überra-
schung für mich bereithielt. Also entschied ich mich für eine
Antwort, die nicht allzu weit von der Wahrheit entfernt war.

„Ich dachte, ich hätte etwas im Schrank gehört. Ich dachte, es könnten Mäuse darin sein. Deshalb habe ich ihn aufgemacht."

Ich war mir nicht sicher, ob er mir glaubte, aber es war nicht mehr als eine kleine Notlüge.

Ian sagte uns, er wüsste mehr, wenn die Forensiker mit ihrer Arbeit fertig wären. Sie mussten den Todeszeitpunkt feststellen und die Todesursache bestimmen. Er fragte nach der Konferenz, und Jennifer reichte ihm einfach ihr Konferenzprogramm mit den Namen und Kontaktdaten der beiden Dozenten. Marion Wells hatte eine Chatgruppe mit allen Kursteilnehmern eingerichtet, deshalb konnte sie ihm die Namen und Telefonnummern aller anderen aus dem Seminar geben.

Ich fragte: „Was machen wir jetzt? Sollen wir morgen zum Unterricht erscheinen?"

Ich konnte mir nicht vorstellen, dass der Kurs stattfinden würde, wenn einer der Teilnehmer gerade ermordet worden war, aber Ian bestätigte, dass wir ganz normal am Unterricht teilnehmen sollten. Er sagte, sie würden dann mehr Informationen haben und alle Kursteilnehmer vernehmen – vermutlich, um in Erkenntnis zu bringen, was sie im Zeitraum, in dem Geoff wahrscheinlich getötet wurde, gemacht hatten. Tod und Todesermittlungen waren eine schreckliche Branche, und zum größten Teil ging es darum herauszufinden, wer wann wo gewesen war und anschließend die Aussagen der Vernommenen zu bestätigen. Und Lüge von Wahrheit zu unterscheiden.

Nun kam auch die Ermittlerin auf uns zu und bat uns, ihr unsere Hände zu zeigen. Ihre Aufforderung überraschte mich, doch ich kam ihr nach und drehte meine Handflächen nach oben. Als die Ermittlerin sie mit einem hellen Licht anstrahlte, musterte auch ich meine Handflächen und fragte mich, wonach sie wohl suchte. Jen tat dasselbe, und nachdem die Ermittlerin Jens Hände sorgfältig untersucht hatte, wandte sie sich ab.

Die beiden Polizisten wollten gerade gehen, da drehte Ian sich plötzlich um und sah mich an. „Fällt dir irgendein Grund ein, aus dem irgendjemand Geoffrey Turner töten würde?"

Diese Frage hatte ich mir natürlich auch schon gestellt, seit mir klar geworden war, dass er tot in meinem Schrank lag. Mir kam ein Gedanke.

„Er hat uns alle genau erforscht. Er sagte, das sei eines seiner Hobbys, aber er war in der Lage, Dinge ans Licht zu bringen, die einige von uns wohl lieber im Verborgenen gehalten hätten."

Er sah ziemlich verwirrt aus. „Zum Beispiel?"

Ich wählte eine beliebige Person aus. „Derek Young zum Beispiel – ein Hightech-Freak, dem ein Elektronikgeschäft in Manchester gehört und der ziemlich auf uns herabgeschaut hat. Er benimmt sich, als wäre er allen überlegen, aber Geoff hat den anderen Kursteilnehmern verkündet, dass Derek kein bisschen erfolgreich ist und nur deshalb einen Laden hat, weil der früher das Kamerageschäft seines Vaters war, und er hat durchklingen lassen, dass Dereks Mutter seinen Lebensstil finanziert, weil sein Geschäft kein Geld einbringt."

„Stimmt das denn?"

Ich zuckte die Achseln. „Ich weiß es nicht, aber Derek Young ist ganz schön wütend geworden, als Geoff das gesagt hat. Die beiden haben sich überhaupt nicht gut vertragen."

Detective Barnes schrieb sich etwas auf. „Sonst noch etwas?"

Jennifer antwortete: „Es gibt da eine Frau, die immer wieder unterstreicht, dass ihre Seife, ihre Körpercremes und alles, was sie verkauft, rein biologisch ist und nur aus Produkten aus der Region hergestellt wird."

Ian überflog die Liste der Namen, die wir ihm gegeben hatten. „Anthea Fitzgerald? Von Keswick Kreations?"

„Genau die", bestätigte Jennifer. „Er hat erwähnt, dass sie vor Kurzem nach Asien gereist ist, und Lucy und ich haben herausgefunden, dass einige der Zutaten, die sie verwendet, in Großbritannien überhaupt nicht wachsen."

Ich muss sagen, dass Ian nicht unbedingt so aussah, als würde er gleich einen Haftbefehl für Anthea Fitzgerald erlassen. „Der Zusammenhang ist mir nicht ganz klar."

Jennifer streckte ihre Hände in einer Art stillem Appell aus. „Sie werden sie ja bald kennenlernen, aber es ist fast eine Religion für sie, darauf zu bestehen, dass alles biologisch und aus dem Umland sein muss, und sie hat sich darüber beklagt, dass sie wegen dieser moralischen Ansprüche kaum Geld macht, zumal ihre Konkurrenten billige Zutaten aus anderen Teilen der Welt einführen. Vielleicht hat er herausgefunden, dass sie billige Zutaten von weit her verwendet, und hätte sie damit öffentlich gedemütigt."

„Okay, das ist interessant."

Normalerweise wären sie jetzt gegangen, aber plötzlich fiel mir noch etwas ein. „Und Geoffrey Turner hat genau dieses College besucht. Vor ein paar Jahren war er nämlich ein Student von Professor Brynsley Clarke."

„Ist er zurückgekommen, weil er so viel für den Professor übrighat?"

„Schwer zu sagen. Mit Sicherheit hatte er das ganze Buch schon ausgelesen, bevor der Kurs überhaupt begonnen hat, während die meisten von uns es kaum geschafft haben, die ersten beiden Kapitel zu lesen, die am ersten Tag als Hausaufgabe aufgegeben wurden."

Er bedankte sich bei uns und sagte, dass wir uns am nächsten Vormittag sehen würden, dann verabschiedeten sich die beiden Ermittler.

Ich hatte mich so sehr auf diese Konferenz in Oxford gefreut. Jetzt würde ich in einem Vorlesungsraum sitzen und nicht über Marketingtechniken für kleine Unternehmen sprechen, sondern über den Tod.

Über Mord.

KAPITEL 13

$\mathcal{A}$ ls die Polizisten weg waren, hatte ich das Gefühl, dass mich jegliche Energie verließ. Meine halb ausgetrunkene Tasse Tee sah furchtbar traurig aus, wie sie da auf dem Schreibtisch stand. Alles, was ich wollte, war, ins Bett zu gehen, aber in Jens Zimmer gab es nur ein Einzelbett. Ich war mir sicher, dass ich zum Portier gehen könnte, um zu sehen, ob man mir ein anderes Zimmer geben könnte, aber um ehrlich zu sein, wollte ich keins.

Jennifer sah mich an, und ich hatte das Gefühl, dass sie meine Gedanken lesen konnte. „Was willst du machen, Lucy?"

Ich sagte ihr die Wahrheit. „Ich will nach Hause."

Sie nickte und wirkte kein bisschen überrascht.

Ich hatte meinen Wagen nicht allzu weit vom College entfernt auf einem städtischen Parkplatz gelassen, und sie fragte: „Ist im Crosyer Manor noch ein Zimmer für mich frei?"

Ich lachte. „Mindestens ein Dutzend Zimmer." Ich war überglücklich zu hören, dass sie mitkommen wollte. Ich wollte nicht allein zum Auto gehen. Ich wollte nicht allein durch die dunklen Straßen fahren. Genau genommen wollte ich nicht einmal allein über den Hof der Universität gehen. Besonders jetzt, wo ich wusste, dass ein Mörder frei herumlief.

Sie holte ihren Weekender aus ihrem Schrank, der genauso geräumig war wie meiner, und stopfte Kleidung und Toilettenartikel hinein. Innerhalb von fünf Minuten hatte sie gepackt und sagte dann: „Los geht´s!"

Mein Zimmer war natürlich tabu, aber da ich im Crosyer Manor wohnte, brauchte ich nichts von dort. Als wir Jennifers Zimmer verließen, konnte ich sehen, dass sowohl mein Zimmer als auch das des armen Geoff mit Klebeband abgeklebt war. Zweifellos würden die Forensiker heute Nacht viel zu tun haben.

Auf dem Weg zu meinem Wagen rief Jennifer William an, um ihm mitzuteilen, dass wir beide nach Hause kommen und dort übernachten würden. Sie fragte: „Traust du dir das Fahren zu? Wenn du willst, fahre ich."

Als wir vor dem Crosyer Manor anhielten, riss William die Haustür schon auf, bevor ich geparkt hatte. Er kam heraus und griff zu Jennifers Tasche, ohne dass sie überhaupt den Versuch anstellen konnte, sie selbst zu nehmen.

Er sagte: „Ich habe ein Gästezimmer für Sie, das in unmittelbarer Nähe zu dem Bereich ist, wo Lucy schläft. Ich habe gerade eine leckere Suppe auf dem Herd, aber ich kann alles kochen, was Ihr Herz begehrt."

William war nicht der Typ, der große Reden schwang, einen umarmte und sagte: „Oh, Sie armes Ding", doch er drückte sein Mitgefühl durch Essen aus. Wir hatten schon vorher zu Abend gegessen, und mir war nicht nach Suppe zumute. Wie sich herausstellte, ging es Jennifer genauso. Als er uns aber heiße Schokolade und Toast mit Butter anbot, klang das überaus verlockend. Er machte den Kamin an, und Jennifer und ich setzten uns ins Wohnzimmer, wo das Feuer fröhlich knisterte und Nyx sich an mich schmiegte, während wir noch einmal alles besprachen, was an diesem Tag geschehen war.

Und ich war kein bisschen überrascht, als sich die Tür öffnete und Rafe erschien.

Er sah ernst und kalt aus, aber als er mich sah, leuchteten seine Augen auf. Er sagte nur: „Lucy", und ich stellte meine heiße Schokolade ab, stand auf und warf mich in seine Arme. Wenn Rafe bei mir war, wusste ich irgendwie, dass alles wieder gut werden würde.

Er hatte immer noch den Arm um mich gelegt, als wir zurück ins Wohnzimmer kamen. „Jennifer, wie geht es dir?"

„Alles in Ordnung."

Er setzte sich zu uns ins Wohnzimmer, und wir gingen noch einmal alles durch, was geschehen war. Vielleicht war es ein wenig makaber, pausenlos über den Tod zu sprechen, aber ich konnte ja nicht anders als daran zu denken, und wenn ich meinen analytischen Verstand einsetzte und versuchte herauszufinden, was passiert war und warum, würde das vielleicht das Grauen abschütteln.

Es war schon nach Mitternacht, als wir zu Bett gingen. Im Flur schien Nyx auf mich zu warten, aber ich hatte Rafe, und so folgte meine geliebte Vertraute Jennifer ins Gästezimmer, wo sie sich mit ziemlicher Sicherheit neben Jennifer auf dem Bett zusammenrollen und ihr so viel Trost spenden würde, wie sie konnte.

Ich frage Rafe: „Musst du morgen nicht noch Arbeit erledigen? Also, heute meine ich."

Er legte eine Hand auf meine Wange. „Nichts, was nicht warten kann. Ich hatte das Gefühl, dass ich hier gebraucht werde."

Ich legte meine Arme um ihn. „Und ob."

AM NÄCHSTEN MORGEN bestand William darauf, uns das Frühstück zuzubereiten, obwohl wir im College frühstücken durften. Dazu muss man sagen, dass die Große Halle zwar ein atemberaubender geschichtsträchtiger Ort war und es sich bezaubernd anfühlte, dort zu sein – aber eine Küche, in der Massenverpflegung zubereitet wurde, konnte es niemals mit Williams Kochkünsten aufnehmen. Außerdem gab es uns dreien, also Jennifer, Rafe und mir, die Gelegenheit, uns zu unterhalten, nachdem wir eine Nacht Zeit gehabt hatten, alles sacken zu lassen.

An diesem Morgen wurde in den Nachrichten von dem Todesfall berichtet, allerdings nur mit spärlichen Informationen. Im Saint Benedict's College sei ein Mann tot aufgefunden worden. Die Kriminalpolizei von Thames Valley ermittle. Die Identität würde so lange zurückgehalten, bis die Familie benachrichtigt worden sei.

Ich erzählte Rafe noch einmal alles über den Zauberer und das Buch, das er offenbar haben wollte.

Rafe sagte: „Ohne jeden Zweifel kann ich dieses Buch finden, wenn es tatsächlich existiert und sich in einer der Bibliotheken der Universität befindet. Meine Sorge wäre jedoch, ob wir das Buch nicht aus sicheren Händen nehmen und es möglicherweise in unsichere Hände geben."

Ich erzählte ihm, was Margaret Twigg gesagt hatte, nämlich dass die Zauberei eine ziemlich unbedeutende Kunst sei.

Jennifer fragte: „Aber was, wenn Cornelius recht hat? Was wäre, wenn es jemandem in die Hände gerät, der böse Absichten hat und mit dem Buch Massenillusionen erzeugen könnte?"

Das wusste ich zwar nicht, aber Margaret Twigg war eine ziemlich erfahrene Hexe, und sie schien nichts von dieser Vorstellung zu halten. Trotzdem war es nicht ratsam, ein Risiko einzugehen. Auch Margaret Twigg konnte sich irren. Es wäre nicht das erste Mal.

Nach einem fantastischen Frühstück mit Huevos Rancheros und so viel köstlichem Kaffee, wie wir trinken konnten, beschlossen Jennifer und ich, dass wir noch kurz in der Großen Halle vorbeischauen würden, solange es Früh- stück gab, um zu sehen, ob Cornelius da war. Rafe schien von dieser Idee nicht gerade begeistert zu sein, aber ich erklärte ihm, dass ich in Sicherheit sein würde, schließlich war der Frühstücksraum voll und Jennifer bei mir.

Er nickte und sagte: „Ich finde gewiss etwas, das ich heute Vormittag in der Universität tun kann. Vielleicht könnte ich ein paar Nachforschungen über den Ruf dieses kürzlich verstorbenen Professors anstellen, über seine veröffent- lichten Werke und so weiter." Eine ausgezeichnete Idee, wie mir schien.

Bevor wir losfuhren, rief mich meine Großmutter aus Cornwall an. „Lucy, meine Liebe", sagte sie, und ich freute mich, ihre Stimme zu hören. „Wir haben die Nachrichten gesehen. Ist das Saint Benedict's nicht das College, an dem du mit Jennifer eine Konferenz besuchst?"

Ich zog in Betracht, Granny die relevanten Fakten vorzuenthalten, konnte es aber nicht über mich bringen. Außerdem war sie die engste Verwandte, die ich hatte. Meine Archäologen-Eltern waren in Ägypten auf einer Ausgrabung und waren wahrscheinlich nicht über alle Neuigkeiten aus Oxford informiert. Also erzählte ich meiner Oma alles.

„Soll ich zurückkommen, Lucy? Sylvia ist neben mir und sagt, dass wir heute am späten Nachmittag bei dir sein können. Der Bentley könnte es gebrauchen, mal wieder bewegt zu werden." Sie seufzte. „Viel könnte ich zwar nicht tun, aber ich könnte dir Ingwerkekse backen und dich ein bisschen verwöhnen."

So sehr mir der Gedanke auch gefiel und Grannys Ingwerkekse mein absolutes Trostessen waren – ich sagte ihr trotzdem, dass es mir gut gehe, Rafe zu Hause sei und wir sie bald besuchen würden.

„Ich vermisse dich, mein Schatz", sagte sie mit wehmütigem Unterton.

Obwohl es etwas voreilig war, erzählte ich ihr, dass Jen und ich dabei waren, ein Strick-Retreat in Cornwall zu planen, und das heiterte sie auf.

Als wir am College ankamen, stellte ich zu meiner Überraschung fest, dass ich ein wenig wackelig auf den Beinen war. Rafe hatte uns hingefahren und gesagt, er würde sich so lange im College aufhalten, bis wir zur Abfahrt bereit wären. Manchmal fand ich seine überfürsorgliche Art etwas erdrückend, aber heute war ich dankbar zu wissen, dass er mir den Rücken freihielt, und außerdem konnte es sich eventuell als nützlich erweisen, dass er eine übersinnliche Wahrnehmung hatte, wenn es um mich ging. Das war zwar nicht zu erwarten, aber möglich war es schon.

„Ist alles in Ordnung?", fragte mich Jennifer.

„Ein bisschen wackelig auf den Beinen, wenn ich ehrlich bin. Und du?"

„Ich auch."

Ich war heilfroh, sie bei mir zu haben, als wir uns mit viel weniger Freude und Spannung als am Vortag der Großen Halle näherten. Da es heute später war, war es viel voller, aber es dauerte nicht lange, bis ich Cornelius Coomb entdeckte, der ganz allein am Tisch saß. Ich konnte sehen, dass auch er mich bemerkt hatte, denn er nickte mir zu. Sofort blickte ich mich um, aber es gab keine fliegenden Einhörner, herumtollende Affen, Löwen mit Rosen oder irgendeine andere optische Täuschung, die ich sehen konnte. Gut. Heute schien nicht der richtige Tag für prunkvolle Zauberei zu sein.

Wir gingen auf ihn zu und setzten uns ihm gegenüber. Ich stellte ihm Jennifer vor, obwohl ich vermutete, dass er bereits wusste, wer sie war.

Ich fragte: „Was haben Sie gemacht?"

Er sah etwas verblüfft aus. „Ich verstehe nicht, was Sie meinen."

Ich hatte beschlossen, es auf die harte Tour zu versuchen, denn wenn er derjenige war, der Geoff Turner in meinen Schrank gesteckt hatte, dann musste er wissen, dass ich ihm auf der Spur war und mich nicht so leicht abschrecken ließ.

„Ich glaube, das wissen Sie sehr gut. Gestern Abend war etwas in meinem Schrank."

„Der Löwe symbolisiert England, und die Rose war meine Art zu sagen, dass Sie so schön wie eine englische Rose sind."

Okay, vielleicht schmeichelhaft, aber nicht das Geschenk im Schrank, das ich meinte. „Später. Ich habe etwas anderes in meinem Schrank gefunden, das Sie hineingelegt haben."

Er sah ehrlich verwirrt aus. Er schüttelte den Kopf. „Wenn Sie etwas gefunden haben, weiß ich nichts davon."

Ich wollte keine Polizeigeheimnisse ausplaudern. Wenn er schuldig war, ließ er sich nichts anmerken, und wenn er unschuldig war, war es vielleicht nur ein makaberer Zufall, dass Geoff Turners Leiche in demselben Schrank gelandet war, in dem der Zauberer mir gerne optische Täuschungen hinterließ, wie Jennifer vermutet hatte.

Er zeigte auf die Schlange für das Essen. „Sie sollten sich beeilen, sonst verpassen Sie das Frühstück."

„Wir haben schon gegessen."

Er schob seinen leeren Teller beiseite, und ein Kellner räumte ihn sofort ab. Sie versuchten tatsächlich, uns hinauszuwerfen und sauberzumachen. „Haben Sie mit Ihrem Mann gesprochen?"

„Ich spreche mit meinem Mann über viele Dinge."

Jetzt sah er leicht irritiert aus, und seine Stimme klang schneidend. „Über das Buch, an dem ich mitgeschrieben habe."

„Ja. Er hat sich bereiterklärt, einige Nachforschungen anzustellen. Das ist alles, was ich Ihnen versprechen kann."

Er wirkte erleichtert und lehnte sich mit dem restlichen Tee in seiner Tasse zurück. „Ich bin überaus dankbar und froh, das zu hören.Verzeihen Sie mir bitte die Bemerkung aber Sie wirken heute Morgen ganz schön wütend."

Und ob ich wütend war. Ich war wütend, weil jemand einen meiner Kurskollegen getötet und die Leiche in meinem Schrank versteckt hatte. Ich war wütend, weil ich nicht etwa eine Marketingkampagne plante, sondern stattdessen versuchte herauszufinden, wer Geoffrey Turner umgebracht hatte. Ich war wütend, weil ich keine Ahnung hatte, ob Cornelius Coomb etwas damit zu tun hatte und mich nur an der Nase herumführte. Also ja, ich war wütend. Doch ich wusste nicht, wie viele Informationen die Polizei bekannt gegeben hatte ...

Ich sagte, ich würde mich bei ihm melden, und Jennifer und ich standen auf und gingen.

Als wir den Speisesaal verlassen hatten und er uns nicht mehr hören konnte, sagte sie: „Er schien wirklich keine Ahnung davon zu haben, was hier los ist."

„Ich weiß. Das heißt aber noch lange nicht, dass er nichts mit der Sache zu tun hat oder nichts davon weiß."

„Es würde uns das Leben viel einfacher machen, wenn wir wüssten, warum Geoff getötet wurde."

Herzlich willkommen in der Welt der Detektivarbeit, hätte ich ihr am liebsten gesagt. Ich drehte mich zu ihr um und fragte: „Weißt du, wer sich gut mit solchen Dingen auskennt?"

Ihre Augen wurden groß. „Du meinst: außer der Polizei?"

„Ja. Außer der Polizei, dir und mir. Der Strickclub der Vampire. Lass uns doch heute Abend ein Treffen einberufen, um die geballte Kraft all dieser klugen Köpfe zu nutzen. Außerdem weiß Rafe bis dahin bestimmt mehr über das Manuskript, und wir werden die Gelegenheit gehabt haben, mit unseren Studienkollegen zu sprechen. Vielleicht finden wir ja ein paar Hinweise."

Ich schickte Rafe eine Nachricht mit diesem Vorschlag und machte mich dann schweren Herzens auf den Weg zum Unterricht.

Als wir an dem Übungsraum vorbeikamen, in dem Rosa Torres gerne tanzte, hörte ich leidenschaftliche lateinamerikanische Musik von der anderen Seite der Tür.

Ich hatte Rosa zwar schon tanzen sehen, wenn auch nur in den Wettkampf-Videos auf ihrer Website, aber ich war neugierig, sie einmal in Fleisch und Blut zu erleben – vielleicht weil ich es merkwürdig fand, dass sie ausgerechnet an diesem Morgen tanzte. Ich wandte mich stirnrunzelnd an Jennifer, und sie nickte. Offensichtlich wollte sie Rosa auch in Aktion sehen. Behutsam öffnete ich die Tür, um die Frau nicht zu stören, und als wir in den Raum schlüpften, bemerkte sie es anscheinend gar nicht.

Rosa Torres war schon normalerweise eine umwerfende Frau, aber sie bei dem zu betrachten, was sie am besten konnte, war ein wahrer Genuss. Sie trug ein figurbetontes rotes Kleid, das an den Hüften ausgestellt war. An den Füßen trug sie Tanzschuhe mit Absatz, und gerade war sie dabei eine komplizierte Figur auszuführen, die aus Drehungen und Sprüngen bestand. Ich war keine Tanzexpertin, aber ich glaubte, in ihren ganz eigenen Bewegungen eine Spur von Flamenco zu erkennen, vielleicht auch ein bisschen Salsa und ein paar moderne Tanzschritte.

Die Musik war laut, hämmernd und wütend. Wenn ich an sie dachte, kam mir immer sofort das Wort *Leidenschaft* in den Sinn, aber ich hielt sie wirklich für eine durch und durch leidenschaftliche Frau, und, wow, das kam in ihrem Tanz zum Ausdruck.

Sie betrachtete im Spiegel, wie sie sich drehte und sprang und über den Boden fegte, und ich war mir sicher, dass sie inzwischen bemerkt hatte, dass sie zwei still herumstehende Zuschauerinnen hatte, aber davon ließ sie sich nicht im

Geringsten aus dem Takt bringen. Sie tanzte einfach weiter. Und als das Stück zu Ende war, hatte sie sich nach vorn gebeugt, als wäre sie in zwei Teile gebrochen, und mitten in diesem Klang der Stille brachen Jennifer und ich in einen spontanen Applaus aus.

„Das war unglaublich", sagte Jennifer. „Ich hoffe, es hat Ihnen nichts ausgemacht, dass wir Ihnen zugesehen haben, aber wir haben die Musik gehört."

Rosa war außer Atem und Schweißperlen glänzten auf ihrer Haut. Sie griff nach einem Handtuch, das auf dem Klavier lag und lachte. „Alle Tänzer lieben es, Publikum zu haben. Da bin ich nicht anders. Obwohl ich in meiner Zeit als Turniertänzerin vor Tausenden von Menschen getanzt habe. Jetzt tanze ich hauptsächlich vor dem Spiegel, als Übung und nur zu meinem eigenen Vergnügen." Sie spreizte beide Hände. „Außerdem gehe ich so mit starken Gefühlen um. Schmerz, Verlust, Trauer über den Tod."

Ich konnte nicht anders, als ihr zu sagen, welche Gefühle ihre Musik in mir ausgelöst hatte. „Wenn ich Sie ansehe, denke ich sofort an Leidenschaft. Ich habe den Text natürlich nicht verstanden, weil ich kein Spanisch spreche, aber ich habe die pure Emotion gespürt, die das Lied ausstrahlt."

Sie schaute mich neugierig an. „Was haben Sie denn gespürt?" Damit wollte sie mich nicht herausfordern, sondern es interessierte sie tatsächlich, wie ich auf ihre Arbeit als Künstlerin reagierte.

Ich dachte gründlich nach. „Ich glaube, ich habe Wut und Verrat gespürt. In dem Lied habe ich eindeutig das Wort corazón herausgehört, und ich weiß, dass das *Herz* bedeutet." Das war eines der wenigen spanischen Wörter, die ich kannte. „Und ich glaube nicht, dass es ein fröhliches Liebeslied war."

Sie lachte kurz und schneidend. „Nein, da haben Sie recht. Es ist ein Lied über leidenschaftliche Liebe, wie Sie richtig erkannt haben, Lucy, aber gleichzeitig handelt es von Verrat und Schmerz, und am Ende schlägt die Frau zurück und vernichtet den Mann, den sie liebt, weil er sie zutiefst verletzt hat."

Ich wusste nicht, was sie mit *vernichten* meinte. Ging es hier um einen Abschiedsbrief? Meinte sie eine lautstarke Auseinandersetzung, die mit dem Satz *Ruf mich nie wieder an* endete? Oder war es so etwas wie ein Messer ins Herz, wie ich insgeheim vermutete? Aber eigentlich war es ja nur Musik. Dennoch hatte ich das Gefühl, dass Rosa Torres eine Frau war, die man in der Liebe besser nicht enttäuschte.

Jennifer ging zum Klavier hinüber und setzte sich. „Ich spiele schon seit Jahren nicht mehr. Dieser leere Übungsraum hat einfach irgendetwas an sich, das einem Lust macht, vor Publikum aufzutreten." Aber als sie mit ihren Fingern auf die Tasten drückte, wurde ein sehr unschöner Klang erzeugt. Sie hob den Deckel an und sagte: „Oh, es ist kaputt."

Ich trat neben sie und schaute ihr über die Schulter, und tatsächlich, in der Ecke lagen eine Spule mit Klavierdraht und irgendwelche verwaiste Werkzeuge, die so aussahen, als hätte jemand angefangen, das Klavier zu reparieren, und es dann vergessen oder als wäre er weggerufen worden, um etwas Wichtigeres zu tun. Das war wirklich schade, denn im Gegensatz zu mir war Jennifer schon ziemlich gut in Klavierspielen, und ich hätte gern etwas von ihr gehört. Doch im Crosyer Manor stand ein Flügel im Musikzimmer, der mit Sicherheit immer perfekt gestimmt war, wie ich Rafe kannte.

Ich wollte nicht damit prahlen, dass ich ein Musikzimmer hatte, wenn Rosa Torres dabei war, also nahm ich mir vor, Jennifer später davon zu erzählen.

Rosa sagte: „Ich muss mich abtrocknen und umziehen. Wir sehen uns dann beim Unterricht."

ALS WIR DEN VORLESUNGSSAAL BETRATEN, wurde offensichtlich, dass alle über Geoff Bescheid wussten. Nicht nur war sein Platz bedrohlich leer, sondern es wurde auch nicht mehr geplaudert und gelacht, unter den Anwesenden herrschte düstere Stimmung, und die einzige Kommunikation bestand aus leisem Murmeln und Flüstern.

Celeste Willowbrook war ganz in Schwarz gekleidet, inklusive Hut und schwarzem Umhang. Sie war ungeschminkt und hatte sich offensichtlich die Augen aus dem Kopf geweint. Sie hätte bei der Beerdigung eines geliebten Verwandten sein können. Das Einzige, was fehlte, war der Schleier.

Die beiden Dozenten standen in einiger Entfernung und unterhielten sich etwas unsicher. Als wir den Raum betraten, kamen sie auf uns zu und Professor Clarke sagte uns, dass der Unterricht an diesem Vormittag ausfiel, weil die Polizei kommen und uns alle vernehmen würde. Obwohl wir das bereits wussten, nickten wir beide. Nach uns kamen Isla und Graham Sinclair herein, und die beiden Dozenten gingen zu ihnen – wahrscheinlich, um ihnen dasselbe zu sagen wie kurz zuvor mir und Jennifer. Ich hatte den Eindruck, dass sie eine öffentliche Bekanntmachung vermeiden wollten, da das in dieser still trauernden Gruppe als zu laut und unpassend empfunden worden wäre – also gingen sie zu jedem Einzelnen, um uns die Nachricht zu überbringen.

Wir standen betreten da und warteten.

Marion Wells kam auf uns zu und ließ sich darüber aus, wie furchtbar es sei, dass einer von uns tot sei, bevor sie uns fragte, ob die Polizei uns gestern Abend vernommen habe.

Wir nickten beide. Dann fragte sie mit leiser Stimme: „Wurden Ihre Hände mit einem hellen Licht angestrahlt?"

„Ja."

„Ein Glück! Ich bin froh, dass es nicht nur mir so ging. Aber warum bloß?"

Inzwischen war Derek Young hereingekommen, und obwohl Marion leise gesprochen hatte, musste er sie wohl gehört haben. Er sagte: „Ich nehme an, die Polizei sucht nach Rückständen von Schießpulver. Im Fernsehen machen sie es jedenfalls so. So kann man beweisen, wer das Opfer erschossen hat." Den letzten Satz sagte er ganz genüsslich, was mir überaus geschmacklos vorkam, wenn man bedachte, dass der Tod von Geoff Turner noch so frisch war. Ich hätte Derek sagen können, dass das Opfer nicht erschossen worden war, aber das hätte zu einer Menge Fragen geführt, die ich nicht beantworten wollte.

Es war fast eine Erleichterung, als Ian und seine Kollegin Sarah Barnes eintrafen.

Eine Welle der Ergriffenheit zog sich wie eine Gänsehaut durch den Raum. Die beiden Dozenten gingen auf die Ermittler zu, um sie zu begrüßen, und nachdem die vier leise miteinander gesprochen hatten, trat Ian vor die Gruppe.

„Mein Name ist Detective Inspector Ian Chisholm und das ist meine Kollegin, Detective Sarah Barnes. Wie Sie sicher schon gehört haben, wurde Geoffrey Turner gestern

Abend ermordet. Wir werden jedem von Ihnen Fragen stellen, um zu versuchen, mehr über das herauszufinden, was geschehen ist. Bitte setzen Sie sich!"

Wir steuerten natürlich gleich auf unsere üblichen Plätze zu. Es wäre wohl nicht zu viel gesagt zu behaupten, dass Geoff Turner unter uns weilte wie der Geist Banquos an Macbeths Tafel. Sein leerer Stuhl war für uns alle eine schmerzhafte Erinnerung daran, dass er nicht mehr zurückkehren würde. Niemals.

KAPITEL 14

*J*an stand ganz vorn im Vorlesungsraum, dort, wo normalerweise die Professoren ihren Unterricht hielten. Dies hatte zur Folge, dass sich die Dozenten zu uns Kursteilnehmern gesellten und sich zu uns setzten, was sich merkwürdig und skurril anfühlte.

Ian begann: „Ich möchte, dass Sie uns alle erzählen, wann Sie Geoff Turner zuletzt gesehen haben und was Sie gestern zwischen Unterrichtsende und zehn Uhr abends gemacht haben."

„Zu dieser Zeit wurde er ermordet?", wollte Derek Young wissen. Nicht einmal nach Geoffs Tod schien er sympathischer geworden zu sein. „Irgendwann zwischen vier Uhr nachmittags und zehn Uhr abends? Ein ganz schön großes Zeitfenster, finden Sie nicht? Die Polizisten im Fernsehen haben wohl mehr drauf als Sie."

Es war so offensichtlich, dass er beleidigend sein wollte, dass ich nicht anders konnte als mich zu fragen, warum.

Ian warf ihm einen kühlen, abschätzenden Blick zu, und

vermutlich fragte er sich das Gleiche. Dann antwortet er: „Fangen wir doch gleich mit Ihnen an, Sir!"

Als wäre er ein kleiner Junge, der dabei erwischt wurde, wie er Unfug verzapft hatte, wurde Derek rot im Gesicht und wirkte trotzig. „Ich habe nichts zu verbergen. Ich habe ihn nicht umgebracht."

„Aber irgendjemand schon, und jede Information, die wir bekommen, wäre nützlich."

Derek ließ sich in seinem Stuhl zurücksinken und schien weit weg, während er sprach. „Als der Unterricht um vier vorbei war, bin ich gegangen. Ich war im Fitnessstudio und habe trainiert."

Hier gab es tatsächlich ein Fitnessstudio? Das war mir gar nicht aufgefallen.

„Dann habe ich mir etwas zu essen geholt, bin ein bisschen durch die Stadt gegangen, dann bin ich zurückgekommen und ins Bett gegangen. Ich war allein."

„Könnten Sie etwas genauer sein, was die Uhrzeit angeht?"

Sein Blick richtete sich wieder auf Ian. „Warum? Bin ich etwa ein Verdächtiger?"

Bevor Ian etwas sagen konnte, sagte Graham Sinclair: „Jeder von uns ist ein Verdächtiger, Sie Trottel. Höchstwahrscheinlich hat ihn einer von uns umgebracht – einer, der jetzt in diesem Raum ist."

Derek Young warf Graham Sinclair einen bösen Blick zu. „Nun, Sie hatten viel eher als ich einen Grund, ihn zu töten, mein Lieber."

Ian schaute interessiert von einem Mann zum anderen. „Und zwar?"

Derek schnaubte. „Schließlich hat Geoff Turner es mit seiner Frau getrieben, oder etwa nicht?"

Graham sprang auf. „Wie bitte? Sie kleiner …"

„Setzen Sie sich!", sagte Ian in einem Ton, der keinen Widerspruch duldete. Die beiden Männer starrten sich immer noch voller Zorn an. Dann wandte Ian sich wieder an Derek Young. Fast kam mir der Gedanke, dass Derek die ganze Aufregung vielleicht nur deshalb angezettelt hatte, weil er hoffte, dass die Polizisten so vergessen würden, ihn genauer zu befragen. Aber ich hätte ihm sagen können, dass Ian Chisholm ein sehr sorgfältiger Ermittler war.

Derek sagte: „Also, zuerst musste ich zurück und meine Sportkleidung anziehen."

„Um welche Uhrzeit war das?"

„Ich weiß es nicht. Vielleicht Viertel nach vier."

„Haben Sie Geoffrey Turner gesehen?"

Erst begann er, den Kopf zu schütteln, aber dann sagte er: „Einen Moment: Als ich gegangen bin, war er gerade draußen und machte eine Raucherpause. Er dachte, wir wüssten nicht, dass er raucht, aber jeder, der ein Zimmer in seiner Nähe hatte, und das waren fast alle von uns, konnten ihn entweder draußen rauchen sehen oder den Gestank riechen."

Die Ermittlerin schrieb sich etwas auf. Zumindest wussten wir jetzt, wo sich Geoffrey Turner um sechzehn Uhr fünfzehn aufgehalten hatte, auch wenn das immer noch Stunden vor dem Zeitpunkt war, zu dem er getötet wurde, dachte ich.

Der Rest von dem, was Derek Young gemacht hatte, klang äußerst uninteressant, aber andererseits konnte das vielleicht auch Absicht sein. „Ich habe in einem Lokal im *Westgate* Ramen gegessen. Das Restaurant wurde in einem Studentenblog empfohlen, also wollte ich es mal ausprobieren. Das Essen war gut und günstig, genau wie im Blog beschrieben." Danach sei er nur durch die Stadt gelaufen, behauptete er. Er machte nur vage Angaben zur Uhrzeit, schätzte aber, gegen 21.00 Uhr in sein Zimmer im Studentenwohnheim zurückgekehrt zu sein. Danach habe er sich Kopfhörer aufgesetzt und ein lautes Videospiel gespielt, wodurch er angeblich nichts mehr mitbekommen habe.

„Was für ein Videospiel war es denn?", fragte Ian.

Er zauderte einen Augenblick, dann antwortete er: „Minecraft."

Ich vermutete, dass die Ermittler kontrollieren würden, ob er dieses Videospiel überhaupt mitgebracht hatte.

„Haben Sie Geoffrey Turner nach sechzehn Uhr fünfzehn, als Sie ihn beim Rauchen entdeckt haben, noch einmal gesehen?"

„Nein."

„Danke!"

Als nächstes wandte er sich an Graham Sinclair. Ich glaube, es überraschte keinen von uns, dass dieser seine nächste Anlaufstelle war.

„Und Sie, Mr Sinclair? Wie haben Sie Ihre Freizeit nach dem Unterricht verbracht?"

Ich konnte mir vorstellen, dass jeder von uns die Zeit, in der Derek Young verhört wurde, genutzt hatte, um im Stillen die Antworten auf dieselben Fragen einzuüben. Graham hörte sich natürlich viel entspannter an als Derek. „Meine Frau Isla und ich haben den Unterricht gemeinsam verlassen. Wir sind zurück aufs Zimmer gegangen und sind etwa eine Stunde lang dortgeblieben, bevor wir zum Abendessen in die Stadt gegangen sind. Wir haben in einem italienischen

Restaurant im Zentrum gegessen. Ich weiß nicht mehr, welches es war." Er schaute seine Frau an, als ob sie sich womöglich an den Namen erinnern würde, aber sie schüttelte nur den Kopf.

„Und haben Sie Geoffrey Turner nach sechszehn Uhr gesehen?"

„Nein, habe ich nicht."

Ian wartete einen Augenblick lang. „Stimmt es, was Derek Young sagt? Dass Ihre Frau und Geoffrey Turner sich nähergekommen sind?"

Sinclair wurde ziemlich rot im Gesicht, und ich konnte sehen, wie er die Fäuste ballte. Ich ging nicht davon aus, dass er auf Ian losgehen würde, aber ich hielt mich trotzdem bereit. Ich spürte, wie sich Jennifer an meiner Seite verspannte. „Nein, ganz und gar nicht. Das ist eine glatte Lüge. Dieser Kerl ist nur ein kleiner Störenfried, mehr nicht. Er ist nur hier, weil seine Mami seinen Laden finanziert. Zumindest hat Turner das gesagt. Die beiden haben einander gehasst. Wenn Sie mich fragen, ist er derjenige, der am ehesten ein Tatmotiv hat."

„Das tue ich aber nicht", sagte Ian barsch. „Was ich von Ihnen wissen will, ist, was Sie gestern Abend gemacht haben. Wann sind Sie und Ihre Frau nach Hause gekommen?"

Er sah sie an und sagte dann: „So gegen halb zehn, glaube ich. Wir hatten noch Hausaufgaben für heute. Damit haben wir den restlichen Abend verbracht."

Dann wandte sich Ian an Isla. „Wann haben Sie Geoffrey Turner zuletzt gesehen?"

Sie spielte nervös mit der Medaille des Heiligen Christophorus um ihren Hals. Heute wirkte ihr Ehering besonders groß an ihrer kleinen Hand. Er erinnerte eher an ein Warenzeichen als an ein Schmuckstück. „Wie mein Mann schon sagte, haben wir Geoff natürlich im Unterricht gesehen, und als der Unterricht um vier Uhr zu Ende war, sind wir gegangen."

„Und was haben Sie dann gemacht?"

Ich fand es interessant, dass er auch sie noch einmal fragte. Graham Sinclair sah das offenbar genauso, denn er mischte sich ein: „Das habe ich Ihnen doch alles schon erzählt!"

Ian tat so, als hätte Sinclair gar nichts gesagt. Stattdessen blickte er unverwandt eine Isla an, die sich immer unwohler in ihrer Haut zu fühlen schien. „Es ist genau so, wie mein Mann gesagt hat. Wir waren etwa eine Stunde lang im Zimmer und haben dann einen Spaziergang durch die Stadt gemacht und ein Restaurant gefunden. Gegen halb zehn waren wir wieder auf dem Zimmer, und dann hatten wir natürlich noch die Hausaufgaben zu erledigen."

Sie hatte ziemlich genau das nachgeplappert, was ihr Mann gesagt hatte. Da meldete sich plötzlich Celeste zu Wort. „Es tut mir leid, Isla, aber das stimmt nicht." Sie wandte sich Ian zu. „Ich habe sie und Geoffrey Turner mit eigenen Augen gesehen. Sie gingen gerade ins Randolph Hotel. Es war sechs Uhr. Das weiß ich, weil ich auf die Uhr geschaut habe. Ich hatte etwas Hunger und fragte mich, ob sie auf dem Weg zum Abendessen waren, aber die Art, wie sie miteinander umgingen, gab mir irgendwie den Eindruck, dass sie nicht gestört werden wollten." Sie warf der hochroten Isla Sinclair einen entschuldigenden Blick zu und sagte erneut: „Es tut mir leid, Isla. Aber wir müssen die Wahrheit sagen."

Nach einer bedeutungsschwangeren Pause fragte Ian: „Möchten Sie uns erzählen, was wirklich passiert ist?"

Isla sah aus, als wäre sie den Tränen nahe. „Muss es hier sein? Können wir das nicht allein besprechen?"

Er sagte: „Wir haben uns entschlossen, Sie alle zusammen zu befragen, um uns schneller ein umfassendes Bild davon machen zu können, was gestern Abend geschehen ist."

Eine Träne glitt über ihre Wange. „Also gut. Jetzt ist es sowieso raus. Es tut mir leid, dass ich gelogen habe. Celeste hat recht. Mein Mann und ich verstehen uns in letzter Zeit nicht besonders gut. Geoffrey Turner konnte so gut zuhören. Zwischen uns lief nichts – wir hatten keine sexuelle Beziehung –, aber es fiel mir so leicht, mit ihm zu reden, und sobald ich damit anfing, konnte ich nicht mehr aufhören. Wir sind nicht ins Randolph Hotel gegangen, um uns ein Zimmer zu nehmen, sondern um in der Bar etwas zu trinken. Ich hielt es für unwahrscheinlich, dass einer unserer Studienkollegen dorthin gehen würde, deshalb war ich sicher, dass wir dort unsere Ruhe haben würden.

„Worüber haben Sie gesprochen?"

„Ich bitte Sie!"

„Mrs Sinclair, nur wenige Stunden nach Ihrem privaten Treffen war dieser Mann tot. Die Frage ist äußerst relevant."

„Ist sie überhaupt nicht", rief sie. „Wir haben über mich gesprochen und darüber, wie unglücklich ich bin und dass ich meinen Mann verlassen will." Während sie das sagte, entfuhr ihr eine Art Keuchen. Und dann sah ich eine andere Seite von Graham Sinclair. Er sah aus, als ob er auch weinen könnte.

„Isla, nein."

Mit erstickter Stimme sagte sie: „Darüber reden wir später!"

Ian befragte sie weiter. „Wann haben Sie das Randolph verlassen?"

„Geoff ist gegen acht Uhr gegangen, glaube ich. Er hat gesagt, er hat noch eine Verabredung, auf die er sich vorbereiten muss. Dabei klang er fast ein wenig eingebildet, aber mit wem er sich trifft, wollte er mir nicht sagen."

„Hatten Sie das Gefühl, dass Sie diese Person vielleicht kennen?"

Sie zögerte, schien zu überlegen, und schüttelte dann langsam den Kopf. „Ich weiß nicht."

„Mann oder Frau? Hat er jemals ‚er' oder ‚sie' gesagt?"

„Nein. Nur ‚diese Person' oder ‚die Verabredung'."

Ich hing an ihren Lippen. Meine Vermutung war, dass es den anderen auch so ging. Geoff hatte sich auf eine Verabredung vorbereitet? Mit wem könnte er sich getroffen haben?

„Wohin sind Sie dann gegangen?"

„Ich bin im Randolph geblieben. Dort habe ich im Restaurant zu Abend gegessen. Ich habe mit Karte bezahlt, also kann ich beweisen, dass ich dort war."

„Was ist dann passiert?"

„Um kurz nach neun bin ich zurück aufs Zimmer gegangen, glaube ich", sagte sie und schaute zu Boden.

„Und Ihr Mann?"

Sie schüttelte den Kopf, wandte sich leicht von Graham Sinclair ab und hielt den Blick weiterhin auf den Boden gerichtet. „Er war nicht da."

Niemandem verschlug es den Atem, aber wir waren definitiv gefesselt. „Um wie viel Uhr ist er zurückgekommen?"

„Gegen Viertel nach zehn", sagte sie und eine weitere Träne lief ihr über die Wange.

Wie bestimmt alle anderen auch schaute ich nun zu

Graham Sinclair und fragte mich, ob er so wütend gewesen war, dass er dem Mann, der so großes Interesse für seine Frau gezeigt hatte, etwas angetan hatte.

Nachdem er ein paar leise Worte mit der Ermittlerin gewechselt hatte, sagte Ian: „Mr Sinclair, Detective Barnes bringt Sie gleich in einen anderen Raum, damit Sie genauer vernommen werden können."

Für Graham Sinclair sah es nicht gut aus.

KAPITEL 15

Wie sich herausstellte, waren Marion Wells, Anthea Fitzgerald und Celeste Willowbrook nach dem Unterricht mit Geoff etwas trinken gegangen, und dabei war ihnen nichts Ungewöhnliches an seinem Verhalten aufgefallen. Sie hatten sich über den Unterricht ausgetauscht und sich Geschichten davon erzählt, wie schwierig es war, ein unabhängiges Geschäft zu führen.

„Dann hat Geoff eine Textnachricht bekommen und gesagt, dass er gehen muss", erinnerte sich Marion. „Das war gegen halb sechs."

Ian wandte sich an Isla. „Haben Sie ihm die Textnachricht geschickt?"

Sie nickte und schaute unglücklich zu Boden.

Die drei Frauen hatten den größten Teil des Abends zusammen verbracht und beim Abendessen über Marketingstrategien geredet, bis sie gegen 21 Uhr alle zusammen auf ihre Zimmer zurückgekehrt waren.

Rosa Torres sagte, sie habe noch einmal in ihrem Laden vorbeigeschaut, um nach dem Rechten zu sehen und ihr

Schaufenster so umzugestalten, wie wir es gelernt hatten. Sie hatte sich einen Salat zum Mitnehmen gekauft und ihn beim Arbeiten gegessen. Gegen einundzwanzig Uhr dreißig sei sie zurückgekommen.

Nachdem Ian sich angehört hatte, welche Alibis die Kursteilnehmer hatten – oder meist eher nicht hatten –, wandte er sich an die beiden Dozenten: „Und was haben Sie gemacht, als der Unterricht vorbei war?"

Professor Clarke sah verblüfft aus, dass er überhaupt gefragt wurde. Er sagte: „Wir sind doch gar keine Teilnehmer an diesem Kurs."

Ian sagte: „Nein. Aber ich glaube, Sie haben ebenfalls auf dem Campus der Universität übernachtet."

Professor Clarke plusterte die Backen auf und sagte: „Nun ja, ich wohne hier."

Fiona Barnham sagte leise: „Als Dozentin habe ich für den Zeitraum der Konferenz ein Gästezimmer bekommen. Natürlich werden wir Ihre Fragen beantworten."

Ian begann mit ihr. Sie sagte, etwa eine halbe Stunde lang habe sie mit Professor Clarke über den Unterricht des folgenden Tages gesprochen, dann habe sie in ihrem Zimmer noch schnell etwas zu Abend gegessen, bevor sie zu einer Studentenaufführung von *Hippolytus* im Oxford Playhouse gegangen sei, die um neunzehn Uhr dreißig begonnen habe. „Sie hat mir sehr gut gefallen. Geoffrey Turner habe ich nicht mehr gesehen, nachdem wir den Unterrichtsraum verlassen haben."

„Was für eine Art von Schüler war er?", fragte Ian.

Sie sah etwas verblüfft aus, blickte zu Professor Clarke und dann wieder zu Ian. „Das hier ist kein Kurs, in dem wir richtige Noten erteilen. Aber ich würde sagen, dass er sich eingehend mit dem Stoff befasst hat und allem Anschein nach viel lernen wollte. Es tut mir leid, aber mehr kann ich Ihnen nicht sagen."

Dann wandte er sich an Professor Clarke und erkundigte sich, was dieser nach dem Unterricht gemacht hatte. „Wie Ms Barnham schon sagte, haben wir eine halbe Stunde, vielleicht auch fünfundvierzig Minuten, damit verbracht, den heutigen Unterrichtsstoff durchzugehen, und dann bin ich zurück auf mein Zimmer gegangen."

„Leben Sie allein?"

„Nein. Aber meine Frau ist gerade in China. Sie unterrichtet Asienstudien, wissen Sie?"

„Und wie haben Sie den Abend verbracht?"

„Ich habe ein wenig gelesen, Essen gekocht und ein bisschen Gartenarbeit gemacht."

„Sie haben einen Garten?"

„Na ja, den Master's Garden, aber ich versuche mich sehr gern daran. Meine Frau sagt, ich habe einen grünen Daumen."

„Und haben Sie Geoffrey Turner nach dem Unterricht noch einmal gesehen?"

Er schüttelte den Kopf und sagte dann, als würde er aufgezeichnet werden: „Nein, habe ich nicht."

Ian bedankte sich dafür, dass wir ihm unsere Zeit gewidmet hatten, und bat uns, das College nicht zu verlassen, da wir alle noch einmal vernommen werden sollten.

Er sagte: „Da Ihre Zimmer alle nahe beieinander liegen, hoffen wir, dass sich einer von Ihnen an irgendetwas erinnern kann. Vielleicht gibt es etwas, das Ihnen nicht unmittelbar aufgefallen ist: eine Person, die durch den Flur gegangen ist, dort aber gar nichts zu suchen hatte oder ein Geräusch."

Da meldete sich Derek Young zu Wort. „Es ist ziemlich deutlich, dass Sie meinen, es wäre einer von uns gewesen, aber er war oft am Telefon. Ich würde Ihnen raten, sich lieber das anzusehen und herauszufinden, mit wem er gesprochen hat."

Ian sah aus, als wäre es ihm lieber, einen gewalttätigen Verbrecher vor sich zu haben als diesen lästigen Kursteilnehmer – und wer hätte es ihm auch verdenken können. Er sagte: „Geoffrey Turners Telefon, sein Computer und anscheinend auch alle seine Unterlagen sind aus seinem Zimmer verschwunden."

Diese Information war neu. Ich platzte heraus: „Also muss der Mörder in seinem Zimmer gewesen sein?" Die Polizei hatte nicht durchsickern lassen, dass die Leiche in meinem Schrank gefunden worden war, und ich hatte natürlich nichts davon gesagt.

Jetzt sah Ian mich nickend an. Ich hatte das Gefühl, dass er überlegte, wie viel er den Anwesenden erzählen sollte, und dann sagte er: „Geoffrey Turner wurde definitiv nicht in seinem Zimmer getötet. Wir gehen davon aus, dass er draußen getötet wurde, möglicherweise direkt vor den Fenstern, wo er bekanntermaßen rauchte.

Ich vernahm ein Keuchen, ob es von Celeste oder Marion kam, war schwer zu sagen, und schließlich war es Marion, die mit der Hand auf der Brust sagte: „Dann war der Mörder also ganz in der Nähe unserer Zimmer."

„Anscheinend ja. Wir vermuten, dass der Mörder dann das Schlüsselband des Opfers an sich genommen hat, um sich damit Zutritt zu dessen Zimmer zu verschaffen."

„Also wurde er wegen irgendetwas getötet, das sich in seinem Raum befand?" Das war Jennifer.

Ian sagte: „Die Ermittlungen stehen noch ganz am Anfang. Deshalb brauchen wir Ihre Hilfe. Fällt irgendjemandem von Ihnen ein Grund ein, warum jemand ihn umbringen würde, um an sein Telefon, seinen Computer und seine Notizen zu gelangen?"

Eine fürchterliche Stille trat ein. Wir schauten uns alle an.

Marion Wells sagte: „Er hat uns alle quasi durchleuchtet. Er hat sich immer Notizen gemacht. Er hat gesagt, eines seiner Hobbys wäre es, Nachforschungen anzustellen. Aber so manches, was er aufgedeckt hat, war nicht sehr schön."

Ich bemühte mich, alle Teile zusammenzufügen. In Gedanken versuchte ich, den Ablauf der Ereignisse zu rekonstruieren. So stellte ich mir vor, wie Geoff Turner draußen in aller Ruhe eine Zigarettenpause machte und dabei auf sein Telefon schaute. Dann könnte sich ihm jemand von hinten genähert haben. Vielleicht hatte Geoff sogar Kopfhörer auf, möglicherweise hörte er gerade einen Podcast oder etwas Ähnliches, und dann tauchte der Mörder lautlos hinter ihm auf und tötete ihn so effizient, dass er nicht einmal aufschrie.

Jetzt sah ich, wie der Körper in sich zusammensackte. Geoff war kein großer Mann gewesen. Und was dann? Der Mörder suchte einen Ort, um die Leiche zu verstecken. Da war mein offenes Fenster – wie einladend. Aber ein Risiko war es trotzdem, denn irgendjemand hätte gerade aus dem Fenster schauen können. Dann zog der Mörder vielleicht mein Fenster hoch und schob die Leiche hindurch? Danach musste er ins Zimmer geklettert sein und Geoffrey Turner in meinem Schrank verstaut haben – allerdings hatte er sich die

Zeit genommen, ihm zuerst das Schlüsselband und dann vermutlich auch das Telefon abzunehmen. Er musste Handschuhe getragen haben, sonst hätte man ihn anhand von Fingerabdrücken überführt. Jetzt stellte ich mir eine gesichtslose Person vor, die dort stand, vielleicht einen Blick aus dem Fenster warf oder an meiner Tür lauschte, bevor sie sich auf den Flur schlich und schnell in Geoffs Zimmer ging. Wer auch immer es war – der- oder diejenige musste ziemlich verzweifelt gewesen sein, um ein solches Risiko einzugehen. Wie Ian schon gesagt hatte: Was könnte so viel wert sein, dass man dafür einen Menschen tötet? Und was hatte Geoff gewusst, das unbedingt geheim bleiben musste?

Dann musste der Mörder das Zimmer von Geoffrey verlassen, ohne gesehen zu werden, und sich wieder hinausschleichen.

Ein unangenehmes Kribbeln überkam mich, als uns allen bewusst wurde, dass der Mörder aller Wahrscheinlichkeit nach einer von uns Anwesenden in diesem Raum war.

Und nachdem wir gehört hatten, was alle anderen gestern Abend gemacht hatten, war klar, dass niemand ein stichhaltiges Alibi für den Zeitpunkt hatte, als Geoff Turner ermordet wurde. Es hätte jeder von uns sein können.

BEVOR ER GING, kam Ian auf mich zu und sagte leise: „Wir sind jetzt in deinem Zimmer fertig, wenn du wieder reingehen willst."

Ich bedankte mich. Auch wenn ich keinerlei Absicht hatte, jemals wieder in diesem Zimmer zu schlafen, und die wenigen Kleidungsstücke und Toilettenartikel, die sich darin befanden, nur zu gern dort gelassen hätte, war ich ungemein neugierig zu sehen, ob die Polizei vielleicht etwas übersehen hatte. Nun, da ich mich beruhigt hatte, beschlich mich eine Ahnung in Hinsicht auf das, was am gestrigen Abend geschehen und mit dem Tod von Geoffrey Turner geendet war.

Leise fragte ich Ian, ob er in Geoffs Zimmer ein schwarzes Notizbuch gefunden habe.

Ich war nicht überrascht herauszufinden, dass nichts dergleichen in seinen Sachen gefunden wurde, und erzählte Ian, dass Geoff sich immer wieder alles Mögliche über uns aufgeschrieben hatte. „Er sagte, er hätte eine besondere Begabung für Nachforschungen."

„Glaubst du, er hat etwas über einen Kursteilnehmer herausgefunden, das so gefährlich ist, dass der oder die Betroffene ihn deshalb töten würde?" Weit hergeholt klang es schon, und ich hatte wirklich keine Ahnung.

„Ich wollte nur, dass du von dem Notizbuch weißt. Falls es wieder auftaucht. Es könnte wichtig sein."

Professor Clarke erhob sich und sagte, er und Fiona Barnham seien gerne bereit mit der Konferenz fortzufahren, da wir schließlich alle dafür bezahlt hätten.

„Machen wir doch eine Stunde Pause, um den Kopf frei-zubekommen, und dann treffen wir uns wieder hier", schlug Professor Clarke vor.

Jennifer begleitete mich und wir gingen auf das Zimmer zu, in dem ich geschlafen hatte. Sie fragte: „Bist du dir sicher? Ich kann deine Sachen packen, wenn du möchtest."

Das war zwar ein verlockendes Angebot, aber ich schüt-telte den Kopf. „Ich muss noch einmal reingehen, wenn ich nicht unter Schock stehe und nachsehen, ob sich etwas findet, das die Polizei vielleicht übersehen hat."

Sie sagte: „Lucy, ich glaube, die von der Spurensicherung sind ziemlich gut."

Das dachte ich auch, aber sie hatten keine magischen Kräfte wie wir. „Vielleicht finden wir ja etwas heraus. Was genau, weiß ich nicht."

Wir gingen über den Hof, und Jennifer benutzte ihr Schlüsselband, um uns Zutritt zu gewähren. Alles schien sehr ruhig zu sein. Das Klebeband am Tatort war verschwunden, und es gab keinerlei Anzeichen für weitere polizeiliche Maßnahmen. Vermutlich hatten sie schon alles getan, was vor Ort zu leisten war. Vor der Tür von Geoffrey Turner zögerten wir.

Sie schaute mich an. „Sollen wir? Es ist doch kein Einbruch, wenn man versucht, ein Verbrechen aufzuklären, oder?"

Ich schaute im Flur hin und her. „Ganz schnell", sagte ich.

Ihr Zauber zum Öffnen von Türen war ziemlich gut, und im Handumdrehen befanden wir uns im Zimmer des toten Mannes. Ohne uns vorher abgesprochen zu haben, taten wir beide genau das Gleiche. Wir stellten uns in die Mitte des Raumes, schlossen die Augen und ließen die Gefühle und Empfindungen auf uns wirken. Ich nahm eine kaum merkliche Spur von Zigarettenrauch wahr. Ich wusste, dass er draußen geraucht hatte, doch ich vermutete, dass ein schwacher Geruch an ihm und seiner Kleidung haften geblieben war. Was noch? Er war nicht hier umgebracht worden, da war ich mir fast sicher.

Ich öffnete meine Augen. Ich schaute sie an. „Hast du etwas gespürt?"

„Er war Raucher, aber das wussten wir schon."

Wie wir erwartet hatten, waren alle seine Habseligkeiten verschwunden. Trotzdem öffnete ich alle Schränke und sah unter dem Bett und im Badezimmer nach. Wir fanden nichts.

Als nächstes gingen wir in mein Zimmer. Ich bemerkte, dass alle meine Sachen bewegt und untersucht worden waren, was wohl verständlich war, da die Polizei in einem Mordfall ermittelte. Es widerstrebte mir, den Schrank zu öffnen, in dem ich Geoff tot aufgefunden hatte, aber schließlich waren wir ja genau deshalb in diesen Raum gekommen. Aber da war nichts. Nichts Ungewöhnliches. Ich weiß nicht, was wir darin erwartet hatten.

Jedenfalls begann ich nun, meine Sachen zu packen. Und dann zog ich meinen Koffer aus dem Schrank heraus. Ich versuchte, nicht daran zu denken, dass er neben dem Toten gelegen hatte, aber eines wusste ich mit Sicherheit: Ich würde mir einen neuen Koffer kaufen. Als ich ihn aus dem Schrank zog, bemerkte ich ein Stück Papier darunter. Ich hob es auf und strich es glatt.

„Jennifer, sieh dir das an", rief ich.

Sie kam zu mir, wir schalteten die Schreibtischlampe ein und starrten auf das Blatt. Ich erkannte Geoff Turners Handschrift allein dadurch, dass ich einen Kurs mit ihm besucht hatte, deshalb wusste ich, dass er derjenige war, der das hier geschrieben hatte. Ich las laut vor.

„Jennifer Cunningham. Sehr attraktiv, Single?" Wie süß, dass er sich offensichtlich ein wenig in Jennifer verknallt hatte, aber irgendwie war es auch herzzerreißend traurig.

„Leitet das Strickwarengeschäft Die Jakobsmuschel in

Cornwall. Beste Freundin von Lucy Swift Crosyer. Lucy ist ihre Chefin. Heikel? Keinerlei Anzeichen dafür, aber wer weiß."

„Überhaupt nicht heikel", sagte Jen entschieden.

„Gut." Ich las weiter.

„Kam vor ein paar Monaten ganz plötzlich nach Großbritannien. Keine vorherige Erfahrung im Einzelhandel. Warum wohl? Sie und Lucy gingen zusammen zur Schule. Mein Gefühl sagt: Sie hat eine schlimme Trennung hinter sich."

Als ich fertig war, war Jennifer sichtlich erschüttert. „Warum hat er wohl solche Nachforschungen über uns angestellt? Wir waren doch nur Leute aus seinem Kurs. Und wie um alles in der Welt konnte er von meiner schlimmen Trennung wissen?"

„Ich habe keine Ahnung. Aber er war sehr gut darin, Geheimnisse aufzuspüren." Und dann klopfte ich auf das Papier. „Wenn er auf einem einzigen Blatt Papier so viele Informationen über dich hatte, was wusste er dann erst über alle anderen?" Und die wichtigste Frage lautete natürlich: Hatte ihn jemand ermordet, um seine Geheimnisse zu bewahren?

Ich drehte das Papier um, und auf der anderen Seite stand noch mehr Gekritzel. In kurzen Stichpunkten hatte er offenbar alles aufgelistet, was er über Isla und Graham Sinclair wusste. In der Liste von Dingen, die wir bereits wussten, hatte er ein Sternchen neben den Aufzählungspunkt *Lüge über Narbe* gesetzt. *Isla behauptet, sie stammt von Kneipenschlägerei in Mexiko. Heimliches Alkoholproblem. Während der Rundreisen reißt er sich zusammen, aber sobald der letzte Gast im Flugzeug sitzt, rennt er zur Bar. Aber sie ist auch nicht gerade abstinent. Vermutlich haben beide ein Alkoholproblem.*

Finanzielle Unsicherheit. Sie will ihn verlassen, sagt aber, dass sie sich das nicht leisten kann. Nette Frau, aber zu kompliziert für mich.

Wir sahen uns an. Geoff Turner hätte sich seinen Lebensunterhalt wohl besser als Privatdetektiv verdient. Seine Schnüffelei war beispiellos.

Jennifer tippte auf den Absatz auf dem Blatt, wo er eine völlig andere Geschichte über Grahams Narbe erzählte als die, die wir gehört hatten. „Wow, das ist ziemlich schlimm, wenn es stimmt. Sollen wir das der Polizei geben?", fragte sie mich.

„Ich denke, das müssen wir. Für Graham Sinclair ist das hier ein ziemlich klares Tatmotiv. Wenn er erfahren hat, dass es Geoffrey Turner gelungen ist, seiner Frau diese Geschichte zu entlocken, oder selbst wenn er einfach nur eifersüchtig war, dass sie so viel Zeit mit einem anderen Mann verbrachte, ist das durchaus möglich. Schließlich haben wir alle im selben Flur gewohnt. Da war ich bestimmt nicht die Einzige, die Geoff draußen beim Rauchen gesehen hat." Ich versuchte mir auszumalen, was sich zugetragen haben könnte. „Er geht auf Geoff zu, vielleicht nur, weil er vorhat, sich mit ihm zu unterhalten. Wenn diese Notizen stimmen, hat er eine gewalttätige Vorgeschichte. Ich meine, es wäre schon ziemlich unwahrscheinlich, dass man sich so eine Narbe bei einer Schlägerei in der Kneipe zuzieht, wenn man nur untätig herumsteht."

Sie nahm ihr Handy heraus und machte mit der Kamera Fotos von beiden Seiten des Zettels. „Das sehe ich auch so, Lucy. Und weißt du, was wir noch machen müssen?"

„Was?"

„Wir müssen mit Isla Sinclair sprechen."

Ich wusste, dass sie recht hatte, aber der Gedanke an dieses äußerst unangenehme Gespräch flößte mir Angst ein.

ALS WIR NACH der Pause wieder in die Klasse kamen, war ich überrascht, dass Graham wieder da war. Sein finsterer Gesichtsausdruck ließ die Narbe noch deutlicher zum Vorschein treten. Ab und zu warf jemand einen Blick in seine Richtung, aber niemand sagte etwas, bis Derek Young hereinkam und ihn verblüfft fragte: „Sie wurden also nicht verhaftet?"

Graham Sinclair antwortete barsch: „Offensichtlich nicht. Weil ich niemanden umgebracht habe."

„Bestimmt ist die Polizei schon dabei, in Ihrer Vergangenheit zu graben, um Ihr Alibi zu widerlegen, falls Sie überhaupt eins haben."

Es war Isla, die sich nun umdrehte und antwortete. „Und ob er ein Alibi hat. Er hat in einer Kneipe in Jericho Darts gespielt. Da wurde er von vielen Leuten gesehen."

Vermutlich hatte Derek recht und die Polizei würde gerade untersuchen, ob Graham Sinclair genau dort gewesen war, wo er behauptete, zumal er schon einmal beim Lügen erwischt worden war. Ich fragte mich auch, ob es schwierig gewesen wäre, sich aus dem Pub zu schleichen, Geoff Turner zu töten, sein Telefon, seinen Laptop und sein Notizbuch zu stehlen und irgendwo zu verstecken und dann in das Pub zurückzukehren.

Nach unserer Kaffeepause erschienen die beiden Ermittler und forderten uns alle auf, im College zu bleiben. Derek Young wandte ein, dass er keine Arbeitszeit opfern

könne, aber Ian gab ihm die offensichtliche Antwort –
nämlich, dass er die Zeit schon eingeplant haben musste, um
an dem Marketingseminar teilzunehmen.

Und ein streitlustiger Derek konterte, dass er ohnehin
nichts lerne und früher abgereist wäre.

Als die beiden Dozenten sich wieder gesammelt hatten
und vorschlugen, dass alle, die es wollten, trotz der Tragödie
mit dem Unterricht fortfahren könnten, herrschte zunächst
eine Art fassungsloses Schweigen unter uns Kursteilnehmern, doch dann ergriff Celeste das Wort. Sie legte eine Hand
auf ihr Herz und wedelte mit der anderen in der Luft, als
würde sie auf einer New Yorker Straße ein Taxi heranwinken.

„Ja, ja", sagte sie. „Genau das hätte er gewollt. Geoff
Turner würde nicht wollen, dass wir unsere kostbare gemeinsame Zeit verschwenden, ohne das Seminar fortzusetzen,
wegen dem wir hier sind."

Derek warf ihr einen unfreundlichen Blick zu. „Wenn Sie
den Kerl schon an der Strippe haben, warum fragen Sie ihn
dann nicht gleich, wer ihn umgebracht hat? Das würde uns
allen eine Menge Zeit ersparen."

Natürlich hörte Celeste ihn nicht – entweder, weil sie tief
in Trance war oder weil sie nicht wollte.

Sie lächelte, als hätte ihr jemand etwas Lustiges ins Ohr
geflüstert, dabei war niemand ihr nah genug, um ihr etwas
zuzuflüstern. Sie sagte: „Die abschließende Wein- und Käseverkostung. Er sagt mir, dass wir die Party nicht absagen
dürfen. Er möchte, dass wir zu seinen Ehren eine Art Totenwache daraus machen."

„Nun, ich bin mir nicht sicher, dass das eine gute Idee ist",
sagte Professor Clarke und sah Celeste an, als wäre es das

Beste, wenn sie mitsamt Kristallen und Tarotkarten so schnell wie möglich nach Brighton zurückkehren würde.

Aber Marion Wells unterstützte Celeste. „Das ist eine wunderbare Idee, Celeste", sagte sie mit Begeisterung. „Ich habe eine fantastische Idee, wie wir ihn ehren können."

„Uns verkleiden, nehme ich an", rief Derek Young.

„Nein, Derek. Ich schlage vor, dass jeder von uns etwas erzählt, das uns an Geoff gefallen hat oder das wir dank ihm gelernt haben. Er war sehr einfühlsam, wissen Sie."

„Sehr neugierig", murmelte Derek.

Da zwei unserer Kommilitonen so entschlossen waren, an unseren gefallenen Kollegen zu erinnern, konnte keiner von uns ablehnen und sich weigern, unserem toten Freund diese Ehre zu erweisen. Also einigten wir uns darauf, alle ein paar Worte zu sagen, wenn uns danach zumute war.

Ich fragte mich, was sich Geoff über Celeste aufgeschrieben hatte. Ich konnte mir gut vorstellen, dass unter ihrem Profil nur ein einziges Wort stand, und zwar „Betrügerin". Bei Celeste hatte ich den Eindruck, dass sie wirklich daran glaubte, besondere Fähigkeiten zu besitzen. Sie war lediglich etwas auf dem Holzweg. Ich meine, es gab wirklich Leute, die mit Geistern kommunizieren und die Zukunft vorhersehen konnten – meine Cousine Violet war besonders gut darin. Und dann gab es diejenigen, die sich durchaus im Klaren darüber waren, Betrüger und Scharlatane zu sein. Ich vermutete, dass Celeste zu der gefährlichsten Gruppe gehörte, nämlich zu den Menschen, die keinerlei magische Kräfte besaßen, aber felsenfest davon überzeugt waren, sie hätten welche.

Jennifer und ich hatten keine Gelegenheit, mit Isla zu

plaudern, denn sobald der zweite Unterrichtsblock dieses Tages zu Ende war, verließen sie und ihr Mann das College.

Jen und ich trafen uns mit Rafe, und ich bat darum, auf dem Heimweg im Cardinal Woolsey's vorbeizuschauen. Wenn unser Marketing-Kurs fortgesetzt wurde, wollte ich ein paar Fotos von dem Laden machen, um die Dozenten und Kursteilnehmer nach Verbesserungsvorschlägen zu fragen.

Als wir im Cardinal Woolsey's ankamen, lag Nyx zusammengerollt im Körbchen im Schaufenster. Sie öffnete die Augen, als sie sah, dass ich sie anschaute, und zuckte mit dem Schwanz. Violet half gerade einer unserer Stammkundinnen bei der Auswahl der Wolle für einen Pullover. Nyx sprang herunter, gähnte und streckte sich, bevor sie zu Jen und mir herüberkam, um zu sehen, was wir im Schilde führten. Ich machte ein paar Fotos, und während Nyx sich erst an meinen Beinen und dann an denen von Jen rieb, diskutierten wir darüber, ob wir die gestrickten Kleidungsstücke, die wir verkauften, besser zur Geltung bringen sollten.

Als sie mit dem Kassieren fertig war, gesellte sich Violet zu uns. Ich fragte sie nach ihrer Meinung, und sie zuckte nur mit den Schultern. „Du bist diejenige, die hier den Marketingkurs macht. Woher soll ich das wissen?"

So wie sie es sagte, hörte es sich an, als wäre sie ausgeschlossen worden, aber ich wagte ernsthaft zu bezweifeln, dass sie einen Marketingkurs hätte belegen wollen, und abgesehen davon musste sie hier sein, um den Laden zu führen.

Sie trug einen Pullover in Korallenrot und Grün, der aus der neuen Frühjahrskollektion von Teddy Lamont stammte – nie und nimmer konnte sie die Zeit gehabt haben, den zu stricken. Vermutlich hatte einer der Vampire ihn für sie gemacht. Sie warf ihr schwarzes Haar zurück, sodass die beiden gefärbten violetten Strähnen schimmerten, und sagte, sie habe gehört, dass im Saint Benedict's College jemand ermordet worden sei.

„Das stimmt. Wir haben heute Abend ein Treffen des Strickclubs der Vampire einberufen, falls du kommen willst. Mal sehen, ob wir der Polizei helfen können, den Mörder zu finden." Auch wenn sie nie zu den Treffen des Strickclubs kam, wusste sie, dass sie dort willkommen war.

„Ich kann nicht", sagte sie. „Nach der Arbeit gehe ich zur Maniküre und habe eine Gesichtsbehandlung." Dann erzählte sie uns, dass sie am kommenden Abend bei William aushelfen würde, da er einen Catering-Auftrag hatte. Sie beugte sich vor und senkte ihre Stimme.

„Ich kann euch nicht erzählen, bei wem wir arbeiten. Das ist streng geheim. Ich kann euch nur verraten, dass ihr ihn bestimmt schon ohne Hemd auf der Kinoleinwand gesehen habt. Und wenn ihr so heißblütige Frauen seid, wie ich denke, habt ihr gesabbert." Mit einem selbstgefälligen Blick sagte sie: „Und wer wird ihm das Abendessen servieren und ihn fragen, wie er seinen Kaffee gern trinken möchte? Ich."

Wie so oft, wenn ich mit Violet sprach, musste ich es mir verkneifen, die Augen zu verdrehen. „Viel Spaß!", sagte ich.

Da läuteten die Türglocken, als eine andere Kundin hereinkam, und Violet ließ uns stehen, um sie zu empfangen.

Während sie sich entfernte, schüttelte Jennifer den Kopf. Mit leiser Stimme sagte sie: „Ich weiß ja, dass sie deine Cousine ist, aber irgendwie ist sie mir nicht auf Anhieb sympathisch."

„Du sagst es."

Ich hob die Augen, um zu sehen, ob es sich bei der eben

hereingekommenen Person um eine Stammkundin handelte, die ich begrüßen sollte, und war schockiert, als ich Isla Sinclair entdeckte. Sie schaute sich im Laden um, und als ihr Blick auf mich fiel, wirkte sie verblüfft. Ich glaubte nicht, dass sie hier war, weil sie mich suchte. Aber da wir uns ja nun schon gesehen hatten, setzte ich ein Lächeln auf und ging auf sie zu. „Isla. Sie haben das Cardinal Woolsey's gefunden."

Offensichtlich dachte Violet, sie hätte Besseres zu tun, denn sie überließ uns die Sache. Isla schien sich ganz und gar nicht wohl in ihrer Haut zu fühlen, so als hätte man sie bei etwas Verbotenem ertappt. Als Jennifer ebenfalls auf uns zukam, begann Isla nervös ihre Hände zu kneten und sagte: „Ich hätte nicht gedacht, dass Sie auch hier sind. Ich will nicht stören. Ich habe mir nur gedacht, dass es doch schön wäre, ein bisschen Zeit in einem Strickladen zu verbringen. Stricken hat doch einfach etwas Beruhigendes an sich, finden Sie nicht?"

Jen nickte enthusiastisch, während ich einen unverbindlichen Laut von mir gab. Beruhigend war nicht unbedingt das erste Wort, das mir in den Sinn kam, wenn ich ans Stricken dachte.

Isla sah sich um und nickte. „Ja, genau so habe ich es mir vorgestellt. Ruhig, künstlerisch, aber man kann auch Dinge stricken, die schön und nützlich zugleich sind." Wieder etwas, das nicht meiner Erfahrung entsprach, aber andererseits wäre ich wohl auch nicht mehr im Geschäft gewesen, wenn das Stricken allen so große Probleme bereitet hätte wie mir.

„Sie stricken also?", fragte Jen.

„Früher ja. Meine Mutter hat es mir beigebracht. Abends saßen wir immer zusammen vor dem Fernseher und strickten." Sie stieß einen leisen Seufzer aus. „Damals war ich glücklich."

Sie schüttelte den Kopf, als wollte sie böse Erinnerungen loswerden. „Ich will meinen Händen eine Beschäftigung geben und etwas anderes im Kopf haben als den armen Geoff." Zu meiner Überraschung füllten sich ihre Augen mit Tränen. Sie schlug sich die Hände vors Gesicht. „Es tut mir ja so leid. Ich fühle mich schrecklich. Dass er tot ist, ist meine Schuld, verstehen Sie?"

KAPITEL 16

Jen legte ihren Arm um die weinende Isla Sinclair und führte sie ins Hinterzimmer. Ich dachte mir, dass Isla nicht unbedingt Strickzeug kaufen musste, sondern eher eine Tasse Tee und jemanden zum Reden brauchte. Außerdem hatte sie uns gerade eine ziemlich schockierende Enthüllung gemacht, indem sie behauptet hatte, für den Tod von Geoff Turner verantwortlich zu sein.

Sie war definitiv sehr fit und sah aus, als würde sie regelmäßig trainieren, deshalb glaubte ich eigentlich schon, dass sie rein körperlich dazu in der Lage gewesen wäre, Geoff Turner zu töten, besonders wenn er entspannt war und nicht damit gerechnet hatte. Aber ich konnte mir nicht vorstellen, warum sie das hätte tun sollen. Vielleicht war sie hier, um es uns zu erzählen.

Wir ließen sie auf einem bequemen Sessel Platz nehmen, und ich setzte den Kessel auf. Im hinteren Bereich hatte ich eine kleine Küchenzeile – eigentlich nicht mehr als ein Regal mit einer Spüle, einem Wasserkocher, Teezubehör und der

Keksdose, die immer mit den selbstgebackenen Ingwer-keksen meiner Großmutter gefüllt war, wenn sie hier war. Aber da ich sie schon eine Weile nicht mehr gesehen hatte, füllten wir die Dose normalerweise mit abgepackten Keksen auf. Meistens besorgte ich welche mit Haferflocken und Rosinen, denn das waren Violets Lieblingskekse, und sie war viel öfter hier als ich.

Während der Kessel auf dem Herd stand, holte ich einen der hübschen Chintz-Teller, die wir für Kekse benutzten, und öffnete die Dose. Ich riss die Augen auf. Es waren zwar Haferflockenkekse darin, aber keine verpackten. Und dass sie aus einem Lebensmittelladen stammten, glaubte ich nicht. Mich beschlich der leise Verdacht, dass William Thresher für Violet backte. Ich fragte mich, ob das seine Version eines Liebesbriefs war.

Ich legte ein paar Haferflockenkekse auf den Teller und kochte Tee, während Jennifer eine Taschentücher-Box holte und sie der weinenden Isla reichte. Wir schwiegen so lange, bis alle von uns ihren Tee bekommen hatten und ich die Kekse herumgereicht hatte. Isla wollte keinen, aber Jen und ich bedienten uns. Ich nahm einen Bissen und war mir nun ziemlich sicher, dass William diese Kekse selbst gebacken hatte. Wie alles, was er zubereitete, waren sie köstlich. Ein zartes Buttergebäck mit knusprigem Hafer, fruchtigen Rosinen und einem Hauch von Gewürzen.

Als sie ihr Gesicht trocken getupft hatte, sagte Isla: „Es tut mir so leid. Ich komme mir so dumm vor. Jetzt sollte ich zurück nach Hause. Graham fragt sich bestimmt schon, was mir zugestoßen ist."

Sanft legte Jennifer eine Hand auf ihr Knie. „Sie haben uns gerade gesagt, dass Sie die Schuld daran tragen, dass

Geoff Turner tot ist. Das sollten sie näher erläutern, finde ich."

Ihre Augen, deren feuchte Wimpern wie Stachel abstanden, wurden groß. „Sie glauben doch nicht etwa, dass ich ihn umgebracht habe?" Bevor wir antworten konnten, schüttelte sie den Kopf. „Nein, das ist überhaupt nicht das, was ich meinte. Aber ich denke, Graham könnte es getan haben." Und dann füllten sich ihre Augen wieder mit Tränen. Sie blinzelte schnell. „Ich habe das Gefühl durchzudrehen."

So besänftigend wie möglich sagte ich: „Trinken Sie einen Schluck Tee! Atmen Sie tief ein! Und warum glauben Sie, dass Ihr Mann das getan haben könnte?" Ich achtete darauf, nicht zu sagen, dass er einen Menschen getötet oder ermordet habe, denn ich wollte sie nicht verschrecken. Wenn Isla Sinclair uns ihr Herz ausschütten wollte, dachte ich, sollten wir sie gewähren lassen, und eine neutrale Ausdrucksweise könnte dabei hilfreich sein

„Es war meine Schuld, weil meine Freundschaft zu Geoff zu eng geworden ist. Das sehe ich jetzt ein." Und dann schüttelte sie den Kopf und wedelte mit der freien Hand vor ihrem Gesicht herum, als könnte sie ihre Worte so verjagen. „Damit will ich nicht sagen, dass irgendetwas Unanständiges daran war. Er ging nie weiter, als mich zu umarmen." Und dann schien sie zurückzudenken. „Obwohl, wenn ich ehrlich bin, gab es schon eine Art Anziehung zwischen uns. Aber die Sache war hoffnungslos, und das wussten wir beide. Ich bin eine verheiratete Frau und lebe in Schottland. Geoff ist Londoner und ein Mann von Welt. Aber es war so ein Luxus, jemanden zum Reden zu haben. Und er war so ein guter Zuhörer."

„Haben Sie ihm Dinge gesagt, die Sie eigentlich für sich behalten wollten? Die einfach so herausgerutscht sind?"

Sie nickte. „Genau das ist es, Lucy. Einiges ist mir einfach so herausgerutscht. Ich muss zugeben, dass ich eines Abends zu viel getrunken habe, und, ach, es war so schön, einfach mal loszulassen, und bestimmt habe ich ihm viel mehr über meine Ehe und unsere Probleme erzählt habe, als der arme Mann hören wollte."

Jennifer sagte: „Aber es schien ihm doch richtig Spaß zu machen, etwas über andere Menschen herauszufinden."

„Ja. Geoff hat mir oft erzählt, wie gerne er Recherchen über andere Menschen anstellt. Ganz gewiss hat er uns alle erforscht. Ich glaube, es hat ihm mehr Spaß gemacht, negative oder fragwürdige Seiten an uns zu finden als die vielen positiven Eigenschaften, die wir aller Welt zeigen wollen."

Jennifer und ich wechselten einen Blick. „Hat er etwas über Ihren Mann herausgefunden, was der lieber vor Geoff verborgen hätte?"

Nun schloss sie die Augen und nickte. „Ich muss zugeben, dass ich sauer auf Graham war. Es war seine Idee, an diesem Marketingkurs teilzunehmen, aber kaum waren wir hier, schien er nichts anderes zu tun, als sich zu beklagen. Ehrlich gesagt meinte er, wir wären den meisten anderen in der Klasse überlegen. Und er war wütend darüber, dass ich mich mit den anderen Kursteilnehmern angefreundet habe, insbesondere mit Geoff."

Ich hatte inzwischen über ihre Worte nachgedacht, die eindeutig mit dem herausgerissenen Zettel aus Geoffs Notizbuch in Verbindung standen. „Warum wollte Geoff Ihrer Meinung nach all diese Informationen über uns haben?" Diese Frage musste ich ihr einfach stellen.

„Es ging nicht um Erpressung, falls Sie das denken." Dann stieß sie ein humorloses Lachen aus. „Von mir und Graham hätte er ohnehin nichts gekriegt. Einem Bettler kann man nichts aus der Tasche ziehen." Sie nahm einen Schluck Tee und griff dann geistesabwesend nach einem der Haferflockenkekse auf dem Teller. „Graham spricht über unser exklusives Reisebüro, als ob wir im Geld schwimmen würden, dabei kommen wir in Wahrheit kaum über die Runden. Ich kann es mir nicht einmal leisten, ihn zu verlassen, selbst wenn ich es wollte."

„Hat Geoff Sie ermutigt, Ihren Mann zu verlassen?", fragte Jennifer. Ich erkannte, worauf sie hinauswollte. Vielleicht war es eine Art von Erpressung, bei der es nicht um Geld ging, sondern um Gefühle. War das Geoffs Art, sich zu amüsieren?

„Er hat genau das gesagt, was jeder Freund sagen würde. Wir sollten es mit einer Eheberatung versuchen, und wenn ich wirklich nicht glücklich wäre, sollte ich über eine Scheidung nachdenken. Wir haben keine Kinder und auch sonst nichts, was uns aneinanderbindet, abgesehen von dem Geschäft und einem Haus, wegen dem wir bis über beide Ohren verschuldet sind."

Sie hatte recht. Das hätte ich auch gesagt, wenn sie mich um Rat gebeten hätte.

Isla fuhr fort: „Geoff sagte, Wissen ist Macht. Als er das gesagt hat, ging es darum, dass er mehr über seine Kunden wissen wollte, aber ich bin mir nicht so sicher, dass er nicht aus irgendeinem anderen Grund auch Informationen über uns alle gesammelt hat. Ich meine, Sie haben doch selbst gesehen, wie er Derek Young in die Schranken wies, indem er die gesammelten Informationen über sein Geschäft nutzte, um ihn vor uns allen bloßzustellen."

Jen nickte. „Nicht sein bester Moment, allerdings war Derek Young auch ziemlich aggressiv."

„Ganz genau! Wie auch immer, Graham wurde rasend eifersüchtig auf Geoff." Sie wedelte mit dem Keks in der Luft, von dem sie noch nicht einmal gekostet hatte. „Sie haben ihn doch beide gesehen, als Geoff und ich neulich abends zusammen nach Hause gekommen sind. Ich schwöre, dass Graham schon drauf und dran war, sich auf Geoff zu stürzen, als er plötzlich einen Schmerz verspürt hat, Arthritis oder so etwas. Aber vielleicht wäre es besser gewesen, wenn sie sich direkt auf dem Flur geprügelt hätten, wo wir es alle sehen konnten. Vielleicht hat Grahams Wut einfach vor sich hin geköchelt, bis er die Gelegenheit bekam, großen Schaden anzurichten."

Ich konnte mir nicht vorstellen, mit jemandem verheiratet zu sein, den ich für einen Mörder hielt. Das musste furchtbar sein. „Haben Sie irgendwelche Beweise dafür, dass Ihr Mann Geoff Turner getötet haben könnte?" Bisher gab es hier nur Spekulationen und eine Frau, die sich ihre Ängste von der Seele redete.

„Nicht so richtig. Aber als ich am Abend des Mordes nach Hause zurückkehrte, war er noch unterwegs und kam erst gegen elf Uhr zurück. Er war ziemlich betrunken." Dann schaute sie uns an. „Seine Hände waren eiskalt."

Ich verstand nicht so ganz, was das für eine Rolle spielen sollte, nickte jedoch und sah sie an, als ob ich ihr folgen würde.

„Selbst für März war es ungewöhnlich kalt. Ich war mir sicher, dass er an diesem Tag seine Lederhandschuhe mitgenommen hatte, aber als er zurückkam, trug er sie nicht und seine Hände waren kalt. Ich habe ihn gefragt, wo seine Handschuhe geblieben sind, und er hat behauptet, er hätte sie gar nicht mitgenommen. Aber ich weiß, dass er sie mithatte. Deshalb befürchte ich natürlich, dass er diese schreckliche Tat mit Lederhandschuhen begangen haben könnte, die er dann irgendwie loswerden musste."

Das war zwar nur ein spärlicher Beweis, doch sie hatte sehr klar dargestellt, welches Motiv ihr Mann für den Mord an Geoff Turner gehabt hätte, und falls diese Lederhandschuhe mit Geoffrey Turners Blut darauf auftauchen sollten, wäre dies das Ende für Graham Sinclair. Andererseits hatte ich schon oft gemerkt, wie leicht es war, ein Paar Handschuhe zu verlegen. Womöglich konnte es eine harmlose Erklärung geben.

„Ich weiß nicht, was ich tun soll. Soll ich diesem Ermittler von den Handschuhen erzählen?"

Jen und ich schauten uns an. Schließlich ergriff ich das Wort. „Die Polizei hat Ihren Mann bereits sehr gründlich verhört. Ich vermute, dass sein Alibi ebenso wie das aller anderen überprüft wird. Ich weiß nicht so recht, ob ein fehlendes Paar Handschuhe sehr viel weiterhilft, es sei denn, man findet es." Rissig und blutverschmiert sagte ich nicht, aber das war es, was ich meinte. „Wenn er weg ist, sollten Sie vielleicht einmal gründlich suchen und sehen, ob die Handschuhe auftauchen. Wenn sie Ihnen dann verdächtig vorkommen, müssen Sie sie aushändigen."

Sie schauderte. „Wie soll ich weiterhin einen Marketingkurs besuchen, wenn ich womöglich Seite an Seite mit einem Mörder schlafe?"

Aus einem Impuls heraus bot ich ihr an, mit zu mir zu

kommen und dort zu schlafen. An Platz mangelte es uns schließlich nicht. Aber nachdem sie mir gedankt hatte, schüttelte sie den Kopf. „Ich muss bleiben, wo ich bin. Es ist nur noch eine Nacht. Graham bemüht sich so sehr, nett zu mir zu sein, seit ich damit herausgeplatzt bin, dass ich mit dem Gedanken spiele, ihn zu verlassen." Sie seufzte. „Vielleicht gibt es noch Hoffnung für unsere Ehe." Sie beendete den Satz zwar nicht mit „wenn er sich nicht als Mörder entpuppt", aber dieser Zusatz schwang mit.

ALS ISLA SCHLIESSLICH WIEDER GING, war fast Ladenschlusszeit. Wir halfen Violet, das Geschäft zu schließen, und dann holte Rafe Jen, mich und Nyx ab, und wir fuhren zurück zum Crosyer Manor, wo Henri so erfreut war, uns zu sehen, dass er seinen Schwanz ausbreitete und für mich und Jennifer tanzte. Es war eine schöne Begrüßung zu Hause.

Noch besser war das Abendessen, das William gekocht hatte. Rafe aß nicht mit uns zu Abend. Er sagte, er habe ein Meeting und wir würden uns später in der Strickrunde der Vampire treffen. Worum es bei dem Treffen ging, erläuterte er nicht genauer, und wir fragten auch nicht nach. Rafe hatte viele Interessen, von denen einige geheimnisvoll waren. Ich wusste, dass er mir davon erzählen würde, wenn es etwas war, das mich interessierte oder das ich wissen sollte.

Jen und ich aßen saftiges Brathuhn mit Röstkartoffeln, geröstetem Gemüse, als Vorspeise gab es Hummer-Bisque. William testete immer noch einige seiner Hummerrezepte an mir und Jen. Sogar frisches Brot hatte er gebacken. Es war ein wunderbares Essen für die Seele. Obwohl Jen und ich verkündeten, einen Nachtisch würden wir auf keinen Fall schaffen, servierte er uns eine Mousse au Chocolat, und wir zwangen uns dazu, es bis zum letzten Löffel aufzuessen.

Wir mussten Energie tanken, denn schon bald würden wir in der Strickrunde der Vampire sitzen und uns darum bemühen, Hinweise zu finden, die der Polizei entgangen sein könnten.

KAPITEL 17

An diesem Abend versammelten wir uns im Hinterzimmer vom Cardinal Woolsey's.

Obwohl Jen und ich ein bisschen zu früh dran waren, waren wir selbstverständlich nicht die Ersten. Ein halbes Dutzend Vampire saß da und strickte so schnell, dass ich anfing zu schielen, wenn ich direkt hinsah. Gleichzeitig schienen sie sogar in der Lage zu sein, mit den anderen zu plaudern – ich hingegen schaffte es kaum, eine Masche rechts und eine links zu stricken, ohne etwas zu verhunzen. Alfred und Christopher saßen nebeneinander, und Christopher arbeitete offensichtlich an einer seiner legendären Westen. Er hatte so viele davon gestrickt, dass wir angefangen hatten, ein paar im Laden zu verkaufen. Als Geburtstags- und Weihnachtsgeschenke hatten sie erstaunlichen Erfolg bei den Frauen von Universitätsprofessoren.

Es gab zwei freie Plätze neben Alfred, und ich ließ mich neben ihm nieder, während Jen sich an meine andere Seite setzte. Alfred beugte sich vor, ohne seine Arbeit an einem

Paar Argyle-Socken auch nur einen Augenblick lang zu unterbrechen. „Wie fühlst du dich, Lucy?"

„Alles in Ordnung", murmelte ich.

Mabel und Clara unterhielten sich über eine Folge von *Foyle's War* – eine Fernsehserie, die im Zweiten Weltkrieg spielte – und diskutierten über all die historischen Fakten, die in der Serie falsch dargestellt wurden, während sie im Eiltempo strickten. Da sie die Zeit des Zweiten Weltkriegs im Gegensatz zu den Machern der Serie selbst miterlebt hatten, ging ich davon aus, dass ihre Version die richtige war.

Carlos und Hester tauchten durch die Falltür auf, welche durch die unter dem Laden gelegenen Tunnel zu den Wohnräumen der Vampire führte. Hester war eine mürrische Sechzehnjährige gewesen, als sie in eine Vampirin verwandelt wurde, und zum Leidwesen aller war sie immer noch eine mürrische Sechzehnjährige, egal wie lange sie auf diesem Planeten weilte. Mit ihrem langen schwarzen Haar, der blassen Haut und einer Garderobe, die fast ausschließlich aus schwarzen Kleidungsstücken bestand, war sie irgendwie ein wandelnder Stimmungskiller. Die Begegnung mit dem jungen und attraktiven Carlos hatte sie zwar deutlich aufgeheitert, dennoch blieben Jammern und Sarkasmus ihr Standardmodus. Mir schoss durch den Kopf, dass sie sich blendend mit Derek Young verstehen würde. Im Grunde genommen war der ein mürrischer Vierzehnjähriger im Körper eines Dreißigjährigen.

Jennifer und ich holten beide unsere Notizbücher heraus. Wir hatten eine Liste aller Kursteilnehmer erstellt und versucht, uns an alles zu erinnern, was sie gemacht oder gesagt hatten. Hester beobachtete uns und grinste. „Ihr zwei seid doch bestimmt die Klassenbesten!"

Den Begriff „Streberinnen" hatte sie zwar nicht verwendet – anders als Derek Young, der Geoffrey als Streber bezeichnet hatte, weil dieser in der ersten Reihe saß und vor versammelter Runde verkündete, er habe Professor Clarkes Lehrbuch über Marketing bereits gelesen –, aber von der Bedeutung her war es nahe dran.

Auch Theodore zückte ein altes Notizbuch von Moleskin, in das er sich oft Notizen machte. Ihm ließ Hester keinen abfälligen Kommentar zukommen, aber schließlich waren wir ja alle an Theodores Notizbuch gewöhnt. Im viktorianischen Zeitalter war er Polizist gewesen und auch heute noch nahm er den ein oder anderen Auftrag als Privatdetektiv an. Seine Methoden mochten altmodisch sein, aber er war sehr gut in dem, was er tat.

Jennifer holte ihr Strickzeug hervor, ein wunderschönes hellgrünes Spitzentop für den Frühling, also blieb mir wohl nichts anderes übrig, als mein eigenes Strickzeug herauszunehmen. Ich bezeichnete sie nicht als Streberin oder so etwas – aber nur, weil sie meine beste Freundin war. Fakt war: Wenn sie ihr Strickzeug nicht herausgeholt hätte, hätte ich meins auch nicht herausholen müssen.

Ich arbeitete gerade an einem Schal aus mehrfarbiger Merinowolle, für den ich mich entschieden hatte, weil er praktisch nicht mehr als ein großes Quadrat war und mir relativ einfach erschien. So langsam glaubte ich, der Begriff *„für Anfänger"* sei nur ein schlechter Scherz.

Da trat Rafe in den Raum, und wie immer schienen sich plötzlich alle aufrecht hinzusetzen und jegliche Lästerei verstummte, als sich alle Augen auf ihn richteten. Er sagte „Guten Abend", kam auf mich zu und strich über meine Schulter – zwar nur ganz leicht, aber ich fühlte mich dadurch unterstützt und ermutigt. Es ging mir sofort besser, weil ich wusste, dass er da war.

Jemand hatte schon ein Whiteboard aufgestellt und Stifte bereitgelegt, und Theodore erkundigte sich sofort, ob die Ergebnisse der Autopsie vorlägen. Rafe nickte. Ich fragte nicht genauer nach, aber die Vampire hatten überall Beziehungen, und ich vermutete, dass wir die Autopsieergebnisse zum selben Zeitpunkt wie die Ermittler erhielten. Möglicherweise schon früher.

Er sagte: „Theodore und Christopher, ich habe euch eine Kopie des Berichts per E-Mail geschickt." Christopher Weaver war Arzt, er nickte und hielt ein Bündel Papiere hoch. „Ich habe ihn ausgedruckt und lese ihn gerade."

Rafe sagte: „Ich habe ihn nur kurz überflogen, aber kurz gesagt wurde Geoffrey Turner erdrosselt."

Neben mir hörte ich ein Keuchen, das von Jennifer kam. „Erdrosselt? Aber er sah gar nicht aus, als ob er erstickt worden wäre."

Ich nickte. Da er so friedlich dalag, hatten wir wohl beide angenommen, dass er einen Schlag auf den Hinterkopf bekommen hätte oder so etwas in der Art.

Theodore fragte: „Trug das Opfer einen Bart?"

Wir nickten einstimmig.

„Wahrscheinlich habt ihr es deshalb nicht erkennen können. Vor allem, wenn der Kopf auch nur leicht nach unten geneigt war. Anders als beim Erwürgen führt eine korrekt ausgeführte Erdrosselung nicht dazu, dass die Zunge anschwellt und aus dem Mund heraushängt."

Vielen Dank!

Ich war noch damit beschäftigt, diese Information zu verarbeiten, als Theodore – wie es seine Art war – mit gezücktem Bleistift ganz fachmännisch fragte: „Wisst ihr, womit er erdrosselt wurde?"

„Mit irgendeinem Draht. Man geht davon aus, dass es Klavierdraht war."

Mir kam es nicht richtig vor, dass etwas, das dazu gedacht war, die Welt mit der Schönheit der Musik zu bereichern, auch dazu genutzt werden konnte, jemanden für immer zum Schweigen zu bringen. Aber genau das tat ein Mord. Er brachte Menschen für immer zum Schweigen.

Ich behielt den Gedanken im Hinterkopf, da ich nicht sofort unterbrechen wollte. Das musste der Grund dafür sein, dass die Ermittler die Hände von uns allen untersucht hatten: Sie suchten nach Spuren, die darauf hindeuteten, dass wir jemanden erdrosselt hatten.

Rafe fuhr fort: „Wie ihr vielleicht wisst, besuchen Lucy und Jennifer zurzeit einen Marketingkurs am Saint Benedict's College. Sie können uns mehr über das Opfer und die anderen Kursteilnehmer erzählen. Lucy hat die Leiche gestern Abend gegen zweiundzwanzig Uhr dreißig entdeckt. Der Todeszeitpunkt wurde jedoch auf den Zeitraum zwischen einundzwanzig und zweiundzwanzig Uhr eingegrenzt."

Theodore nickte weise. „Das Erdrosseln ist eine sehr effiziente Art, jemanden zu töten, da alles so schnell geht und der Betroffene es nicht erwartet. Dass er geschrien hat, ist unwahrscheinlich."

Rafe nickte. „Was aber wichtig gewesen wäre, denn es wird mit ziemlicher Sicherheit davon ausgegangen, dass er draußen ums Leben gekommen ist, und wahrscheinlich wurde seine Leiche anschließend in Lucys Zimmer gebracht."

„So ein Pech, Lucy", sagte Clara und hob den Blick von dem, was wohl eine gestrickte Mütze sein sollte – geschmückt mit einer beeindruckenden Anzahl großer, gehäkelter Blumen, die sie gerade an der Krempe befestigte. Das Wort „abscheulich" kam mir in den Sinn. Aber sie meinte es gut, und das würdigte ich mit einem Nicken. Ich hatte tatsächlich das Gefühl, Pech gehabt zu haben.

Doch Theodore, der stets ein sorgfältiger Ermittler war, fragte: „Aber war es wirklich Pech? Oder hat der Mörder die Leiche aus einem bestimmten Grund in Lucys Zimmer gelegt?"

Jetzt sahen sie mich alle an, als hätte ich etwas mit dem Tod des armen Mannes zu tun. Wenn ich über mein Erlebnis redete, hatte ich zumindest eine gute Ausrede, um mit dem Stricken aufzuhören – es lief nämlich nicht gerade gut damit. Ich legte mein Strickzeug beiseite und schob es Alfred zu, der zuvorkommend seine Socken ablegte, um den Schlamassel, den ich angerichtet hatte, wieder zu beheben, indem er die Maschen wieder auftrennte. Wenn es mir gelang, fünf Minuten lang zu reden, so schätzte ich, würde er meinen Schal zur Hälfte fertig haben.

„Zufällig lag Geoff Turners Zimmer neben meinem im Erdgeschoss, und er hatte die Angewohnheit, seine Raucherpausen vor unseren Fenstern zu machen, die an die Mauer auf der Rückseite des Colleges grenzten. Wenn der Mörder schnell genug war und nicht von jemandem durchs Fenster gesehen wurde, kann ich mir also gut vorstellen, dass er die Tat begangen hat, ohne bemerkt zu werden."

Vor meinem geistigen Auge sah ich den Ablauf der Geschehnisse wie in einem Film: Geoff, der mit einer Zigarette in der einen und dem Handy in der anderen Hand draußen steht und raucht und dabei zweifellos Nachforschungen über einen von uns anstellt, während sich der Mörder unbemerkt von hinten an ihn heranschleicht. Ich hatte genügend Filme gesehen, um mir vorstellen zu können, dass sich nun irgendetwas rasch über seinem Kopf bewegte, dann schaute er auf, um zu sehen, was los war, entblößte dabei seinen Hals und schon war alles aus. Dann gab ich zu, dass der Mörder die Leiche vermutlich nur deshalb in mein Zimmer gelegt hatte, weil ich mein Fenster offengelassen hatte.

Theodore sah mich mit einem leicht tadelnden Blick an. „Findest du das nicht etwas gefährlich, Lucy? Das Fenster einfach so offen zu lassen, wenn man im Erdgeschoss wohnt?"

„Ach, weißt du, Nix war gerade zu Besuch bei mir. Deshalb wollte ich das Fenster für sie offenlassen."

Alle sahen mich an, als ob ich eine andere Sprache sprechen würde. „Nyx hat ihre eigenen Wege, um herein- und herauszukommen", erinnerte mich Christopher Weaver.

Das wusste ich zwar, aber irgendwie fühlte es sich verkehrt an, eine Katze eingesperrt im Zimmer zurückzulassen. Obwohl: Wie sollte sie denn hineingekommen sein? Vor ihrer Ankunft hatte ich das Fenster auf jeden Fall nicht offengelassen.

Ich war der Ansicht, dass wir fortfahren sollten. „Wie auch immer: Die Leiche ist in meinen Schrank gelegt worden." Und nun musste ich unbedingt erklären, dass dies nicht das erste Mal war, dass sich etwas Seltsames in meinem Schrank befand. Ich erläuterte kurz und knapp meine Beziehung zu Cornelius Coomb, dem Zauberer – wenn man überhaupt von Beziehung reden konnte. Ich hatte Rafe bereits erzählt, dass Cornelius sich ein wertvolles Manuskript aus der Universität zurückholen wollte, aber Rafe hörte trotzdem aufmerksam zu, als ich alles noch einmal durchging.

Carlos blickte von seinem Strickzeug auf und fragte, ob es einen Zusammenhang zwischen dem Toten und dem Zauberer geben könnte.

Das hatte ich mich natürlich auch schon gefragt, aber ich hob hilflos die Hände. „Wenn es einen Zusammenhang gibt, dann erkenne ich ihn nicht."

Er schaute Rafe an. „Ich studiere am Cardinal College, aber vielleicht könnte ich einen Vorwand finden, um ein wenig in Saint Benedict's zu recherchieren?"

Rafe nickte langsam und kniff die Augen etwas zusammen. „Vielleicht könntest du so tun, als würdest du dich für die Werke des verstorbenen Professors interessieren. Roderick Blake war sein Name. Wenn er als Dozent an der Hochschule tätig war, hatte er sicher Forschungsprojekte am Laufen. Schnüffle herum und sieh zu, was du herausfinden kannst!"

Carlos' dunkle Augen leuchteten auf, als er seine Aufgabe zugewiesen bekam. Da Hester nicht miteingeschlossen worden war, sackte sie einfach in ihrem Sitz zusammen und sah noch mürrischer aus. Carlos, der viel netter zu Hester war, als sie es verdiente, schlug vor, dass sie ihm vielleicht helfen könnte, indem sie sich ebenfalls als Studierende ausgab. Nun sah Hester so aus, als wäre sie von den Tiefen der Verzweiflung zu den Höhen des Glücks aufgestiegen.

„Ja, das ist eine gute Idee."

Rafe griff zu einem der Stifte und begann, auf das Whiteboard zu schreiben.

Opfer: Geoffrey Turner, 42.

Tod durch Erdrosseln, zwischen 21 und 22 Uhr am Abend des 26. März.

Motiv?

Verdächtige. Das unterstrich er. *Cornelius Coomb. Zauberer. Motiv unbekannt.*

Andere Teilnehmer am Marketingkurs.

Nun wandte er sich an uns. „Jennifer? Lucy? Könnt ihr uns kurz ein grobes Bild von jedem Kursteilnehmer geben?"

Ich nickte Jennifer zu, und sie übernahm die Führung. „Darüber haben Lucy und ich natürlich schon gesprochen. Wir nennen euch die Verdächtigen in der Reihenfolge, die unserer Ansicht nach am wahrscheinlichsten ist."

Theodore nickte ihr zu und sah erfreut aus. Sie las ihre Notizen ab. „Platz eins: Graham Sinclair." Dann erläuterte sie kurz die enge Beziehung zwischen dessen Frau und Geoff Turner. Sie berichtete, dass wir die beiden zusammen aus der Kneipe hatten kommen sehen und dass es bei ihrer Rückkehr in die Zimmer fast zu einer Schlägerei zwischen den beiden Männern gekommen wäre. Sie erzählte, dass Geoff herausgefunden hatte, dass sich der Ehemann seine Narbe nicht bei der Rettung seiner Frau zugezogen hatte, wie er gerne behauptete, sondern bei einer Schlägerei in der Bar. Sie hob den Blick. „Das heißt, dass er früher sicherlich gewalttätig gewesen ist." Dann hielt sie eine Sekunde lang inne. „Graham Sinclair wirkt extrem kontrollierend und überfürsorglich, was seine Frau angeht. Uns gegenüber hat er behauptet, den ganzen Abend, an dem Geoff getötet wurde, mit seiner Frau verbracht zu haben, aber das hat sich als unwahr herausgestellt. Sie war bis acht Uhr abends mit dem Opfer zusammen. Anschließend behauptete Graham Sinclair, er hätte in Jericho Darts gespielt. Die Polizei hat ihn vernommen, aber nicht verhaftet."

Sie schaute auf und blickte in die Gesichter der versammelten Vampire. „Noch nicht."

Jennifer fuhr fort. „Seine Frau hat uns erzählt, dass sie dachte, er hätte seine Lederhandschuhe mitgenommen, als er an dem Abend, an dem Geoff getötet wurde, ausgegangen ist, aber als er nach 23 Uhr nach Hause kam, waren seine Hände eiskalt, und er sagte, er hätte keine Handschuhe mitgenommen, obwohl sie weiß, dass er welche hatte. Lucy und ich glauben, dass er möglicherweise ausflippen könnte, wenn er das Gefühl hätte, dass jemand seine Ehe und seinen Ruf bedroht."

Rafe schrieb an der Tafel mit. Dann drehte er sich um und sah sie an. „Und Isla? Seine Frau?"

Jennifer und ich schauten uns an. Schließlich sagte Jennifer: „Sie scheint mir kein gewalttätiger Typ zu sein, und offen gesagt bezweifle ich, dass sie stark genug wäre."

Stirnrunzelnd sah Rafe zu Theodore. Theodore dachte darüber nach. „Wenn sie richtig wütend und motiviert gewesen wäre, wäre sie rein körperlich womöglich in der Lage gewesen, ihn zu töten."

Da ergriff Mabel das Wort. „Eine Frau, die es satthat, kontrolliert zu werden und unter der Fuchtel ihres Mannes zu stehen, könnte sich leicht gegen ihn wenden."

Wir sahen alle überrascht auf. Für sie, die sonst eine sanftmütige Frau der leisen Töne war, klangen diese Worte stahlhart. Ich konnte nicht umhin, mich zu fragen, ob sie so etwas jemals selbst erlebt hatte oder vielleicht Frauen kannte, die sich in dieser Situation befunden hatten.

„Aber wenn das Opfer ihr Gehör geschenkt und vielleicht

das Gefühl gegeben hat, es bestünde noch Hoffnung, dann kann ich mir nicht vorstellen, dass sie ihn getötet hat. Warum hätte sie das tun sollen?", konterte Clara.

Es tat mir gut, Jennifer dabei zuzuhören, wie sie jeden unserer Studienkollegen kurz beschrieb und erklärte, was die jeweilige Person mit Geoff Turner zu tun gehabt haben könnte. Von den Sinclairs ging sie zu Anthea über.

Sie sagte: „Anthea Fitzgerald ist Inhaberin eines Geschäfts für Naturseife und Körperpflegeprodukte in Keswick im Lake District. Es heißt Keswick Kreations, Kreations mit *K*."

Neben mir sagte Alfred mit entsetzter Stimme: „Oje!" Doch zu meinem Glück strickte er weiter an meinem Stück.

„Wir wissen nicht viel über sie", fuhr Jennifer fort, „aber eine Sache, die Lucy und mich misstrauisch macht, ist ihre Behauptung, dass alle ihre Zutaten aus der Region und aus biologischem Anbau stammen." Ich konnte sehen, wie sie innehielt, als würde sie überlegen, ob sie in dieser Diskussion Margaret Twigg als unsere Quelle angeben sollte, und dann entschied sie sich offensichtlich dagegen und sagte: „Wir haben Grund zur Annahme, dass sie ihre Inhaltsstoffe von anderswo bezieht. Wir glauben, dass Geoff Turner genau das herausgefunden hat und damit drohte, es den anderen zu verraten. Er liebte es, in unseren Angelegenheiten herumzuschnüffeln, und war sehr gut darin."

Rafe schrieb *Motiv*, hielt inne und schaute mich und Jennifer an. „Die Demütigung, bloßgestellt zu werden?"

Wir sahen uns an. „Ich denke schon", sagte ich. „Wir wissen, dass das kein handfestes Motiv ist, aber beim Frühstück habe ich Geoff und Anthea gesehen, die in ein intensives Gespräch vertieft waren. Er war solch ein eifriger Forscher und platzte so schnell mit allem heraus, was er über uns wusste, dass ich mich frage, ob er ihr wohl gesagt hat, dass er sie als Betrügerin entlarvt hat."

„Das wäre aber ein ziemlich schwaches Motiv für einen Mord", meinte Theodore. Dem konnte ich nicht widersprechen.

„Apropos Betrügerin", fuhr Jennifer fort, „dann ist da noch Celeste Willowbrook."

„Sogar ihr Name klingt erfunden." Und das sagte keine Geringere als die Frau namens Silence Buggins, die wie immer in voller viktorianischer Pracht gekleidet war, einschließlich ihres Korsetts aus Walknochen. Vor hundertfünfzig Jahren wäre Silence Buggins vielleicht ein ganz gewöhnlicher Name gewesen, aber heutzutage würde es für ungläubiges Kopfschütteln sorgen, wenn ein Kind so genannt würde.

Trotz ihres Namens war Silence normalerweise der gesprächigste Vampir der Gruppe, aber sie arbeitete gerade an einem sehr komplizierten Spitzenmuster, das ihre ganze Aufmerksamkeit in Anspruch zu nehmen schien, und war deshalb ungewöhnlich still.

„Wie auch immer", fuhr Jennifer fort, „jedenfalls hat Celeste ein Kristallgeschäft in Brighton und bezeichnet sich als Hellseherin."

Rafe wandte sich von der Tafel ab und runzelte die Stirn. „So bezeichnet sie sich selbst?"

„Ja. Lucy und ich vermuten, dass sie keine echten Kräfte hat. Aber sie ist wohl vom Gegenteil überzeugt."

Ich erinnerte Jennifer daran, dass sie Geoff aus der Hand gelesen hatte. „Sie hat ihm gesagt, dass er keine Ungerechtigkeit mag, und er sah ziemlich grimmig aus und sagte, dass er jahrelang einen Groll hegen kann."

„Ob er wohl andeuten wollte, dass Celeste Willowbrook eine Betrügerin ist?" Es war das erste Mal, dass Hester sich zu Wort meldete, um etwas Vernünftiges zu sagen.

„Das ist das einzige Motiv, das uns einfällt", stimmte Jennifer zu.

Er schrieb ihren Namen auf die Tafel. *Motiv: Entlarvung als Betrügerin.*

Eigentlich stand Derek Young auf unserer Liste der Verdächtigen weiter oben, aber Celeste ins Spiel zu bringen, war so leicht gewesen, dass sie Derek übersprungen hatte.

Jennifer beschrieb die Auseinandersetzungen zwischen Derek und Geoff und die Art und Weise, wie Derek den Weinhändler immer wieder provoziert hatte. Um es ihm heimzuzahlen, hatte Geoff ihn in der Klasse öffentlich gedemütigt und behauptet, seine Mutter finanziere ein Geschäft, das er einfach nur von seinem Vater übernommen habe.

„Derek war stinkwütend", erinnerte sich Jennifer laut.

Neben mir meldete sich Theodore zu Wort. „Für mich hört es sich so an, als ob jeder von ihnen ein Motiv gehabt hätte, den anderen aus dem Weg zu räumen."

„Stimmt", pflichtete Alfred ihm bei. „Vielleicht haben sie sich außerhalb vom College verabredet, um sich zu prügeln, und dann ist die Schlägerei außer Kontrolle geraten."

„Mehr als außer Kontrolle, wenn ein Drossel-Instrument im Spiel war. Derek Young wäre dann schon mit Mordabsichten dorthin gegangen", meinte Theodore.

„Wo könnte Derek Young den Klavierdraht aufgetrieben haben?", fragte Christopher Weaver. Er war gerade dabei, den Autopsiebericht in allen Einzelheiten zu lesen.

Die Antwort kam von Carlos. Vielleicht wusste er am besten über das Geschehen an den Hochschulen Bescheid, weil er selbst im Studium war. Er sagte: „Es gibt Musikzimmer und Übungsräume mit Klavier. Ich bin sogar einmal auf einen Lagerraum gestoßen, der voller kaputter und verstimmter Klaviere war, sogar ein sehr schönes altes Pianoforte stand darin. Es dürfte nicht schwer sein, Klavierdraht zu finden."

Mir verschlug es den Atem. „Rosa Torres hatte Zugang zu Klavierdraht."

KAPITEL 18

*R*afe sagte: „Warte! Langsam bin ich verwirrt. Rosa Torres? Noch eine Kursteilnehmerin?"

„Ja. Sie steht weiter unten auf unserer Liste, aber jetzt, wo ihr den Klavierdraht erwähnt habt, ist sie vielleicht doch verdächtiger", sagte ich. Dann erzählte ich, dass Geoff Turner sie auf einer Online-Dating-Seite kennengelernt und sie dann nach ein paar Verabredungen geghostet hatte, und dass er sich nicht mehr an sie erinnern konnte, als sie ihm davon erzählte.

Dann meldete sich Silence Buggins zu Wort und sagte mit Grabesstimme: „Die Hölle kennt keine Wut wie die einer verschmähten Frau." Dann schaute sie sich um. „Entschuldigt bitte die Obszönität!"

Silence hatte die Angewohnheit, kuriose Redewendungen anzubringen, aber in diesem Fall hatte sie vielleicht recht. Wir wussten, dass Geoffs Interesse an ihr nicht groß genug gewesen war, um die Beziehung zu ihr für mehr als zwei Verabredungen aufrecht zu halten oder ihr zumindest höflich den Laufpass zu geben. Hatte Rosa mehr für ihn empfunden, als sie hatte durchscheinen lassen? War es denkbar, dass sie so viel Groll und Zorn in sich trug, dass sie in mörderische Wut geriet, als sie ihm wiederbegegnet war?

Ich konnte nicht anders als an Rosa Torres' leidenschaftlichen Tanz zu denken – genau in dem Raum, in welchem ein Klavier stand, das sich mitten in der Reparatur befand und in dem eine Spule mit Klavierdraht lag.

Ich sagte: „Rosa Torres hat uns gegenüber zugegeben, dass sie eine äußerst leidenschaftliche Frau ist. Sie hatte einen freien Übungsraum gefunden – ihr wisst schon, so einen mit Holzboden und verspiegelten Wänden. Da tanzte sie immer alleine, und einmal sind wir hineingeplatzt."

Jennifer nickte. „Sie hat für uns getanzt: Es war ein Tanz voller Rache, in dem es um eine Frau geht, die den Mann vernichtet, der sie betrügt."

Carlos wirkte äußerst interessiert. „Wie hieß das Lied, erinnert ihr euch daran?"

Ich zuckte die Achseln. „Im Text kam das Wort corazón vor."

Carlos wies darauf hin, dass neunzig Prozent der spanischen Lieder das Wort corazón enthielten, was also nicht sehr hilfreich war. Er sagte, spanische Tanzmusik sei oft voller Leidenschaft, Rache und Herzschmerz.

Er zuckte die Achseln. „Aber das ist nur ein Ventil für Emotionen. Im Gegensatz zu euch verklemmten Engländern bringen wir in den lateinischen Kulturen uns selbst zum Ausdruck. Deshalb ist Rosa Torres noch lange keine Mörderin."

„Das stimmt", antwortete ich. „Aber sie ist ein paar Mal mit Geoff Turner ausgegangen, und dann hat er sie geghostet."

„Das heißt, er ist ein Geist?" Carlos sah ziemlich verwirrt aus.

„Nein, das bedeutet, dass er sich nicht mehr bei ihr gemeldet hat."

Jetzt sah Carlos einfach nur empört aus. „Ohne sich zu verabschieden? Aber das ist doch unhöflich!"

„Unhöflich und viel zu verbreitet", erklärte Jennifer ihm.

Er schien daran zu knabbern. „Trotzdem ist es ziemlich extrem, einen Mann nur deshalb zu töten, weil er sich nicht mehr meldet."

Ich musste zustimmen. „Könnte doch noch mehr hinter dieser Geschichte stecken? Vielleicht waren es mehr als nur ein paar Verabredungen." Ich warf meine Hände in die Luft. „Ich weiß nicht. Wir haben für nichts von alledem Beweise."

„Trotzdem denke ich, dass es die Mühe wert ist, dieser Spur zu folgen", sagte Rafe auf seine kühle Art. „Carlos, vielleicht könntest du einen Vorwand finden, um mit Rosa Torres in eurer Sprache zu sprechen. Vielleicht öffnet sie sich einem anderen Spanier gegenüber."

Hester sah aus, als hätte sie ein ganzes Ei verschluckt. „Ich dachte, wir wären ein Team", sagte sie in dem weinerlichen Ton, der im Grunde genommen immer der einzige war, den sie benutzte.

Carlos sagte ganz sanft: „Ich werde dir meine Sprache beibringen, und dann kannst auch du mit spanischen Frauen sprechen."

Es gefiel mir, dass er die launische Hester dazu motivierte, etwas Sinnvolleres mit ihrer Zeit anzustellen, als sich selbst zu bemitleiden oder vor dem Computer zu sitzen.

Auf jeden Fall schrieb Rafe in die Spalte Motiv *Verschmähte Frau*.

Jen ging kurz auf Marion Wells ein, doch die Frau, die ein Kostümgeschäft in Bath führte, schien nicht das geringste Motiv zu haben.

Mich überkam das Gefühl, dass wir bereits zu viele Verdächtige hatten, und bei keinem davon war ein klares Motiv erkennbar. Ich meine, sicher wäre es peinlich, als Lügnerin und Betrügerin entlarvt zu werden, aber würde man allein deshalb jemanden töten?

„Und dann sind da noch die Dozenten", sagte Jennifer und blätterte in ihrem Notizbuch eine Seite weiter. „Professor Brynsley Clarke."

Rafe sah überrascht zu uns herüber. „Bryn unterrichtet noch? Ich wäre davon ausgegangen, dass er sich schon längst zur Ruhe gesetzt hat."

„Du kennst ihn?", fragten Jennifer und ich wie aus einem Mund. Ich wusste nicht, warum es mich immer wieder überraschte, dass er so gut wie jeden in Oxford kannte, aber auch jetzt war ich erstaunt.

Rafe zuckte mit den Schultern. „Er ist schon seit Jahren in der Bodleian Library aktiv. Da haben wir uns kennengelernt. Wenn ich mich recht erinnere, hat er sich mit der Theorie des Decoy-Effekts im Marketing einen Namen gemacht."

„Das stimmt", sagte ich. „Ich nehme an, du kennst nicht zufällig einen seiner Forschungsassistenten von vor vierzehn Jahren? Geoffrey Turner."

Er schüttelte den Kopf. „Wenn ich Geoffrey Turner jemals kennengelernt habe, dann habe ich keinerlei Erinnerung daran."

Es war ohnehin ein Schuss ins Blaue gewesen.

Ich sagte: „Sie hatten eine gemeinsame Vergangenheit. Ganz gewiss war Geoff vor vierzehn Jahren ein Student des

Professors, aber es wäre doch merkwürdig, dass er zurück-
kehrt, um noch einen Kurs bei ihm zu belegen, wenn sie sich
nicht leiden könnten. Was Fiona Barnham angeht, bin ich
mir allerdings nicht sicher." Und dann musste ich den
Moment beschreiben, als sie sich umgedreht hatte und ich
mir sicher gewesen war, einen hasserfüllten Blick in Geoff
Turners Augen zu erhaschen.

„Ist irgendetwas vorgefallen, als Geoff noch Student war?"
Diese Frage kam von Alfred.

Rafe starrte auf das Whiteboard, als ob die Antwort vielleicht einfach aus dem Nichts erscheinen würde. Dann sagte
er: „Wenn Geoffrey Turner nach der Universität ein Geschäft
eröffnet hat, war sein Abschluss möglicherweise nicht so gut,
wie er gehofft hatte." Er wandte sich an mich und Jen, die
Amerikanerinnen im Raum. „In Oxford reicht es nicht, nur
einen Abschluss zu machen. Es gibt Unterschiede. First class,
upper second, lower second, und so weiter. Hätte Geoffrey
Turner eine akademische Laufbahn angestrebt und keine
ausreichend guten Noten erhalten, hätte er sein Studium
nicht an einer Universität von so hohem Kaliber wie Oxford
fortsetzen können."

„Also hat er mehr als ein Jahrzehnt lang an seinem Groll
festgehalten und dann noch einen Kurs bei demselben
Dozenten belegt?" Die Frage kam von Christopher Weaver
und war durchaus berechtigt.

„Es ist schon weit hergeholt, da stimme ich dir zu", sagte
Rafe. „Ich werde sehen, was ich über Geoffrey Turners Studi-
enzeit herausfinden kann. Er hätte seine Abschlussarbeit
beim Saint Benedict's College einreichen müssen. Vielleicht
brodeln alte Ressentiments noch immer unter der
Oberfläche."

Fiona Barnham war keine Oxford-Professorin. Sie war wegen ihres Fachwissens im digitalen Marketing ins Boot geholt worden. Rafe schrieb ihren Namen trotzdem auf und setzte nur ein Fragezeichen dahinter. Dann trat er zurück und schaute auf die Tafel, auf der jede Menge Fragen und keinerlei Antworten standen.

Er sagte: „Richtig. Teilen wir uns die Arbeit doch auf! Carlos, du versuchst, etwas über diesen toten Professor herauszufinden und was mit seinen Unterlagen und dem verschwundenen Manuskript geschehen ist! Und vielleicht findest du ja auch noch mehr über Rosa heraus."

Carlos nickte. „Es wird mir ein Vergnügen sein."

„Und ich werde ihm helfen", erinnerte Hester alle.

„Theodore, an welchen Teil der Ermittlungen hast du gedacht?"

Ich fand es gut, dass er Theodore so viel Respekt entgegenbrachte und ihn als Privatdetektiv selbst über seine Ermittlungen entscheiden ließ. Ratlos runzelte Theodore die Stirn seines runden Babygesichts. Mit seinem Bleistift tippte er auf eine aufgeschlagene Seite seines Notizbuchs.

„Ich sehe mir alle Orte an, wo eventuell Klavierdraht zu finden sein könnte, und dann versuche ich, etwas über Professor Brynsley Clarke herauszufinden." Seine Augen leuchteten, als er aufblickte. „Und genauso wie der verstorbene Geoffrey Turner recherchiere ich gerne. Ich werde Graham Sinclair und Isla Sinclair mal genauer unter die Lupe nehmen und mir ihre gemeinsame Firma und seinen persönlichen Hintergrund ansehen."

„Ausgezeichnet." Dann wandte sich Rafe an uns. „Ihr zwei seid diejenigen, die mit diesen ganzen potenziellen

Verdächtigen im Unterricht sitzen. Haltet eure Augen und Ohren offen!"

Ich wusste, dass das nicht herablassend und abschätzig gemeint war, auch wenn es so klang. Zweifellos war Rafe war äußerst besorgt um meine und Jennifers Sicherheit, und das Letzte, was er wollte, war, dass wir in ein Wespennest stachen – oder in diesem Fall in ein Mördernest –, indem wir unvorsichtige Fragen stellten, wie es meine Angewohnheit war. Trotzdem konnten wir nicht einfach wie Zimmerpflanzen herumsitzen. Wir mussten eine aktive Rolle spielen.

Ich erklärte: „Ich werde mit Fiona Barnham sprechen." Zu Jen sagte ich: „Warum vereinbaren wir nicht ein Treffen mit ihr und tun so, als würden wir in Betracht ziehen, ihre Marketingfirma zu beauftragen? Das ist ein guter Vorwand, um mehr über ihren Hintergrund herauszufinden und zu sehen, ob sie irgendeine Verbindung zu Geoff Turner hat."

Rafe brauchte eine Weile, um sich mit der Idee anzufreunden. „Wenn man sich absichtlich mitten in ein Nest von Vipern stellt und sie provoziert, Lucy, kann es sein, dass sie einen beißen."

Ich blickte auf und schenkte ihm ein gewinnendes Lächeln. „Aber das wirst du nicht zulassen."

Von der Sicherheit, die ich verspürte, war bei ihm nichts zu sehen. „Was ist, wenn ich es nicht schnell schaffe, bei euch zu sein?"

„Das wirst du. Außerdem weiß keiner von denen, dass Jennifer und ich Hexen sind. Und wir werden an einem öffentlichen Ort sein. Es wird schon gut gehen."

Die Hände in die Hüften gestemmt blickte er wieder auf die Tafel, las, was er geschrieben hatte, und sagte schließlich: „Und so sehr es mich auch schmerzt, werde ich mich mit diesem Zauberer treffen. Lucy, ich möchte, dass du mich begleitest, um ihn mir vorzustellen und mich vor zu viel Neugier zu beschützen, wenn du kannst."

Ich wusste, wie wichtig ihm das war. Rafe wollte nicht in Polizeiermittlungen verwickelt werden, und ich würde alles tun, um zu verhindern, dass er in die Sache hineingezogen wurde. Aber es lohnte sich, Cornelius Coomb genauer zu untersuchen. Obwohl – warum hätte er Geoffrey Turner töten wollen? Es sei denn, Geoffrey war zur falschen Zeit am falschen Ort, als der Zauberer etwas machte, was er nicht hätte tun sollen. Allerdings konnte ich mir nicht vorstellen, was das sein könnte. Es sei denn, er hatte versucht, in mein Zimmer zu gelangen. Aber auch hier stellte sich die Frage nach dem Warum. In diesem Fall gab es viel zu viele Fragen und nicht genug Antworten.

Ich sagte: „Die Polizei untersucht gerade die These, dass Geoff Turner vor meinem Zimmer, wo er normalerweise seine Rauchpausen machte, getötet wurde und dann in mein Zimmer geschafft wurde. Aber ich glaube nicht, dass sie davon ausgehen, dass es so gelaufen ist."

Ich drehte mich zu Alfred um. „Du hast ein gutes Näschen, Alfred. Wenn ich dir irgendetwas beschaffen könnte, was Geoff gehörte, meinst du, du könntest dann ein bisschen ..." Ich wollte den Ausdruck „schnüffeln" verwenden, ahnte aber, dass ihn das beleidigt hätte. Obwohl ich mitten im Satz verstummte, verstand er eindeutig, was ich meinte. Er runzelte die Stirn und schaute von oben auf mich herab.

„Ich bin doch kein Spürhund, Lucy. Es sei denn, der unglückselige junge Mann hat sich beim Rasieren geschnitten und du kannst mir eine Blutprobe von ihm bringen: In diesem Fall könnte ich eventuell ausfindig machen, wo er sich zuletzt aufgehalten hat. Aber es muss Blut vergossen worden sein."

„Okay", sagte ich. „Na ja, bestimmt war Blut an dem, was verwendet wurde, um ihn zu ermorden – Klavierdraht, wird vermutet."

Christopher Weaver war noch dabei, den Autopsiebericht zu lesen. Bei meinen Worten schaute er auf. „Klavierdraht oder etwas Ähnliches", korrigierte er mich.

Stimmt. Und das dehnte die Suche nur noch weiter aus. Es war, als ob wir nicht nur nach Nadeln im Heuhaufen suchen würden. Jetzt suchten wir nach Reißzwecken und Pinnnadeln und wahrscheinlich Angelhaken. Der Heuhaufen schien immer größer und das Ziel immer unklarer zu werden. Ein betretenes Schweigen breitete sich aus.

In diesem Moment drückte Alfred mir mein Strickzeug wieder in die Hand. Obwohl die Vampire ganz gewiss bemerkt hatten, dass er die ganze Zeit über für mich gestrickt hatte, war es dennoch tröstlich zu sehen, dass der Schal eine so schöne Form annahm. Als ich mich darauf konzentrierte, gelang es mir sogar, eine ganze Reihe allein zustande zu bringen. Ich wurde definitiv besser im Stricken.

„Die Blutgruppe des Opfers war A-positiv", sagte Christopher Weaver und blätterte noch einmal durch den Autopsiebericht.

„Wie deine, Lucy", sagte Alfred neben mir. Hatte er sich einfach an diese Information über mich erinnert, oder konnte er meine Blutgruppe allein dadurch erkennen, dass er in meiner Nähe saß? Darüber wollte ich lieber nicht allzu genau nachdenken.

KAPITEL 19

*A*m nächsten Morgen, unserem letzten Tag im Marketingkurs, waren unsere Augenlider nach der nächtlichen Strickrunde schwer wie Blei. Noch nachdem ich ins Bett gegangen war, hatte mich die Tatsache gequält, dass heute unser letzter Tag war und wir keine Ahnung hatten, wer Geoff Turner getötet hatte. Jen und ich waren also ein schweigsames Paar, das Kaffee trank und Williams ausgezeichnetes Frühstück verschlang, welches einen gesund aussehenden grünen Smoothie und selbstgemachten Haferbrei beinhaltete.

Rafe betrat das Esszimmer und sah unglaublich ausgeschlafen aus, was mich einfach aufregte.

„Hast du eine Minute Zeit, Lucy?" Er war ganz geschäftsmäßig mit einem seiner italienischen Anzüge bekleidet. *Schlichte Eleganz*, ging mir durch den Kopf, als ich ihn anschaute. In den Händen hielt er ein in Leinen gewickeltes Bündel.

Obwohl ich müde und griesgrämig war, lächelte ich ihn an. „Für dich habe ich alle Zeit der Welt."

Sein Lächeln war liebevoll. „So viel brauche ich nicht, aber ich würde dir gern ein Manuskript zeigen, das vor Kurzem in meinen Besitz übergegangen ist."

Ich runzelte die Stirn. Es war sein Fachgebiet, nicht meines, aber er würde mich niemals für dumm verkaufen. Auch Jennifers Interesse war geweckt.

Dann nahm er einen buchförmigen Gegenstand aus dem Leinentuch. Ich konnte mich nicht beherrschen. „Ist es das, was ich denke?"

„Wenn du denkst, dass es das Manuskript des Zauberers ist, nach dem dein Freund Cornelius Coomb gesucht hat, dann liegst du richtig."

Ich machte mir nicht die Mühe, ihn daran zu erinnern, dass Cornelius Coomb nicht mein Freund war. Ich brannte zu sehr darauf, das Ding zu sehen. Jen stieß einen leisen Schrei aus und rückte zur Seite, damit wir nebeneinandersitzen konnten.

Während er das Buch auspackte, machte Rafe Bemerkungen wie ein Auktionator, der die Vorzüge eines antiken Möbelstücks beschrieb: „Anständiger Kalbsledereinband. Eher von einem Amateur als von einem Fachmann gebunden, denke ich." Auf der Vorderseite des Einbands war in goldenen Buchstaben zu lesen: „Ein Leitfaden für Zauberer."

„Brauche ich Handschuhe, um das anzufassen?", fragte ich ihn.

Er schüttelte den Kopf. „Abgesehen vom Frontdeckel ist es nichts Besonderes."

Ich öffnete den Buchdeckel – da das Werk nie veröffentlicht worden war, enthielt es natürlich keinerlei Verlagsangaben. Doch auf der ersten Seite standen in schöner Handschrift die Worte:

Ein Leitfaden für die Kunst der Zauberei.
Professor Roderick Blake
und Cornelius Coomb.

Ich spürte, wie mein Herz zu rasen begann, als ich das einleitende Kapitel aufschlug. Ich kämpfte mich durch zwei hochkonzentrierte Absätze über die Geschichte der Zauberkunst aus der Feder des Professors. Ich überflog die Zeilen und blätterte dann weiter, bis ich beim ersten Kapitel angelangt war.

Kapitel eins enthielt ausführlichere Informationen über die Geschichte der Zauberei. Der Schreibstil des Professors zeichnete sich durch hochtrabende Begriffe und verschachtelte Sätze aus. Ich blätterte weiter und versuchte herauszufinden, worin die Gefahr für die Zivilisation bestand, aber Seite für Seite wurden nur die Geschichte der Zauberkunst und die Erlebnisse berühmter Zauberer beschrieben.

Immer weiter versuchte ich dem Geheimnis auf die Spur zu kommen, wie man eine Sinnestäuschung erzeugte, aber selbst wenn die Anweisungen in der langweiligen Geschichte versteckt waren, konnte ich sie nicht finden.

Verwirrt blickte ich zu Rafe und Jennifer auf.

„Über solche Tricks, wie die, mit denen er mich reingelegt hat, steht hier nichts." Es ist ein ziemlich langweiliges Buch über die Geschichte einer, wie Margaret Twigg sagt, unbedeutenden Kunst."

Rafes Miene war gleichgültig. Nun wandte er sich Jennifer zu. „Siehst du das auch so?"

Sie nickte. Sie hatte mir über die Schulter geschaut und die Seiten genauso begierig gelesen wie ich. Sie blickte mich an. „Ich kann nicht glauben, dass Cornelius Coomb sich so darum bemüht hat, deine Aufmerksamkeit zu erlangen, wenn das hier alles ist, was er wollte."

Rafe blickte wieder nachdenklich auf das Manuskript. „Und es könnte keine versteckten Bedeutungen geben? Ist es nicht vielleicht irgendwie verzaubert?"

Beides waren ausgezeichnete Fragen, aber ich hatte nicht das Gefühl, dass von dem Buch ein Zauber ausging. Ich warf einen Blick auf Jennifer, die offensichtlich denselben Eindruck hatte.

Sie sagte: „Soweit ich das beurteilen kann, ist es genau das, was es zu sein scheint."

Ich schaute ihn an. „Was hast du damit vor?"

„Ich habe eine Verabredung mit Cornelius Coomb, und ich möchte, dass du dabei bist, Lucy. Es muss einen Grund geben, warum er dieses Manuskript unbedingt in die Hände bekommen will."

„Wie hast du es gefunden?", wollte Jennifer wissen.

Das war eine ausgezeichnete Frage.

„Da könnt ihr euch bei Carlos und Hester bedanken. Nach unserer Versammlung gestern Abend haben sie sich sofort an die Arbeit gemacht. Sie haben die Räume des Professors gefunden – die sind noch nicht vollständig geräumt worden. Ich glaube nicht, dass das Büro jemand anderem zugeteilt wurde. Hinter dem Bücherregal haben sie das Manuskript auf dem Boden gefunden. Wie es aussieht, ist es wohl einfach nach hinten weggerutscht."

„Also ist es gar nicht versteckt worden?"

„Also, wenn das ein Versteck sein sollte, dann war es kein besonders gutes. Ich vermute, das Buch ist versehentlich heruntergefallen."

Das war interessant. Ich griff zu meinem Telefon und rief Cornelius Coomb an. Er hob sofort ab.

Nachdem wir uns begrüßt hatten, fragte er eifrig: „Haben Sie Ihren Mann um Hilfe gebeten?"

„Ja, habe ich. Er ist gerade bei mir. Er würde Sie gerne treffen."

„Ich lasse alles stehen und liegen."

Wir vereinbarten, uns eine Stunde später im St. Benedict's College zu treffen. Rafe beschrieb mir den Weg zu einem kleinen Besprechungsraum, zu dem er Zugang hatte, und ich gab die Informationen weiter.

ALS WIR EINTRAFEN, war Cornelius Coomb schon da und schaute nervös zur Tür. Der Sitzungssaal war mit einem Eichenholztisch und Steckdosen für Computer ausgestattet, und seine gotischen Fenster boten einen Blick auf den Rasen und den Springbrunnen vor dem Gebäude. Es war eine gute Mischung aus uralt und hochmodern. Selbst die Kunst an den Wänden vereinte schwere Ölgemälde, die Hunderte von Jahren alt sein mussten, mit abstrakten Aquarellen. Cornelius Coomb erhob sich und streckte Rafe seine Hand entgegen.

„Es ist mir eine Ehre, Sie kennenzulernen, Sir."

Mich hatte er ganz und gar nicht mit so viel Respekt behandelt. Rafe neigte höflich den Kopf, und dann setzten wir uns alle.

Cornelius Coomb schaute Rafe so an, wie ein Hund jemanden anschauen würde, der ihm knapp außerhalb seiner Reichweite einen Fleischknochen hinhielte. Er war kurz davor zu sabbern, ganz im Ernst.

„Haben Sie irgendwelche Neuigkeiten für mich? Ich kann es kaum erwarten, dieses Manuskript in den Händen zu halten."

Rafe sagte: „Ich bin neugierig zu erfahren, warum Sie dieses Manuskript so dringend haben wollen."

Er schaute zu mir und Jennifer und dann wieder zu Rafe. „Wie ich Ihrer Frau schon sagte, können wir es uns nicht leisten, dass dieses Manuskript in die falschen Hände gerät. Es ist sehr mächtig."

Während ich vielleicht gesagt hätte: „Sparen Sie sich den Unsinn", lehnte sich Rafe einfach zurück und sah den Mann ihm gegenüber todernst an. „Ich glaube nicht, dass das wahr ist. Ich glaube, Sie wollen es aus anderen Gründen, die mir schleierhaft sind."

Ein wenig seiner Steifheit schien von ihm abzufallen. „Sie haben es gelesen."

„Das habe ich."

Sein nicht sehr attraktives Antlitz erhellte sich vor Freude. „Also wurde es nicht vernichtet. Das war meine große Befürchtung."

„Ich kann bestätigen, dass es nicht vernichtet wurde. Wie ich bereits sagte, habe ich es gelesen. Und genau deshalb finde ich Ihre dringende Sorge so merkwürdig. In meinen Augen ist dieses Manuskript nichts anderes als ein Geschichtsbuch über die Zauberkunst."

Bei diesen Worten trat kurz ein Funkeln in Cornelius' Augen. Vermutlich würde ich mich genauso fühlen, wenn jemand sich herablassend über meine Magie äußern würde.

Schließlich sagte er: „Ich gebe zu, dass ich vielleicht ein bisschen dick aufgetragen habe, aber sehen Sie, ich will dieses Manuskript unbedingt haben." Mir nickte er entschuldigend zu. „Von den Seiten geht keine echte Gefahr aus. Aber von diesem Buch gibt es nur ein Exemplar, und ich habe so viel Arbeit hineingesteckt. Es ist das Einzige, was mir von den zwei Jahrzehnten Arbeit geblieben ist, die Professor Blake und ich in dieses Projekt gesteckt haben. Natürlich hatten wir nie vor, das Buch zu veröffentlichen. Es war immer nur als Leitfaden für diejenigen von uns gedacht, die die Zauberkunst noch lieben und praktizieren." Er schaute auf seine Hände hinab. „Wahrscheinlich ist es eitel von mir, aber ich muss zugeben, mir gefällt die Vorstellung, dass mein Name genauso wie der von Professor Blake nach meinem Tod weiterlebt, indem dieses Buch an andere Zauberer weitergegeben wird. Vielleicht könnte ich sogar in eine Kleinauflage investieren."

Mir ging durch den Kopf, dass er dafür sorgen sollte, dass die Auflage sehr klein war. *Ein Leitfaden für die Kunst der Zauberei* würde nie ein Bestseller werden.

Rafe sah mich an, und ich wusste genau, was er mich fragen wollte. Sollte er das Manuskript aushändigen? Ich nickte. Mein Instinkt, wie auch seiner, sagte mir, dass der Zauberer sich einfach nur die Anerkennung seiner Arbeit erhoffte. Rafe griff nach seiner Aktentasche und nahm das in Leinen eingewickelte Manuskript heraus.

Er sagte: „Es ist ein sehr interessantes Buch. Ich habe es mit Vergnügen gelesen."

„Ich fühle mich geehrt." Und dann wandte sich Cornelius Coomb an mich und Jen. „Danke!" Und zu meiner Freude tauchte plötzlich ein Affe vor mir auf und hielt mir einen Strauß rosa Rosen hin.

Ein fast identischer Affe reichte Jen einen Strauß gelber Rosen. Sie lachte entzückt – schließlich hatte sie seine anderen optischen Täuschungen ja nicht gesehen.

Ich lachte ebenfalls. „Sie verstehen etwas von dem, was Sie tun."

Cornelius erhob sich, schüttelte Rafe noch einmal die Hand und klatschte zweimal. Die Affen warfen jeder von uns einen Kuss zu und verschwanden. *Puff.*

Es war der letzte Tag unseres Marketingkurses, und obwohl wir hartnäckig weitermachten, war keine Begeisterung zu spüren. Ich glaube, wir hatten alle nur den Wunsch, dass der Kurs bald enden würde, damit wir wieder zu unserem Alltag zurückkehren konnten.

In mir brannte ein Gefühl der Empörung über die Ungerechtigkeit, die Geoff widerfahren war. Immer wieder warf ich den anderen Kursteilnehmern und sogar Brynsley Clarke und Fiona Barnham verstohlene Blicke zu. Irgendjemand in diesem Raum hatte aller Wahrscheinlichkeit nach Geoffrey Turner umgebracht, und ich hatte das ungute Gefühl, dass er unbestraft davonkommen würde – es sei denn, die Vampire würden in den nächsten Stunden etwas herausfinden.

In unserer ersten Pause nahmen Jennifer und ich Fiona Barnham zur Seite und erkundigten uns, ob sie zum Mittagessen schon etwas vorhabe. Bevor sie unserer Frage ausweichen konnte, erwähnte ich, dass wir in Erwägung zögen, sie privat zu engagieren. Ganz gelogen war das nicht; wenn sie ein erschwingliches Marketingpaket zu bieten hatte, ließ ich mich gern von jemand anderem beim digitalen Marketing unterstützen. Das Ganze hatte mich völlig überfordert und erschien mir extrem zeitaufwendig. Ich spürte, dass sie am liebsten abgelehnt hätte, aber die Aussicht auf neue Kundinnen verwandelte ihr automatisches Nein in ein Ja.

„Ich treffe mich gern mit Ihnen beiden." Dann schaute sie sich im Saal um und sagte: „Und sehen wir zu, dass wir so weit wie möglich von diesem Raum entfernt sind."

Das hielt ich für einen ausgezeichneten Vorschlag.

Als Professor Clarke in der nächsten Unterrichtsstunde über seine berühmte Theorie, nämlich den Decoy-Effekt sprach, warf ich ab und zu heimlich einen Blick auf meine Textnachrichten. Obwohl sowohl Rafe als auch Carlos, Hester und Alfred die ganze Nacht lang bis in die Morgenstunden gesucht hatten, war es ihnen nicht gelungen, Geoffs Abschlussarbeit zu finden. Ich konnte mir vorstellen, dass in der Uni eine riesige Anzahl von Examensarbeiten aufbewahrt wurden, von denen wahrscheinlich viele verloren gingen. Trotzdem war es ärgerlich.

Als es Mittag war, fühlte es sich erleichternd an, das College zu verlassen. Da ich bei meiner Ankunft so enthusiastisch gewesen war, betrübte mich das, aber die jüngsten Ereignisse hatten mir die Lust am St. Benedict's College genommen. Zumindest für den Moment.

Wir verließen das Gebäude und ich führte die anderen zu einem Restaurant, das mir gefiel: Es bot gesundes Essen mit frischen Salaten und die Tische standen nicht zu eng beieinander. Das war wichtig, denn ich wollte auf keinen Fall belauscht werden.

Fiona nickte zustimmend, als wir eintraten. „Ja, das war eine gute Wahl. Hier drin können wir uns vernünftig unterhalten."

Außerdem wirkten die etwas höheren Preise tendenziell abschreckend auf Studierende und Menschen mit knappem Budget. Ich hoffte inständig, dass mir das Gesetz der Gegenseitigkeit zugutekommen würde. Wenn ich Fiona ein nettes Mittagessen spendierte, würde sie mir dann vielleicht die erhofften Informationen geben? Nun würden wir sehen, ob man eine Marketingexpertin durch die von ihr gelehrten Marketingtaktiken manipulieren konnte.

Wir nahmen alle drei Platz und sahen uns die Speisekarte an. Jede von uns bestellte einen Salat, und Fiona bat um eine Kanne Tee, während Jen sich für Limonade entschied und ich ein Wasser mit Kohlensäure nahm.

Als wir die wichtige Entscheidung über das Mittagessen getroffen hatten, lehnten wir uns zurück, und es trat einen Moment lang Stille ein.

„Wie kann ich Ihnen helfen?", fragte Fiona.

Ich wechselte einen Blick mit Jen, die mir mit einem Nicken zu verstehen gab, dass ich weiterreden sollte. Wir hatten vorher abgesprochen, wie wir Fiona gegenüber auftreten würden, also sagte ich das, was wir uns zurechtgelegt hatten, und versuchte, nicht so zu klingen, als würde ich eine auswendig gelernte Rede vortragen. Ich holte mein Notizbuch heraus, und Jen tat dasselbe. Irgendwie machte das einfach einen professionelleren Eindruck.

„Wie Sie wissen, betreiben Jennifer und ich beide ein Strickwarengeschäft. Bei unseren Bestellungen ist es uns zwar bis zu einem gewissen Grad gelungen, Größenvorteile zu nutzen, aber jeder Laden hat trotzdem seine Besonderheiten, und unsere Kundschaft ist vollkommen verschieden."

Fiona machte sich keine Notizen. Sie schenkte mir nur ihre volle Aufmerksamkeit und nickte ab und zu.

„Wir haben das Gefühl, dass unsere Marketingmaß-nahmen optimiert werden könnten, und nachdem wir etwas über Suchmaschinenoptimierung und A/B-Tests für News-letter-Headlines erfahren haben, sind wir beide einfach überwältigt."

Fiona nickte und beugte sich vor. „Es ist eine Menge Arbeit, ein Einzelhandelsgeschäft zu führen. Vor allem, wenn man selbständig ist und sich kein Personal leisten kann. Ich bin eine überzeugte Vertreterin der Auffassung, dass man so viel externes Know-how wie möglich einbeziehen sollte. Aber ich muss Sie warnen, ich bin nicht billig."

Das hatte ich befürchtet. Anstatt unser Treffen zu been-den, bevor es überhaupt begonnen hatte, schlug ich vor, dass sie einen Marketingplan und eine detaillierte Kostenaufstel-lung für uns ausarbeiten könnte.

Sie wirkte nicht gerade begeistert von diesem Vorschlag. „Bevor ich Zeit und Mühe investiere, muss ich mir sicher sein, dass Sie über ein gewisses Budget verfügen", sagte sie. Ich konnte es ihr nicht verübeln. Niemand wollte seine Zeit verschwenden. Ich nannte ihr einen ungefähren Betrag, den wir uns meiner Ansicht nach gut leisten konnten, und schlug dann vor, dass sie die von ihr angebotenen Leistungen aufschlüsseln könnte, um uns eine gezielte Auswahl zu ermöglichen. Vielleicht würden wir uns beispielsweise selbst um unseren Newsletter kümmern und sie mit der Werbung in den sozialen Medien beauftragen.

Sie schien offen für diese Idee zu sein, und die Höhe meines Budgets hatte ihre Aufmerksamkeit geweckt.

Als unsere Salate serviert wurden, hatte Fiona sich bereits nach unseren Gesamtverkaufszahlen informiert und erklärte, dass sie im Unterricht genau zugehört habe und sich deshalb relativ gut vorstellen könne, wo unsere Stärken und Schwächen im Marketing lägen. Darauf ging sie zwar nicht näher ein, aber es war ziemlich klar, dass sie so einige Schwachstellen ausgemacht hatte.

Dann, als wir uns auf unsere Salate stürzten, sagte Jennifer: „Ich kann mir kaum vorstellen, wie schrecklich es für Sie sein muss, dass sie extra aus London gekommen sind, um dieses Seminar abzuhalten – und dann wird einer Ihrer Kursteilnehmer ermordet."

Also, das nannte ich Unverblümtheit. Wir hatten vereinbart, dass wir den Mord an Geoff ansprechen würden, aber ich hätte mich vorsichtig an das Thema herangewagt. Jen war definitiv direkter.

Fiona verschluckte sich an einem Stück Tomate und trank einen Schluck Tee. Dann antwortete sie. „Es ist einfach furchtbar. Traurigerweise glaube ich, dass auch Geoff gehofft hat, mich zu engagieren."

„Wirklich?", sagten Jen und ich zeitgleich.

„Hm. Durch meine Lehrtätigkeit gewinne ich durchaus neue Kunden." Wieder schüttelte sie den Kopf. „Es ist schon lustig. Fast hätte ich den Job hier nicht angenommen."

„Wirklich?", fragten wir beide wieder wie aus einem Munde.

Sie nickte. „Ich komme gerne nach Oxford, und der Unterricht wird ziemlich gut bezahlt, aber wenn ich ganz ehrlich bin, sind Professor Clarkes wissenschaftliche Arbeiten und seine Herangehensweisen etwas veraltet."

Ich vermutete, dass sie so offen mit uns darüber sprach, weil wir in Erwägung zogen, sie zu beauftragen. Ihr musste bewusst sein, dass wir dasselbe von Professor Clarke dachten. Wir nickten beide enthusiastisch. Nicht nur, dass uns sein

Lehrbuch zu Tode gelangweilt hatte – die Notizen, die wir uns gemacht hatten, stammten auch allesamt aus Fiona Barnhams Vorlesungen. Dabei hatte ich allerdings nicht den Eindruck, dass der Unterricht der beste war. Obwohl wir versuchten, das Seminar trotz Geoffs Tod fortzusetzen, war es ziemlich offensichtlich, dass keiner von uns sein volles Potenzial ausschöpfte, und das galt auch für die beiden Dozenten.

Sie sagte: „Eigentlich sollte ich Ihnen das alles nicht sagen, aber ich hoffe, ich kann Ihnen vertrauen und es bleibt unter uns. Es ist einfach schön, mit jemandem darüber reden zu können."

Wieder nickten wir beide. Wir schwiegen und überließen ihr die Entscheidung, was sie uns erzählen wollte. Sie nahm ihren Löffel aus dem Tee und legte ihn wieder auf der Untertasse ab.

„Sein Lehrbuch ist über zehn Jahre alt. Und während sich die Grundsätze der Psychologie vielleicht nicht groß verändern, sieht es beim Marketing ganz anders aus. Vor allem in letzter Zeit, und die Veränderungen gehen rasant vonstatten. Früher war Bryn sehr gefragt, er wurde von großen Unternehmen und Marketingverbänden angeheuert, aber" – an dieser Stelle schüttelte sie den Kopf – „heute stellen sie Leute wie mich ein."

Das konnte ich gut verstehen.

„Damit will ich nicht abstreiten, dass er ein hervorragender Forscher oder ein guter Professor ist, aber selbst seine Forschungsarbeiten sind mehr als ein Jahrzehnt alt. Er hat sich mit dem Decoy-Effekt einen Namen gemacht, wissen Sie. Die Anzahl der Experimente, die er durchgeführt hat, war beeindruckend, und dabei entdeckte er ein äußerst stabiles Muster im Verhalten der Verbraucher. Und noch heute wird der Decoy-Effekt eingesetzt." Sie erwähnte ein Internetunternehmen und eine Fluggesellschaft, die drei Alternativen anboten, von der die dritte dazu diente, den Eindruck zu erwecken, das teuerste Angebot sei das beste. „Aber wie ich schon sagte, geht heutzutage alles in Richtung digitales Marketing."

„Wie lange kennen Sie Professor Clarke schon?", fragte ich sie.

Sie legte den Kopf schief. „Fünf Jahre vielleicht? Ich habe ihn bei einem Marketingseminar in London kennengelernt. Er sollte dort über das Verbraucherverhalten sprechen, und wir kamen ins Gespräch. Er hatte eine Reihe von Fragen an mich, und zu guter Letzt hat er mich hierher eingeladen, um mit ihm zusammen diese praxisorientierten Seminare abzuhalten."

„Es ist schon komisch, dass Geoffrey Turner früher sein Student war", sagte ich. „Ich könnte mir nicht vorstellen, an meine Uni zurückzukehren und einen Kurs bei einem meiner ehemaligen Professoren zu belegen."

„Nein. Das war wirklich überraschend. Ich glaube, Bryn war auch ziemlich überrascht. Unter vier Augen hat er mir erzählt, dass Geoff Turner kein besonders guter Student war. Er hat nicht die Abschlussnote erzielt, die er sich erhofft hatte."

Da ergriff Jennifer das Wort. „Das muss schwierig gewesen sein, schließlich war Geoff sein Forschungsassistent."

Fiona nickte. „Bryn sagte, es wäre ein riesiger Fehler gewesen, Geoff auszuwählen." Dann zuckte sie mit den Schultern. „Aber jetzt, da Geoff die Seiten gewechselt hatte und sich nicht mehr mit der Theorie der Konsumentenpsychologie befasste, sondern sie in der Praxis anwenden wollte, machte es durchaus Sinn, dass er diesen Kurs belegte."

Ich vermutete, dass er, genauso wie wir, am meisten von Fiona Barnham gelernt hatte.

Ohne überhaupt zu wissen, wie ich darauf kam, stellte ich ihr die Frage: „Haben Sie Geoff Turner jemals außerhalb des Unterrichts gesehen? Und kannten sie ihn schon vorher?"

Sie warf mir einen merkwürdigen Blick zu. „Komisch, dass Sie das fragen. Genauso wie Sie hatte Geoff mich um ein Treffen gebeten. Ich bin wirklich traurig, dass es nie dazu gekommen ist, denn ich glaube, ich hätte ihm wirklich helfen können, den Umsatz seines Ladens zu steigern." Dann sagte sie mit einem Lächeln: „Auch mich könnte man als Weinliebhaberin bezeichnen."

Jennifer und ich schauten uns an. Jen fragte: „Sie stricken nicht zufällig, oder?"

Sie verzog das Gesicht und schüttelte den Kopf. „Nein. Tut mir leid. Meine Mutter stickt, falls das hilft."

JENNIFER und ich hatten nicht so recht gewusst, was wir zu der Wein- und Käseverkostung anziehen sollten, die nun eine improvisierte Totenwache für Geoff Turner war. Jetzt, wo ich wieder im Crosyer Manor war, stand mir meine gesamte Garderobe zur Auswahl. Ich besaß zwei schwarze Kleider, von denen eines allerdings eher sexy war, sodass ich es sofort ausschloss. Eigentlich fühlte es sich nicht richtig an, schwarz zu tragen.

Ich zog ein burgunderfarbenes Jersey-Kleid heraus und fragte Jennifer: „Was hältst du davon?"

Sie lächelte. „Weinrot. Passt perfekt." Daran hatte ich gar nicht gedacht, aber sie hatte recht. „Und wenn mich nicht alles täuscht, habe ich eine Hose und ein Seidentop, die eindeutig champagnerfarben sind."

Wir waren sehr zufrieden mit uns. Und dann zogen wir natürlich noch handgestrickte Pullover über.

Es war so kalt, dass wir uns in Mäntel hüllten und Handschuhe überstreiften. Da wir uns die Haare frisiert hatten, waren wir beide zu eitel, um Wollmützen zu tragen. Als ich meine (natürlich nicht von mir) handgestrickten Fäustlinge aus Kaschmir anzog, kam mir eine Idee. „Ich brauche ein Paar Herren-Lederhandschuhe", verkündete ich.

Rafe runzelte die Stirn. „Wozu?"

„Ich habe da einen leisen Verdacht."

Rafe spürte keine Kälte, besaß aber trotzdem Handschuhe, wahrscheinlich nur zur Show. Aber seine waren zu perfekt, zu teuer. Stattdessen fragte ich William, der mir zwei Paare zur Auswahl gab. Eines davon schien sein gutes Paar zu sein, während das andere deutlich abgenutzter aussah.

„Ja", sagte ich. „Die sind perfekt. Haben Sie etwas dagegen, wenn ich sie kaputt mache und Ihnen ersetze?"

Er schien sich mit meiner seltsamen Bitte abzufinden. „Natürlich nicht. Betrachten Sie sie als Ihr Eigentum." Er war wirklich der Beste.

„Was hast du vor?", wollte Jen wissen.

Schnell erklärte ich ihr alles, und sie war hellauf begeistert. „Du versuchst also, den Mörder auszutricksen", sagte sie.

„Nicht direkt auszutricksen", widersprach ich. „Aber ich will sein schlechtes Gewissen ausnutzen."

KAPITEL 20

„Verstanden. Ich kümmere mich um die Handschuhe", sagte Jen und ging nach draußen.

In der Zwischenzeit tätigte ich zwei Anrufe. Zum Glück klang Alfred hellwach, also hatte ich ihn nicht aus dem Schlummer gerissen. Ich erklärte ihm, was er für mich tun sollte, und er willigte nur zu gern ein. „Das Spiel hat begonnen, nicht wahr, Lucy?" Ich war begeistert davon, dass er Sherlock Holmes zitierte, und hoffte nur, dass wir den Fall am Ende lösen würden und ich mich nicht blamierte – was für Sherlock nie ein Problem darzustellen schien.

Er sagte: „Lass mir eine Viertelstunde Zeit, dann habe ich die Informationen, nach denen du suchst."

Fast hätte ich ihm gesagt, dass er sich beeilen sollte, aber ich wusste, dass Alfred sein Bestes tun würde. Es war schon Zeit zu gehen, als Alfred mich zurückrief.

Mein nächster Anruf galt Margaret Twigg, die weitaus weniger begeistert war, mir zu helfen. „In meinen Ohren,

Lucy, hört es sich ganz danach an, dass du die Zeit aller verschwendest und dich dabei auch noch lächerlich machst."

Genau das befürchtete auch ich, aber ich hatte das Gefühl, dass ich es versuchen musste. Ich hatte Geoff Turner zwar nicht gut gekannt, aber ich sträubte mich gegen den Gedanken, dass sein Killer mit einem Mord davonkommen könnte.

Ich erklärte ihr, dass ich voll und ganz ihrer Meinung sei, und dass sie zu guter Letzt einwilligte, war vermutlich darauf zurückzuführen, dass sie hoffte, aus nächster Nähe mitzuerleben, wie ich mich zum Affen machte.

Rafe fuhr uns zum College und betonte, dass er sich auf dem Gelände aufhalten würde, um da zu sein, falls wir ihn brauchten.

Ich sagte: „Ich bezweifle, dass du gebraucht wirst. Es sind zu viele Menschen dort, die plausible Gründe gehabt hätten, um Geoff Schaden zufügen zu wollen, und keiner von ihnen scheint ein stärkeres Motiv zu haben als die anderen. Ich habe zwar eine Idee, aber keine Ahnung, ob ich damit richtig liege."

Er sah mich mit festem Blick an. „Trotzdem bin ich in der Nähe, wenn du mich brauchst."

Ich war mir sicher, dass er mich begleitet hätte, wenn Ehepartner oder Begleitpersonen eingeladen worden wären, aber die Dozenten hatten klar gesagt, dass diese Veranstaltung nur für die Kursteilnehmer bestimmt war. Die einzigen, die als Ehepaar kommen würden, waren Isla und Graham Sinclair, und wer wusste schon, wie lange die noch verheiratet sein würden?

Die „Wein- und Käseverkostung" – die Abschlussfeier unseres Marketingseminars – war alles andere als eine fröhliche Angelegenheit. Celeste Willowbrook hatte inoffiziell die Aufgabe übernommen, diese Veranstaltung zu einer Totenwache für Geoff Turner zu machen. Sie hatte jeden von uns gebeten, etwas Nettes über ihn zu sagen oder an etwas zu erinnern, das er vielleicht erwähnt hatte und das uns helfen könnte.

Sie hatte Derek einen Blick zugeworfen und gesagt: „Das ist natürlich freiwillig."

Ich war mir nicht einmal sicher, ob Derek Young überhaupt auftauchen würde. Er war alles andere als ein Teamplayer und verbrachte seine Zeit meist allein oder vielleicht mit seinen Online-Gaming-Freunden – ganz gewiss nutzte er sie nicht dazu, Kontakte zu seinen Studienkollegen zu knüpfen.

Als wir in den Veranstaltungsraum kamen – ein kleiner Speisesaal, in dem ein schwarz-weiß gekleideter Kellner hinter einem Tisch Wein und alkoholfreie Getränke ausschenkte –, waren schon fast alle da. Zu meiner Überraschung entdeckte ich auch Ian Chisholm und seine Kollegin. Als hätte der Abend nicht schon ausreichend daran erinnert, dass Geoff Turner unter äußerst mysteriösen Umständen ums Leben gekommen war, unterstrich die Anwesenheit von zwei ermittelnden Kriminalbeamten diesen Umstand noch zusätzlich. Die verärgerten Blicke, die Professor Clarke ihnen zuwarf, ließen mich darauf schließen, dass sie nicht eingeladen waren.

Ich ging auf Ian zu und fragte leise: „Hast du vor, jemanden zu verhaften?"

Er schaute mich sarkastisch an. „Nein, es sei denn, du kannst mir klar sagen, wer der Schuldige ist."

Im Hintergrund lief leise klassische Musik, und Jennifer

und ich holten uns etwas zu trinken. Auf dem Tisch, auf dem Wein und Käse standen, prangte ein vergrößertes Foto von Geoff, das ich von seiner Internetseite kannte. „Drücken Sie mir die Daumen", sagte ich leise zu ihm und hob mein Glas zu einem stillen Toast. Zwar hätte ich auch ein alkoholfreies Getränk nehmen können, aber da Geoff Turner Weinhändler gewesen war, schien es mir angemessen, ihm zu Ehren ein Glas Wein zu trinken. Ich entschied mich für Rotwein. Jennifer nahm Weißwein.

Mit einem Blick auf sein Foto sagte sie: „Was auch immer das für ein Wein ist: Ich wette, Geoff hätte die Nase gerümpft. Das ist bestimmt nicht die Art von edlem Wein, die er gerne trank und verkaufte."

Ich sagte: „Ich frage mich, warum er überhaupt ins Weingeschäft eingestiegen ist. Man sollte meinen, dass jemand, der die Forschung so sehr liebt, im akademischen Umfeld bleibt."

Sie zuckte die Achseln. „Er kann doch wohl nicht geglaubt haben, dass man im Einzelhandel mehr Geld macht."

„Soviel ist sicher."

Wir mischten uns unter die Leute und unterhielten uns mit der Vertrautheit, die man zu Menschen empfand, mit denen man drei Tage verbracht hatte. Ein älterer Mann mit weißem Ziegenbart kam herein und stellte sich als Hochschulleiter vor. Er schüttelte jedem von uns die Hand und bemühte sich um ein paar Worte. Zu mir sagte er: „Ah, ein Strickwarengeschäft. Meine Nichte strickt, und ich habe das Glück, jedes Jahr zu Weihnachten ein Paar Socken zu bekommen."

Ich lachte und erklärte, dass im Cardinal Woolsey's zur

Weihnachtszeit jede Menge los sei. Dann kam ich auf Geoff Turner zu sprechen und erwähnte, dass er am Saint Benedict's studiert hatte. „Ja. Ich hatte damals nicht das Vergnügen, ihn zu kennen. Das war vor meiner Zeit. Aber ich hatte mich sehr darauf gefreut, ihn bald kennenzulernen."

„Ihn bald kennenzulernen?", fragte ich.

„Ja. Er hatte für heute ein Treffen in meinem Büro vereinbart. Jetzt werden wir nie erfahren, warum."

Dann bat Celeste alle um Aufmerksamkeit. Sie begann, über Geoffrey Turner zu sprechen, als wären sie die besten Freunde gewesen. Sie gab einen kurzen Überblick über sein Leben und erzählte anschließend, wie sehr er ihr im Unterricht geholfen hatte. „Ich bin ein Geschöpf der Luft und der Sterne", erklärte sie, „aber Geoff war ein Mann der Erde. Er hat mir geholfen, auf dem Boden zu bleiben."

„Ohne großen Erfolg", flüsterte Jen mir zu.

Celeste fuhr fort, aber ich konnte mich nicht konzentrieren. Ich schaute auf die Uhr und dachte daran, wie wichtig das richtige Timing war und wie leicht mein Plan schief gehen konnte.

Als Celeste fertig war, ergriff Marion Wells das Wort. Geoff habe ihr einige Finanztipps gegeben, die sehr hilfreich gewesen seien, sagte sie. Sie erzählte, wie schön es gewesen sei, ihn außerhalb des Unterrichts besser kennen zu lernen, und als sie darüber sprach, dass sie nur wenige Stunden vor seinem Tod zusammen im Pub gewesen seien, war sie so gerührt, dass sie kein Wort mehr herausbekam.

Nach einer peinlichen Stille meldete sich Rosa Torres zu Wort. „Geoffrey Turner war ein komplizierter Mann", begann sie. „Zum ersten Mal bin ich ihm in London begegnet, als ich noch Profitänzerin war. Offen gesagt haben wir uns über eine

Dating-Website kennengelernt. Er war sehr charmant, sehr ...“ Sie hob den Blick, als ein Geräusch zu hören war.

Ein schwarzer Labrador preschte ausgelassen in den Raum und wedelte aufgeregt mit dem Schwanz. Von seinen Pfoten bröckelte Erde ab, und im Maul trug er einen Lederhandschuh. Er schien sehr zufrieden mit seiner Beute. Bevor sich jemand rühren konnte, kam eine ältere Frau hinter dem Hund hergerannt. Margaret Twigg sah schon normalerweise etwas verrückt aus, aber der Filzhut, der schief auf ihren korkenzieherartigen grauen Locken saß, die senffarbene Cordhose, die in ihren Gummistiefeln steckte und der alte Gartenmantel, verliehen ihr ein geradezu bemerkenswertes Erscheinungsbild.

„Es tut mir so leid“, sagte sie laut mit vornehmem Akzent. „Ich wollte nur einmal um den Master's Garden herumgehen. Der ist zu dieser Jahreszeit so schön, aber leider hat mein Hund es ein wenig übertrieben. Er hat ein ziemlich großes Loch in die Erbsen gegraben. Ich denke, es sollten so bald wie möglich neue Pflanzen eingesetzt werden.“

„Was?“ Dieser Wutschrei kam von Professor Clarke, der sich auf den Hund stürzte und versuchte, Merlin den Handschuh aus dem Maul zu ziehen. Merlin war natürlich hocherfreut, an einer Partie Tauziehen teilzunehmen, und zog so lange knurrend und schwanzwedelnd daran, bis Margaret ein Stück Gartendraht aus ihrer Tasche zog. „Ich fürchte, er hat ein ganz schönes Chaos bei den Erbsen angerichtet.“ Der grün ummantelte Draht war mit Flecken aus Erde und etwas, das wie aufgegossener Tee aussah, bedeckt.

„Meine Erbsen, mein Garten“, rief der Professor und sah dabei fast so wahnsinnig aus wie Margaret Twigg. „Sie müssen mich entschuldigen.“

Er rannte hinaus. Ich ging zu Ian Chisholm und sprach leise mit ihm. Er warf mir einen Blick zu, der ahnen ließ, dass er bald ein ernstes Wörtchen mit mir reden würde, doch dann folgte er sofort Professor Clarke. Genauso wie Detective Sarah Barnes.

„Was ist los?", fragte Isla Sinclair.

„Das erkläre ich Ihnen später", sagte ich und machte mich auf den Weg, den Polizisten zu folgen.

„Warten Sie, ich komme auch mit", sagte Isla. Zu meiner Verwunderung folgte uns die ganze Klasse, wobei Celeste nur kurz stehenblieb, um nach Geoffs Foto zu greifen.

Als ich den Master's Garden erreichte, stand die Tür weit offen. Der abnehmende, aber immer noch sehr helle Mond tauchte den Master's Garden in ein bezauberndes Silberlicht, das den Mann erhellte, der eifrig dabei war, das Loch in seinem Gemüsebeet zuzuschütten. Ich sah einen Moment lang zu, dann hob ich die Hand, und ein Suchscheinwerfer erwachte zum Leben. Zu sehen war Professor Clarke, der auf Händen und Knien im Dreck wühlte. Als er sich mit wütendem Gesichtsausdruck umdrehte, bemerkte ich ein Schlüsselband in seinen Händen.

Ian Chisholm rannte auf ihn zu, und der Professor ließ das Schlüsselband sofort fallen und machte einen Satz nach hinten. „Das habe ich hier gefunden. Mitten in meinen Erbsen. Irgendjemand muss es vergraben haben." Er klang abgehackt und völlig anders als der eindringliche Redner, den wir gewohnt waren zu hören.

Ian zog sich Plastikhandschuhe an und holte einen Beweismittelbeutel aus seiner Tasche. „Das ist ja das Schlüsselband von Geoffrey Turner", sagte er, obwohl das wohl niemanden von uns überraschte.

„Ich habe keine Ahnung, wie es dorthin gekommen ist", betonte der Professor. „Ich werde mir einen Anwalt nehmen. Und was den Hund angeht: Der sollte eingeschläfert werden."

Merlin bellte von der Tür aus, wo er neben Margaret saß und ziemlich selbstzufrieden aussah.

„An diesem Schlüsselband ist Blut", sagte Ian, „und ich vermute, dass es Spuren der DNA des Mörders enthält." Er wandte sich an Detective Barnes. „Rufen Sie die Spurensicherung! Mal sehen, was sonst noch im Erbsenbeet vergraben ist."

Professor Clarke ging auf ihn zu. „Das werde ich nicht zulassen. Dies ist Privateigentum. Meine Anwälte werden dafür sorgen, dass Sie entlassen werden."

Doch da schaltete sich der Hochschulleiter ein. „Aber es ist nicht Ihr Privateigentum, Professor Clarke. Dieser Garten gehört zum Saint Benedict's College, und ich erteile Ihnen hiermit die Erlaubnis, das Gelände zu durchsuchen, Detective Inspector."

Das Licht blieb an, aber die schattenhafte Gestalt, die es angeschaltet hatte, verschwand wieder im Schatten. Carlos hatte gute Arbeit geleistet, aber es war besser, wenn er nicht auf dem Campus entdeckt wurde. Gleiches galt für Alfred, der mit Hilfe seiner feinen Nase ausfindig gemacht hatte, wo im Garten des Professors Blut der Gruppe A-positiv vergraben war.

Ian Chisholm forderte den Professor unmissverständlich auf, ihm auf die Polizeiwache zu folgen, um bei den Ermittlungen zu helfen. Vermutlich würde der Professor noch vor Ende des Tages des Mordes angeklagt.

„Ich beantworte gerne alle Ihre Fragen, aber ich versichere Ihnen, dass ich nichts getan habe."

„Ich verstehe das alles nicht", sagte Marion Wells. „Professor Clarke hat Geoff ermordet? Aber warum?"

„Das Motiv liegt vierzehn Jahre zurück", sagte ich, „nicht wahr, Herr Professor? Als Geoff hier studiert hat. Er wurde Professor Clarkes Forschungsassistent, und ich glaube, er hat all die umfassenden Experimente durchgeführt, von denen im Buch die Rede ist, und ich vermute, er war derjenige, der die als Decoy-Effekt bekannte Marketingtheorie entwickelt hat. Als Professor Clarke erkannte, dass er hervorragende Arbeit geleistet hatte, beschloss er, sie als seine eigene auszugeben. Also hat er Geoff eine schlechte Note gegeben, und der angehende Psychologe hat Oxford verlassen, ohne einen guten Abschluss in der Tasche zu haben."

„Aber immerhin hat er in Oxford studiert. Dafür bekommt man viel Ansehen", sagte Graham Sinclair.

„Ja, aber sein Abschluss war nicht gut genug, um eine akademische Laufbahn einzuschlagen", sagte ich und wiederholte damit im Wesentlichen, was Rafe mir berichtet hatte. „Wenn man darüber nachdenkt, hat Geoff vermutlich irgendwann daran gezweifelt, dass er wirklich so viel Talent besitzt, wie er geglaubt hat. Also fing er an, Weine zu verkaufen."

Alles Weitere konnte ich nur vermuten, aber Professor Clarkes Verhalten hatte mich in meiner Theorie bestärkt. „Ich wette, er ist auf einen Artikel über Professor Clarkes Buch gestoßen oder hat irgendwo einen Vortrag von ihm gehört und da ist ihm die Idee gekommen, dass er vielleicht doch kein so schlechter Student gewesen ist. Und dass

Professor Clarke ihm möglicherweise seine Forschungsergebnisse gestohlen hat."

„Das ist doch Unsinn! Diese junge Frau ist offensichtlich nicht ganz bei Verstand", brummte der Professor, doch niemand schien ihn zu beachten.

„Aber warum ist er hierher zurückkommen? Warum sollte er einen Kurs bei demselben Professor belegen, der seine Karriere ruiniert hat?", wollte Isla wissen.

„Das kann ich beantworten", sagte Celeste, trat vor die anderen und hielt Geoffs Bild so, dass es im Licht schimmerte. Er schaute nach vorne, und wenn wir wollten, konnten wir glauben, dass er durch sie zu uns sprach. Ich wagte es zu bezweifeln.

Celeste fragte: „Wissen Sie noch, als ich ihm aus der Hand gelesen habe? Ich konnte sehen, dass er jemand war, der einen Groll hegte, und er hat es mir bestätigt. Ich habe seine Worte nicht vergessen. Er hat gesagt, dass er jahrelang einen Groll hegen kann, wenn es sein muss, aber dass er am Ende das bekommt, was ihm zusteht. Das waren seine exakten Worte. Damals dachte ich, er würde sich auf Derek Young beziehen, aber das stimmte nicht. Er hatte herausgefunden, dass Brynsley Clarke seine Forschungsarbeiten gestohlen und als seine eigene ausgegeben hatte, ohne ihn namentlich zu erwähnen."

Der Hochschulleiter hatte aufmerksam zugehört. Jetzt meldete er sich zu Wort. „Ich fürchte, ich habe Bryn gegenüber erwähnt, dass einer seiner Studenten einen Termin bei mir vereinbart hat. Ich habe mich gefragt, ob es vielleicht Fälle von Mobbing oder Belästigung im Kurs gab. Aber jetzt vermute ich, dass Geoffrey Turner vorhatte, eine offizielle Beschwerde gegen Professor Clarke einzureichen."

„Er wollte sich auch mit mir treffen", sagte Fiona Barnham traurig. Sie stand abgeschieden von uns anderen an der Seite. Vielleicht befürchtete sie, dass die Verbindung zu Brynsley Clarke ihren guten Namen in Verruf gebracht hatte. „Ich war davon ausgegangen, dass er mich mit seinem Marketing beauftragen würde, aber vielleicht hoffte er auch, mich auf seine Seite zu ziehen, um Professor Clarke zu diskreditieren."

„Als Geoff Isla erzählt hat, dass er am Abend eine Verabredung hatte, meinte er die mit Ihnen, nicht wahr?", fragte ich Brynsley Clarke, der mich zwar anschaute, aber nichts sagte. „Ich nehme an, Sie haben sich hier im Garten getroffen, da ist man unter sich. Fernab von neugierigen Blicken. Ihre Frau war nicht einmal im Lande. Sie hatten gerade Erbsen gepflanzt, deshalb lag viel Gartendraht herum. Es war ein Leichtes, Geoff Turner eine Schlinge um den Hals zu legen und ihn daran zu hindern, Ihre Karriere und Ihren Ruf zu zerstören."

„Das ist doch absurd", schimpfte der Professor, aber es war klar, dass ihm niemand glaubte. Ian gab ein Zeichen und führte den Professor ab.

Detective Barnes hatte vor dem Garten des Professors gestanden, vermutlich um uns alle von den Beweismitteln fernzuhalten. Nun trafen die Mitarbeiter der Spurensicherung ein, und schon herrschte im Garten ein reges Treiben. Wir kehrten zur Wein- und Käseverkostung zurück, aber nur, um uns voneinander zu verabschieden. Alle versprachen, den Kontakt zueinander zu halten, aber ich fragte mich, ob es tatsächlich so sein würde.

Plötzlich sagte Marion Wells: „Über Marketing habe ich möglicherweise nicht viel gelernt, aber ich freue mich riesig,

Sie alle kennengelernt zu haben. Jetzt fühle mich nicht mehr so allein."

„Lucy und ich veranstalten ein Strick-Retreat, falls jemand kommen möchte", sagte Jen. Sie hatte diese ganze Marketing-Geschichte wirklich gut begriffen.

„Ein Strick-Retreat? Das klingt wunderbar." Leider handelte es sich bei der Person, die so große Begeisterung für unser Retreat zeigte, um Anthea Fitzgerald – eine Frau, die ich gerne nie wieder gesehen hätte.

Anthea hatte mit ihrer Behauptung, ihre Zutaten würden aus regionalem biologischem Anbau stammen, gelogen. Hatte sie noch andere Lügen erzählt?

Jen versprach, dass sie die Einzelheiten in unserem Gruppenchat bekannt geben würde, und wir waren uns einig, dass wir auf jeden Fall in Kontakt bleiben würden. Ich war mir nicht sicher, ob es wirklich das im Marketing erworbene Fachwissen war, das uns so eng zusammenschweißte, oder vielmehr unsere gemeinsame Erfahrung mit einem Mord.

KAPITEL 21

*I*ch saß im Wohnzimmer vom Crosyer Manor und hatte meine Füße auf einen Hocker gelegt, dessen Stickerei durchaus von Maria Stuart, der Königin von Schottland, stammen könnte. Im großen Kamin loderte ein Feuer, und ich nippte am Tee und knabberte glücklich und zufrieden an Williams Haferflocken-Rosinen-Keksen.

Auch wenn ich Geoff Turner nicht zurückbringen konnte, sah es zumindest so aus, als würde er Gerechtigkeit erfahren.

Neben mir saß Rafe und an seiner Seite Jennifer.

Alfred, Carlos, Hester und Margaret Twigg hatten sich ebenfalls zu uns gesellt, Merlin hatte von William einen schönen Fleischknochen bekommen und war sofort in den Garten gelaufen, um ihn zu vergraben.

Verständlicherweise war Alfred sehr zufrieden mit sich selbst. „Hätte Christopher Weaver nicht erwähnt, dass der junge Mann die Blutgruppe A-positiv hatte, wäre das Verbrechen vielleicht immer noch nicht aufgeklärt. Aber ich habe eine feine Nase." Dabei tippte er auf seinen ziemlich langen Rüssel. „Ich bin sozusagen ein Kenner."

Ich musste lächeln. Wie passend, dass ein Kenner dabei geholfen hatte, den Mord an einem anderen Kenner aufzuklären – auch wenn Geoff Turners Stärke der Wein war.

„Ich glaube, mein Vertrauter und ich waren bei der Aufklärung dieses Mordes ebenfalls unentbehrlich", erinnerte Margaret Twigg uns alle von einem tiefen Sessel aus, auf dem sie mit Merlin zu ihren Füßen saß. Niemand erwähnte seine dreckigen Pfoten nach den Grabungsarbeiten im Garten, da er eine entscheidende Rolle bei der Ergreifung eines Mörders gespielt hatte.

„Du warst toll", sagte Jen enthusiastisch. Merlin schlug mit dem Schwanz auf den Teppich und war sichtlich stolz auf sich.

Nyx hatte sich fuchsteufelswild verzogen, als Merlin aufgetaucht war. Ich spürte, dass sie mit ihren grünen Augen durch das Fenster spähte, während sie auf der Terrassenmauer hockte und darauf wartete, dass Margaret und deren Vertrauter endlich gingen.

Margaret sah nun, da sie ihren Hut abgenommen hatte, etwas weniger verrückt aus, bunt war sie allerdings immer noch. „Ich verstehe das immer noch nicht: Warum sollte ich Gartendraht mitbringen – je schmutziger, desto besser –, Merlin dazu bringen, im Master's Garden ein Loch zu graben und ihn dann mit Williams Handschuh im Maul zu eurem Empfang schicken?"

Ich war heilfroh, dass sie alles getan hatte, worum ich sie gebeten hatte, und ihr Timing war tadellos gewesen. „Ich musste Professor Clarke durcheinanderbringen. Ich war mir nicht sicher, ob er das Schlüsselband, die Handschuhe und den Draht, mit dem er Geoffrey Turner getötet hat, vergraben hat, aber was hätte er sonst damit machen sollen? Es war nicht auszuschließen, dass die Polizei unsere Zimmer und seine Wohnung durchsuchen würde. Er musste sich der Beweise entledigen, und zwar irgendwo in der Nähe. Er hatte erwähnt, dass ihm Gartenarbeit gefällt. Es war ein Schuss ins Blaue, aber als Alfred mir bestätigt hat, dass es dort Blutspuren gibt, war ich zuversichtlich."

„Ja, aber woher wusstest du, dass er der Mörder ist?" Margaret schien leicht verärgert darüber, dass ich richtig gelegen hatte, auch wenn sie sich in dem Ruhm sonnte, einen Beitrag zur Festnahme eines Mörders geleistet zu haben.

Ich sah zu Rafe hinüber, der neben mir saß. „Ich glaube, es wurde mir klar, als Cornelius Coomb sich so darüber gefreut hat, das Manuskript in den Händen zu halten." Zu Margaret sagte ich: „Du hattest recht. Das Buch über Zauberei war nicht sehr interessant, und es hat keinerlei Bedrohung für die Menschheit dargestellt."

„Habe ich dir doch gesagt. Es ist eine unbedeutende Kunst", stimmte sie zu.

„Aber was Mr Coomb wirklich wollte, war Anerkennung für seine Arbeit. Ich glaube, da habe ich angefangen, über einiges nachzudenken, was Geoff Turner gesagt hatte." Zu Jen sagte ich: „Weißt du noch, als er uns erzählt hat, dass er das Lehrbuch des Professors schon gelesen hat? Wir haben ihn nur für einen besonders fleißigen Studenten gehalten, aber er wollte Professor Clarke damit offensichtlich sagen, dass er ihm auf die Schliche gekommen war."

„Und ich habe gesehen, wie hasserfüllt er die beiden Dozenten anschaut hat, als sie in die Kneipe gekommen sind. Ich habe mitbekommen, wie Fiona Barnham ihn direkt angesehen hat, also dachte ich, er würde sie fixieren, dabei galt sein Hass gar nicht ihr, sondern Professor Clarke."

„Nun, es besteht kein Zweifel daran, dass es ein ereignisreicher Marketingkurs war, Lucy. Wenn man mal davon absieht, dass du einen Mordfall gelöst hast – war er sonst noch zu irgendetwas nützlich?", fragte Alfred.

Ich lehnte mich zurück, trank einen Schluck Tee und dachte an alles, was ich gelernt hatte. „Ich glaube, das Beste an dem Kurs war, dass Jennifer und ich herausgefunden haben, wie wir noch enger zusammenarbeiten können. Jen hatte die beste Idee. Wir haben vor, in Cornwall ein Strick-Retreat zu veranstalten."

Das brachte Margaret tatsächlich zum Lächeln. „Oh, ich liebe Cornwall", sagte sie. „Ein Strick-Retreat in Cornwall, da bekomme ich fast Lust, mit dem Stricken anzufangen."

Dann schenkte sie mir ein strahlendes Lächeln. Wollte sie mich auf den Arm nehmen? Oder war die Idee von Jen so gut, dass wir schon bald Kunden abweisen würden?

Auf jeden Fall konnte ich es kaum erwarten, mit der Planung solch einer Strick- und Häkelveranstaltung in Cornwall zu beginnen. Ich würde mit meiner besten Freundin zusammenarbeiten – am Ozean, den ich liebte, und in der Nähe meiner Großmutter, die ich noch mehr liebte. Rafe würde dort zweifellos Geschäfte machen können.

Alles wäre perfekt, wenn ich nur nicht eine ganze Woche lang stricken müsste.

Vielen Dank, dass Sie *Zauberer und Zierdraht* gelesen haben. Ich würde mich freuen, wenn Sie eine Bewertung hinterlassen würden! Das wäre eine große Hilfe!
Was kommt nach der Reihe „Der Strickclub der Vampire"?

Sehen Sie sich diesen Auszug aus meiner lustigen Spin-off-Serie an, die in Cornwall spielt.

„JENNIFER, bist du sicher, dass es dir gut geht, Liebes?", sagte Agnes Bartlett zu mir. Ich fuhr an einer der schönsten Küsten entlang, die ich je gesehen hatte, wurde in einem Bentley chauffiert, und mein Urlaub erwartete mich. Okay, ich war zwar nur knapp den Fängen einer geistesgestörten Mörderin entkommen, aber jetzt, da die Angst und die Wut hinter mir lagen und ich mich von dem Mittel, das Tina mir verabreicht hatte, erholt hatte, fühlte ich mich überraschend gut. So ging es einem, wenn man dem Tod entronnen war.

„Mir geht es gut", versicherte ich ihr. Es ging mir sogar mehr als gut. Ich war gespannt auf die Zukunft. Ich hatte mich bereiterklärt, die Leitung eines Strickladens in Cornwall zu übernehmen. Das war zwar nicht das, was ich mir vorgestellt hatte, als ich zu Lucys Hochzeit nach England gekommen war, aber ich hatte das Gefühl, in ihre verrückte Welt zu gehören. Vielleicht brauchte ich etwas mehr Wahnsinn in meinem Leben.

Während Alfred uns in das kornische Fischerdorf Tregrebi fuhr, das bei Touristen sehr beliebt war, strickten Agnes, Sylvia und ich fröhlich auf dem Rücksitz. Das war eine tolle Art, sich die Zeit zu vertreiben. Während der Fahrt ließen wir uns immer wieder mögliche Namen für den neuen Laden einfallen. „Purl Harbor", rief Alfred vom Beifahrersitz aus.

„Oh, das ist schön", sagte Granny, „Purl wie die linke

Masche. Und sehr passend für dich, meine Liebe, da du ja Amerikanerin bist."

Der Name gefiel mir, aber ich war nicht so recht überzeugt, dass er zu einem Strickwarengeschäft in Cornwall passte. Wir strickten gedankenversunken weiter, bis das Auto langsamer wurde und Sylvia aus dem Fenster schaute. „Wir sind da", sagte sie und legte ihre Arbeit beiseite.

Was ich sah, war ein kornisches Herrenhaus, das Rafe gehörte. Es war ursprünglich an ein Paar vermietet worden, das es als Bed & Breakfast betrieb. Doch nachdem sie sich kürzlich zur Ruhe gesetzt hatten, hatte Rafe beschlossen, das Anwesen selbst zu übernehmen. Ich stieg aus dem Auto aus und streckte mich. Ein kurzer Blick auf die Uhr zeigte mir, dass es fünf Uhr morgens war. Der Mond ging gerade unter, die Sterne funkelten noch hell. Ich konnte den Duft des Ozeans in der Luft riechen.

Ich hob meinen Blick und sah die Umrisse eines Hauses auf einem Hügel. Dahinter rauschte das Meer. Ich konnte ein Spitzdach, Sprossenfenster und einen gewundenen Weg erkennen, der zur Haustür führte. Draußen gab es nur wenige Lichter, aber genug, um uns willkommen zu heißen.

Ich hatte ein seltsames Gefühl. Es gibt Orte, die einen irgendwie anziehen, und als ich das geheimnisvolle Haus betrachtete, schien etwas in mir zu erwachen und *Ja* zu sagen.

Es war eine spontane Entscheidung gewesen, mich darauf einzulassen, einen Strickladen in Cornwall zu leiten – wenn auch nur probeweise für drei Monate –, aber als ich hier stand und in die Ferne schaute, hatte ich das unglaubliche Gefühl, dass ich für diesen Ort bestimmt war.

Nach den Abenteuern bei Lucys Hochzeit, der Aufklärung eines Mordes und der Bergung eines unbezahlbaren

Gemäldes war ich froh, an einem ruhigen und verschlafenen Ort zu sein. Cornwall stand für Fischerboote und Tourismus und hatte eine magische Geschichte, die ich unbedingt erkunden wollte.

Zweifellos würde es mir zu ruhig werden, aber im Moment schien ich nichts mehr zu brauchen, als ein Strickgeschäft zu leiten, die schöne Landschaft zu genießen und in einem prächtigen Herrenhaus zu wohnen.

Ich konnte es kaum erwarten, dass es losging.

Begleiten Sie Jennifer nach Cornwall und erleben Sie, wie sie einen neuen Strickladen eröffnet, interessante Persönlichkeiten kennenlernt und Verbrechen aufklärt, denn meine neue Serie von Vampir-Strickkrimis *Der Strickclub der Vampire: Cornwall* (die jedoch eng mit der anderen Buchreihe verbunden ist) spielt an der wunderschönen Küste Cornwalls.

Wenn Sie vor allen anderen über meine Veröffentlichungen informiert werden möchten, melden Sie sich für meinen Newsletter unter NancyWarrenAuthor.com an

Liebe Leserin, lieber Leser,

Vielen Dank, dass Sie „Den Strickclub der Vampire" gelesen haben. Es freut mich riesig, dass diese Serie so große Begeisterung ausgelöst hat.

Ich hoffe, Sie hinterlassen eine Rezension und empfehlen meine Romane auch anderen, die Cosy-Krimis lieben.

Rezension auf meiner Website, Amazon, Goodreads oder BookBub.

Ihre Unterstützung ist die Wolle, mit der ich diese Geschichten stricke.

Melden Sie sich für meinen Newsletter an, um das kostenlose Prequel *Verwirrung und Verrat* zu erhalten, und erfahren Sie in dieser spannenden Geschichte, wie der umwerfende Rafe Crosyer in einen Vampir verwandelt wurde.

Ich hoffe, Sie in meiner privaten Facebook-Gruppe zu sehen. Dort haben wir viel Spaß. www.facebook.com/groups/Nancy-WarrenKnitwits

Bis zum nächsten Mal,
Viel Spaß beim Lesen wünscht Ihnen Ihre

Nancy

AUCH VON NANCY WARREN

Der beste Weg, um über Neuerscheinungen auf dem Laufenden zu bleiben und in den Genuss von Bonusinhalten und Preisen zu kommen, ist, Nancys Newsletter NancyWarrenAuthor.com oder folgen Sie ihr auf Facebook auf facebook.com/nancywarrenDeutsche

Der Strickclub der Vampire

Lucy Swift erbt ein Strickgeschäft in Oxford mitsamt dem nächtlichen Strickclub der Vampire, die im Untergeschoss wohnen.

Verwirrung und Verrat – Ein kostenloses ebook für Newsletter-Abonnenten. Die Taschenbuchversion ist im Handel erhältlich. NancyWarrenAuthor.com

Verwirrung und Verrat - Ein kostenloses Prequel für die Abonnenten von Nancys Newsletter

Der Strickclub der Vampire - Band 1

Maschen und Magie - Band 2

Häkelei und Hexenkessel - Band 3

Zwirn und Zauber - Band 4

Lieblingspullis und Liebestränke - Band 5

Weissagung und Wollpullover - Band 6

Schwindelei und Spitze - Band 7

Bommelmützen und Besenstiele - Band 8

Poltergeist und Popcornmuster - Band 9

Gargoyles und Geheimbünde - Band 10

Dolch und Diamanten - Band 11

Flüche und Fischgrätmuster - Band 12

Runen und Rippenmuster - Band 13

Mosaik und Magie - Band 14

Zauberer und Zierdraht - Band 15

Adventsmord und Ajourmuster - Ein Vampir-Strickclub-Adventskrimi

Der Strickclub der Vampire: Band 1-3

Der Strickclub der Vampire: Band 4-6

Der Strickclub der Vampire: Band 1-14

∽

Der Buchclub der Vampire

Die Hexe Quinn Callahan aus Seattle wird aus ihrer Midlife-Crisis gerissen, als sie nach Ballydehag, Irland, geschickt wird, um einen ungewöhnlichen Buchladen zu leiten.

Die Grenzübertretung - Prequel

Der Buchclub der Vampire - Band 1

Hexenbuch und Todesfluch - Band 2

Ein Mordsmanuskript - Band 3

Ein trügerisches Bildnis - Band 4

Ein messerscharfer Klassiker - Band 5

∽

Der Strickclub der Vampire: Cornwall

Die aus Boston stammende Hexe Jennifer Cunningham erklärt sich bereit, in einem Fischerdorf in Cornwall, England, einen Strick- und Garnladen zu betreiben – mit Figuren aus der in Oxford angesiedelten Serie *Der Strickclub der Vampire.*

Der Strickclub der Vampire: Cornwall - Band 1

Der Blumenladen von Willow Waters

In einem malerischen Dorf in Cotswold erwartet die Blumenladenbesitzerin Peony Bellefleur ein bunter Strauß aus Blumen, Hexen und Mord.

Die Magie der Pfingstrose - Band 1

Das Karma der Kamelie - Band 2

Die Schnellstraße zur Schneerose - Band 3

Das verwunschene Brautkleid

Ein verzaubertes Hochzeitskleid spielt den Kuppler in dieser Serie romantischer Komödien, in der fünf entflohene Bräute herausfinden, wer wirklich die besten Männer sind.

Die Flucht der Braut - Buch 1

Die Braut aus zweiter Hand - Buch 2

Brautjungfer zu mieten - Buch 3

Ein Brautkleid zum Verlieben - Buch 4

Wenn das Kleid passt - Buch 5

Die Oma

Das Jahr, in dem die Weihnachtsoma das Weite suchte

Um eine vollständige Liste ihrer Bücher zu sehen, gehen Sie auf
Nancys Website NancyWarrenAuthor.com

www.ingramcontent.com/pod-product-compliance
Lightning Source LLC
Chambersburg PA
CBHW070330260626
47160CB00003B/1000